www.tredition.de

Carrey Wacht

Leben zwischen Erfolg und Angst

© 2015 Carrey Wacht

Verlag: tredition GmbH, Hamburg

ISBN
Paperback: 978-3-7323-7239-3
Hardcover: 978-3-7323-7240-9
e-Book: 978-3-7323-7241-6

Printed in Germany

Carolina erwachte am ersten Morgen in ihrer neuen Wohnung. Sie fühlte sich erfrischt und streckte sich. Durch die vorerst dünnen Vorhänge drang der erste Lichtschein des Tages. Langsam stand sie auf und griff nach ihrem Morgenmantel, der über einem Stuhl neben dem Bett hing. Ihr erster Weg führte sie ans Fenster. Sehr vorsichtig schob sie die Vorhänge zur Seite. Diese waren mit Klammern an einer Schnur provisorisch befestigt. Ein leichter Nebelschleier hing über der Stadt. Die ersten Sonnenstrahlen, die auf die Fenster der Wohnung trafen, hatten den Nebel durchdrungen. Als sie das Fenster geöffnet hatte, atmete sie tief durch. Draußen war die Luft rein, wie nach einem Gewitterregen. Carolina wusste, dass es seit Tagen nicht geregnet hatte. Das änderte jedoch nichts an ihrer Wahrnehmung. Nach Jahren der Tyrannei fühlte Carolina sich zum ersten Mal frei. Ein Viertel der in der Ferne liegenden Bergkuppen schienen, sich im Nichts aufgelöst zu haben. Das Schauspiel zwischen Sonne und Nebel war faszinierend. Angesichts dessen dauerte es, bis Carolina sich abwandte.

Eine neue Stadt, eine neue Wohnung und keinen Menschen, den ich kenne. Folglich wird das ein interessanter Neuanfang. Warum haben meine Eltern mich gerade hier hergebracht? War es wirklich nur wegen des Jobs? Ich werde es in Erfahrung bringen. Den Namen der Stadt finde ich außergewöhnlich. Wie die Stadt zu ihrem Namen "Lausberg" kam, interessiert mich.

Sie atmete noch einmal tief durch, dann schloss sie das Fenster. Um sich auf ihren Tagesablauf konzentrieren zu können, beschloss sie eine Dusche zu nehmen.

Tatsächlich weckte das ihre Lebensgeister endgültig. Da sie wusste, sie würde den Tag für sich haben, zog sie ihre bequemsten Sachen an. Dieses hieß: Jogginghose und Schlabberpulli. Diesen Pullover hatte ihre Mutter für sie gestrickt. Immer, wenn sie ihn trug, fühlte sie sich geborgen. Im Anschluss gönnte sie sich ein ausgiebiges Frühstück, mit Müsli, Croissants und Marmelade. Carolina überlegte, was sie in der Wohnung verändern könnte.

Hier fehlt Dekoration. Die Wände sehen kahl aus. Mir muss eine Idee kommen, wie es hier gemütlich werden kann. Bis heute war ich nicht gezwungen, mich um solche Dinge zu kümmern. Keine Ahnung, wie ich das bewältigen soll.

Während sie hin und her überlegte, trank sie ihren letzten Schluck Kaffe, ohne es wahrzunehmen. Zwischenzeitlich dämmerte es ihr.

Heute ist Samstag. Warum habe ich nicht früher soweit gedacht? Montag ist fern. Ich gehe in die Stadt. Eine gute Möglichkeit die Einkaufsgelegenheiten auszukundschaften. Eventuell finde ich Dekorationsmaterial und Gardinen, die nicht aussehen wie aus der Altkleidersammlung. Außerdem brauche ich richtige Gardinenstangen.

Nachdem sie die Küche aufgeräumt hatte, zog sie sich um und legte Make-up auf. Carolina hasste es, ungeschminkt in die Öffentlichkeit zu gehen. Bevor sie endgültig die Wohnung verließ, schaute sie sich jeden Raum noch genau an. Dabei ließ sie keinen Winkel aus.

Es war zehn Uhr, als sie ihre Wohnungstür hinter sich zuzog. Die Haustür war hinter ihr ins Schloss gefallen. Carolina blieb unvermittelt stehen und schaute sich nach allen Seiten um und auch in ihre Handtasche. Dabei bemerkte sie, dass sie etwas Wesentliches vergessen hatte.

Warum habe ich mir keinen Stadtplan gekauft? Jetzt werde ich mich so durchschlagen müssen. Zum Glück habe ich die Adresse der Kanzlei bei mir. Sollte ich nicht weiter wissen, werde ich jemanden fragen.

Sie trat auf den Fußweg. Ihr Blick ging nach rechts. In einiger Entfernung entdeckte sie den Teil eines Schildes. Ohne zu überlegen ging sie darauf zu. Als sie um die Kurve kam, sah sie das Schild in voller Größe. Es war ein Bushaltestellenschild. Carolina ging darauf zu.

Die Haltestelle ist nur eine Straße von meiner Wohnung entfernt. Mehr Glück kann ich nicht haben. Ich hoffe, dass die Linie auch in die Richtung fährt, in die ich muss. Diese Stadt ist schon ungewöhnlich. Auf dem Schild steht "Hexenthaler Mühle".Schon wieder etwas, was ich herausfinden muss. Es scheint viele Rätsel um die Stadt zu geben. Langweilig wird es mir hier bestimmt nicht.

Sie studierte den Fahrplan.

Der Bus fährt alle dreißig Minuten und das in die richtige Richtung. Die Fahrt dauert nur fünf Minuten. Ob sich das rentiert, muss ich als Nächstes rausfinden.

Sie wandte sich vom Haltestellenschild ab und ging in die entgegengesetzte Richtung. An der nächsten Kreuzung blieb sie wieder unschlüssig stehen.

Wohin jetzt?

Zu ihrer Linken entdeckte sie einen Wegweiser, mit der Aufschrift "*Innenstadt*".

Das wird meine Richtung sein.

Bevor sie sich versah, hatte sie den Marktplatz erreicht. In deren Mitte stand ein Wegweiser, befestigt an einer Marienstatur, der mit Angabe der Meterzahl die wichtigsten Anlaufstellen auswies. Von dort war es für Carolina kein Problem, die Zieladresse zu finden.

Als sie ihr Ziel erreicht hatte, schaute sie auf die Uhr.

Ich bin beinahe eine Stunde unterwegs. Das ist nicht gerade um die Ecke. Vielleicht wäre es doch gut, den Bus zu nehmen. Andererseits wird mir der Fuß-

marsch am Morgen gut tun. Auf den Bus kann ich bei schlechtem Wetter immer noch zurückgreifen.

Die Kanzlei, in der sie beginnen sollte, lag in Bahnhofsnähe, abseits des Gewerbegebiets, aber nicht weit vom Stadtzentrum. Carolina blieb vor einem achtstöckigen Glasbau, der nicht ins Bild passte, stehen.

Ein Schandfleck der Architektur.

Das Firmenschild stach einem sofort ins Auge.

Größer ging es wohl nicht. Wirkungsvolle Aufmachung. Wer das Schild übersieht, muss blind sein. Es ist aus Metall mit Goldauflage. Beim Anblick wird man regelrecht geblendet.

Um sich zu vergewissern, dass es die richtige Adresse war, nahm sie den Zettel mit der Anschrift aus ihrer Tasche.

Hier bin ich richtig. Das ist die Nummer zehn.

Die Aufschrift selbst ignorierte sie. Links und rechts neben dem Eingang standen Blumenkübel, die in voller Blüte standen. Um welche Blumenart es sich handelte, konnte sie nicht sagen.

Diese Blumenkübel sollen wohl der klägliche Versuch sein, dieses Monstrum ins Stadtbild einzufügen. Es war nicht sehr erfolgreich.

Die Häuser in dieser Straße waren schlicht, hatten aber ein bestimmtes Flair. Es waren hauptsächlich Backsteinhäuser, die von den Bewohnern liebevoll instand gehalten wurden. Sie spiegelten einen Teil der Stadtgeschichte wieder. Mehr interessierte Carolina in dem Moment nicht. Sie drehte sich um und folgte den Schildern Richtung Innenstadt.

Auf ihrem Weg zur Adresse ihres neuen Arbeitsplatzes hatte sie nicht auf ihre Umgebung geachtet. Jetzt nahm sie die Umgebung bewusst wahr. Eine wunderschöne Altstadt mit kleinen Gassen und vielen Cafés,

Restaurants und anderen Läden erwartete sie. Fachwerkhäuser aus den verschiedenen Epochen bildeten das
Zentrum der Altstadt. Carolina konnte sich nicht entscheiden, wohin sie gehen sollte. Es gab immer Neues zu
sehen.

Das ist die reinste Zeitreise.

Carolina, die an einer Kirche vorbei kam, sah ein Plakat. Auf dem wurden die Leute aufgefordert, an einer
Stadtführung am nächsten Tag teilzunehmen. Einen Augenblick überlegte sie sich dieses Angebot.

*Nicht schlecht. Da werde ich teilnehmen, auch
wenn ich einen Unkostenbeitrag zahlen muss. So komme
ich den Rätseln dieser Stadt vielleicht schneller auf die
Spur.*

Abseits des Marktplatzes in weiteren kleinen Gassen
reihte sich ein Geschäft ans andere. Zu entscheiden,
welches das Erste sein sollte viel Carolina schwer. Eine
Stunde verbrachte sie damit, Schaufensterauslagen zu
begutachten.

*Ich werde systematisch vorgehen. Die Straße runter
und wieder rauf.*

Es hatten nicht alle Geschäfte geöffnet. Schließlich
war Mittagszeit. Carolina suchte in den verschiedenen
Geschäften nach Dekorationssachen wie: Vasen, Bilder,
Figuren, Gardinen und dazugehörige Stangen. Es gab
vieles, was Carolina gefiel. Deshalb kam sie nach Stunden mit leeren Händen wieder heraus.

Mittlerweile brannten ihr die Füße vom ständigen hin
und her laufen. Die Dämmerung setzte schon ein.

*Es wird Zeit nach Hause zu kommen. Zeit für einen
Cappuccino im kleinen Café gegenüber der Kirche gönne
ich mir trotz allem noch.*

Zurück in ihrer Wohnung schlüpfte sie wieder in ihre Lieblingssachen. Beim Umziehen begann Carolina, sich zu ärgern.

Meine Unentschlossenheit wird mir eines Tages zum Verhängnis werden.

Ihr Magen knurrte. Carolina sah auf die Uhr und stellte fest, dass ihre letzte Mahlzeit Stunden her war.

Warum habe ich keinen Hunger verspürt? Soweit ich mich erinnern kann, ist das nie vorgekommen. Egal.

Sie ging zum Kühlschrank. Entschlossen endlich etwas zu essen, öffnete sie den Kühlschrank. Kopfschüttelnd blieb sie stehen.

Ich habe vergessen, Lebensmittel zu kaufen.

Ohne zu überlegen, was sie machen sollte, begann das Wechseln ihrer Kleidung erneut.

Allmählich kann ich bei den Modenschauen mit laufen. Dort ziehen sie sich auch nicht schneller um".

Der Supermarkt, der nur wenige Minuten entfernt war, hatte alles, was Carolina für die nächsten Tage benötigte. Mit drei Taschen ging sie nach Hause. Oben angekommen stellte sie die Einkäufe ab.

Hunger habe ich keinen mehr. Aufräumen kommt später. Ich will mich entspannen. Der Tag war anstrengender, als ich dachte.

Um das zu tun, nahm sie einen der Romane, die sie in einem Karton neben der Couch stehen hatte.

In kürzester Zeit hatte sie alles um sich herum vergessen. Die ersten Seiten reichten für ein Urteil über den Autor.

Der versteht sein Handwerk. Heute lese ich bestimmt länger als sonst.

Erst als ihr die Augen zufielen, bemerkte sie, wie viel Zeit vergangen war. Es war Mitternacht. Sie hatte Bauchschmerzen, weil sie hungrig war.

Wochenende. Keinen Stress.

Carolina erhob sich, um in die Küche zu gehen. Auf dem Flur standen die Einkaufstüten.

Die habe ich vergessen. Schnell damit in den Kühlschrank.

Beim Einräumen der Lebensmittel schaute sie nach Dingen, die sie essen könnte. Weil es sehr spät war, sie nicht kochen. Carolina ließ eine Packung Fleischsalat stehen und Brot. Nach wenigen Minuten waren die Tüten leer. Sie setzte sich, öffnete die Packung Fleischsalat und begann zu essen. Mit genussvollem Essen hatte es nichts zu tun. Indem sie alles so schnell wie möglich in sich hineinstopfte, versuchte sie die Bauchschmerzen zu besiegen. Schnell erkannte sie, dass sie das Gegenteil erreichte. Ihr ging es von Minute zu Minute schlechter. Dazu kam die Müdigkeit. Nach einigen Gabeln Salat und Brot räumte sie den Tisch ab. Zum Spülen fehlte ihr die Lust. Sie wollte ins Bett. Mehr interessierte sie nicht. Carolina war so ausgebrannt, dass sie es nicht mehr schaffte, sich umzuziehen.

Am Morgen wachte sie in den Sachen auf, die sie am Abend davor getragen hatte.

Das ist mir früher nicht passiert.

Der Sonntag begann entspannt und friedlich, wie der Tag zuvor. Nur die nicht aufgeräumte Küche störte sie. Trotzdem traf sie eine Entscheidung.

Dafür habe ich später Zeit.

Sie ließ sich Zeit, als sie sich für die Stadtführung herrichtete. Eine Stunde vor Beginn verließ sie ihre Wohnung. Sie nahm den gleichen Weg, wie am Tag zuvor.

Kurze Zeit stand sie verloren auf dem Marktplatz. Sie musste sich orientieren. Da niemand erschien, sah sie sich das Plakat genauer an. Sofort sah sie, dass sie den Ort der Führung fehlgedeutet hatte.

Warum habe ich nicht besser hingesehen? Die Führung beginnt ja gar nicht an der Kirche, sondern am Wasserturm. Wo ist der nur? Ich kenne mich doch nicht aus.

Wie aus dem Nichts erschien ein Passant. Er sah zwar nicht gerade vertrauenswürdig aus, aber der Einzige in der Nähe. Sie ging auf ihn zu. Dabei musterte sie ihn von oben bis unten.

Der sieht aus, als hätte er etwas zu verbergen. Allein die langen Haare und der ungepflegte Bart, ganz zu schweigen von seinen Sachen. Die Zeit drängt.

Als sie auf gleicher Höhe mit dem Mann war, hüstelte sie kurz, bevor sie ihn ansprach. „Entschuldigung. Könnten Sie mir den Weg zum Wasserturm beschreiben?" Er nickte und ein Lächeln zeigte sich. „Selbstverständlich erkläre ich ihnen den Weg." Carolina war von der angenehmen Stimme ihres Gegenüber überrascht.

Ich sollte Menschen nicht nach ihrem Aussehen beurteilen. Dieser Mann scheint gebildet zu sein und außerdem sehr nett.

Sie hörte sich die Wegbeschreibung sehr genau an, um nichts zu verpassen. Als ihr Gegenüber mit der Wegbeschreibung fertig war, bedankte Carolina sich freundlich. „Herzlichen Dank für die Zeit, die Sie beopfert haben. Ich wünsche Ihnen einen schönen Tag." Der Mann nickte und ging seines Weges. Carolina sah ihm eine Zeit lang hinter her. Sie hörte die Kirchturmuhr schlagen.

Jetzt muss ich mich beeilen. Der Weg bis an den Neckar ist nicht gerade kurz.

Einige Minuten vor Beginn der Führung hatten sie ihr Ziel erreicht. Viele Leute aus den unterschiedlichsten Schichten und Kulturen hatten sich dort versammelt.

Der Stadtführer kassierte von jedem den Unkostenbeitrag, bevor er mit seinen Erklärungen begann. Ihre Frage, wie die Stadt zu ihrem Namen kam, wurde als Erstes geklärt. Die Stadt Lausberg hatte ihren Namen aus dem Lateinischen, "Laures montis". In früherer Zeit wurden auf den Berghängen um die Stadt Lorbeerbäume angepflanzt. Heute wird dort Wein angebaut. Dann begann er mit der Geschichte der Stadt. Die Gruppe erfuhr, dass Lausberg zu den ältesten Städten zählte. Dann berichtete er von den wichtigsten Sehenswürdigkeiten. Dazu gehörte der Wasserturm für die erste öffentliche Wasserversorgung der Stadt. Des Weiteren die Hafenbefestigung, die Stadtmauer, von der nur noch drei Türme geblieben waren und die St. Gallenkirche. Er zeigte der Gruppe auch verschiedene Fachwerkhäuser. Bei seinen Erklärungen sprang so schnell in der Geschichte hin und her, dass Carolina nicht mitkam. Bis dahin war die Führung recht interessant, aber nicht der Knüller. Es ging zurück zum Marktplatz. Dann kam der Höhepunkt, es ging in die Kirche. Schummriges Licht kam durch die Fenster, die mit wunderschönen Ornamenten verziert waren. Carolina war so fasziniert von den Fenstern, dass sie den Anfang der Ausführungen nicht mitbekam. Daher ergab einiges für sie keinen Sinn. Einige Geschichten über das Kirchenrecht in der damaligen Zeit jagten Carolina Schauer über den Rücken. Am Ende hatte Carolina Kopfschmerzen.

Als sie wieder draußen war, musste sie tief Luft holen. Die gesamte Führung hatte zwei Stunden gedauert. Alle Teilnehmer gingen in die verschiedensten Richtungen davon.

Ich will mehr über die Stadt erfahren. In der Bibliothek finde ich bestimmt aussagekräftiges Material.

Somit hatte sie entschieden was ihr nächstes Ziel sein würde. Heraus kam Carolina mit einer Tasche Bücher und einem Stadtplan, dem sie ihre Aufmerksamkeit schenkte. Sie erkannte, weshalb sie für ihren Hinweg so lange gebraucht hatte.

Ich bin außen rum gegangen. Dabei brauch ich nur die Hauptstraße entlang gehen und an der nächsten Kreuzung rechts.

Wieder zu Hause sah sie die einzelnen Bücher durch, die sie aus der Bibliothek mitgebracht hatte. Carolina überlegte, welches der Bücher sie zuerst lesen sollte. Sie konnte sich beim besten Willen nicht entscheiden. So legte sie die Bücher nebeneinander auf den Tisch im Wohnzimmer und griff blindlings zu. Sie sah auf den Buchtitel "UNSERE KIRCHE IM MITTELALTER".

Gut, dann kann ich die Aussagen des Stadtführers überprüfen. Ich habe seinen Ausführungen nicht so recht geglaubt. Vieles ergab auch keinen Sinn.

Sie setzte sich auf ihre Couch und kuschelte sich in eine Decke, fand aber nicht die nötige Ruhe.

Je weiter der Tag voranschritt, umso unruhiger wurde Carolina. In ihr stieg eine Angst auf, die sie sich nicht erklären konnte. Sie versuchte diese Angst zu ignorieren, da sie sich nicht in der Lage sah, der Ursache auf den Grund zu gehen. Gleich, wie sie versuchte sich abzulenken es wurde schlimmer. Als der Tag zu Ende ging und Carolina die Sachen für ihren ersten Arbeitstag sortierte, begriff sie, woher diese Angst kam.

Ich habe Versagensängste. Das kann doch nicht sein. Seit meiner Kindheit ist das so. Warum jetzt und nicht während des Studiums? Ich glaubte, das Problem überstanden zu haben. Das war eine Fehleinschätzung meinerseits.

Eine Antwort auf ihre Frage gab es nicht. Sie beendete ihre Vorbereitungen. Währenddessen bekam Carolina Kopfschmerzen.

Warum das? Was stimmt nicht mit mir? Bin ich krank oder verrückt?

Fragen ohne Antworten.

Ich bin gut in meinem Job. Die Bescheinigungen meiner Laufbahn sind der Beweis dafür.

Sie stand im Durchgang zur Küche und ihr Blick wanderte Richtung Sideboard. Dort standen die Beweise. Der Blick darauf ließ ihre Versagensängste schlimmer werden. Carolina hatte Angst die Kontrolle über sich zu verlieren.

Nicht heute Abend. Ich muss zur Ruhe kommen. Soll ich zu Hause anrufen? Ja.

Der Anruf brachte Carolina auf andere Gedanken. Ihre Mutter erzählte ihr Geschichten von der Arbeit mit den Kindern. Als Carolina sich während des Gesprächs die Szenen mit den Kindern vorstellte, begann sie zu lächeln. Über eine Stunde dauerte das Gespräch. Ihre Kopfschmerzen und die Angst waren verschwunden. Carolina atmete auf. Um nicht wieder ins Grübeln zu kommen, ging sie schlafen. Die Nacht brachte nicht die ersehnte Erholung. Carolina wachte mehrmals auf. Schon das leiseste Geräusch unterbrach ihren Schlaf. Sie wachte in den Momenten auf, in denen sie sich in ihren Träumen blamierte. Dabei spielte die Situation an sich keine Rolle.

Es war fünf Uhr, als Carolina erneut auf den Wecker sah. Sie hatte genug.

Ich stehe auf. Eine Dusche ist das, was ich brauche.

Unter der Dusche lachte sie über sich selbst.

Wie dumm bin ich? Ich brauche mich vor niemanden zu verstecken. Ich sollte lieber glücklich sein, über meine neu gewonnene Freiheit.

Draußen regnete es. Und das wie seit Langem nicht mehr. Carolina ließ sich davon nicht beirren. Sie liebte dieses Wetter mehr, als den Sonnenschein. Während andere Menschen die Carolina kannte, bei diesem Wetter verstimmt waren, hob es Carolinas Stimmung. Sie liebte es, das Prasseln des Regens zu hören. Dieses gleichtönige Klacken auf den Fensterscheiben beruhigte sie. Sie hatte ein anderes Problem.

Was soll ich anziehen? Soll ich lieber den Bus nehmen?

Über eine Stunde starrte sie in ihren Kleiderschrank und wusste nicht weiter. Von draußen hörte sie den Glockenschlag der Kirchturmuhr vom Marktplatz her. Plötzlich wurde sie hektisch. Die Kirchturmuhr hatte achtmal geschlagen. Es wurde höchste Zeit sich auf den Weg zu machen, um nicht gleich am ersten Tag zu spät zu kommen. Weiterhin quälten sie die Fragen: „Bus oder zu Fuß? Kleid oder Hose?" Wie sie am Wochenende festgestellt hatte, war der Weg zur Arbeit nicht so weit, wie sie im ersten Moment dachte. Mithilfe des Stadtplans hatte sie einen Weg gefunden, der die Zeit um die Hälfte reduzierte. Ohne weiter darauf zu achten, was sie tat, griff sie in den Kleiderschrank. Was sie herausnahm, entsprach ihrer Vorstellung. Es war eine weiße Bluse und ein dunkelblaues Kostüm.

Wenn ich mit dem Bus fahre, ist das okay. Da es schon sehr spät ist, habe ich keine andere Wahl.

Beim Umziehen begann ihr Magen, sich zu melden. Für ein Frühstück fehlte die Zeit. Nach einem letzten Blick in den Spiegel nahm sie ihren Mantel und verließ die Wohnung. Auf dem ersten Treppenabsatz blieb sie stehen. Sie hatte sich anders entschieden.

Ich werde zu Fuß gehen.

Sie ging zurück in ihre Wohnung, um den Schirm zu holen. Diese Minuten, die ihr durch ihren Entschluss verloren gingen, setzten sie unter Stress. Carolina, die den Weg zur Arbeit kannte, lief kreuz und quer durch die Stadt. Ihre Hoffnung lag darin, einen noch kürzeren Weg zu finden.

Vielleicht gibt es Zwischenwege, die nicht im Stadtplan eingezeichnet sind.

Dadurch verlor sie zusätzlich Zeit.

Wenige Minuten vor Arbeitsbeginn erreichte Carolina ihren neuen Arbeitsplatz, die Kanzlei. Auf dem Firmenschild standen die Namen "Wiesenhart, Lichter & Braun".

Mir wurde ein anderer Kanzleiname genannt. Wie war der noch? Ich kann mich beim besten Willen nicht erinnern. So groß, wie das Gebäude ist, werden da wohl zwei Kanzleien untergebracht sein.

Von außen war nicht zu erkennen, wie viele Firmen tatsächlich ihren Sitz in diesem Gebäude hatten. Ihr Problem war nach wie vor das Firmenschild. Um zu überprüfen, ob sie richtig war, holte sie den Zettel mit der Firmenanschrift aus ihrer Tasche. Zu ihrem Leidwesen hatte sie sich nur Straße und Nummer notiert.

Ich bin an der richtigen Adresse. Das hatte ich ja schon am Wochenende festgestellt. Nur das Firmenschild hätte ich mir genauer ansehen sollen. Hätte ich das Angebot meines Chefs angenommen, mir die Firma anzusehen, wüsste ich bescheid. Warum war ich so engstirnig?

Sie hatte keine Zeit sich weitere Gedanken zu machen. So betrat sie das Gebäude.

In der Eingangshalle stand eine große Informationstafel. Diese beantwortete Carolina zumindest eine ihrer Fragen. In diesem Gebäude befand sich nur die Kanzlei "Richter & Partner". So stand es jedenfalls auf dieser Informationstafel.

Sie müssen vergessen haben das Firmenschild auszutauschen. Für Mandanten ist das verwirrend. Haben die überhaupt genug Mandanten? Die Kanzlei wurde mir sehr empfohlen. Jetzt kommen mir Zweifel, ob es die richtige Entscheidung war. Mir bleibt nichts, als abzuwarten.

Minutenlang studierte Carolina die Tafel, um zu ergründen, wo sie hin musste. Dann hatte sie gefunden, wonach sie suchte. Ihr neuer Arbeitsplatz befand sich in der fünften Etage. Es war die Abteilung für Strafrecht. Carolina suchte die Fahrstühle. Was sie sah, war eine Treppe, mehr nicht.

Draußen schlug die Kirchturmuhr neunmal.

Ich bin zu spät. Das am ersten Tag. Wo sind diese Fahrstühle? So ein Gebäude muss welche haben. Keine Zeit. Also doch die Treppe.

Zügig stieg sie die Treppe hinauf bis zur fünften Etage, ohne nach links und rechts zu sehen.

Oben angekommen war sie so außer Atem, dass sie Seitenstechen hatte. Ihr Herz raste. Um sich zu sammeln, blieb Carolina einen Augenblick stehen.

Ich muss mich richten, bevor ich die Etage nach der richtigen Tür absuche.

Ihr Blick fiel auf ein Schild mit der Aufschrift "*Waschraum*".

Genau das, was ich jetzt brauche.

Sofort steuerte sie darauf zu. Am Waschbecken spritzte sie sich Wasser ins Gesicht, um die Röte die sich darauf abzeichnete los zu werden. Carolina richtete ihre Haare und sah ihre Schuhe an.

Na ja. Sauber ist was anderes. Warum habe ich mich für Pumps entschieden? Stiefeletten wären besser gewesen. Ich hätte doch den Bus nehmen sollen, in diesem Outfit. Nächstes Mal muss ich bei meinem ersten Entschluss bleiben, um solche Katastrophen zu verhindern.

Carolina griff zu einem Papiertuch und rieb damit ihre Schuhe ab. Ein erneuter Blick in den Spiegel sagte ihr dass das, was sie sah, annehmbar war. Sie drehte sich um und ging, um ihre Abteilung auf der Etage zu suchen.

Als sie um die Ecke bog, sah sie eine große Glaswand vor sich. In der Glastür stand eine Frau und schaute auf ihre Uhr.

Ich werde ungeduldig erwartet. Demnach habe ich die Abteilung gefunden. Zudem blamiere ich mich gleich am ersten Tag.

Carolina setzte ein freundliches Lächeln auf. „Warten Sie auf mich?" „Wenn Sie Frau Berg sind, ja. Wir glaubten, Sie hätten sich in diesem großen Gebäude verlaufen." „Entschuldigen Sie. Ich war noch kurz im Waschraum. Der Weg hierauf ist nicht ohne." „Sagen Sie bitte nicht, Sie haben die Treppe genommen?" „Einen Fahrstuhl konnte ich nicht finden." „Ich führe Sie später herum. Was die Fahrstühle angeht, haben Sie recht. Wenn man sich hier nicht auskennt, sind die Fahrstühle nicht leicht zu finden. Lassen Sie uns hineingehen. Ich nehme an, der Chef wird Sie offiziell "Willkommen" heißen." Carolina folgte der freundlichen Kollegin, ohne ihren Namen zu kennen. Dass sie sich nicht vorgestellt hatte, störte Carolina in dem Augenblick nicht.

Das Erste, was ihr auffiel, war eine große Uhr am Empfang. Diese war ebenso außergewöhnlich wie das Firmenschild. Sie hatte die Form eines Feuer speienden Drachen.

Ob das für eine renommierte Kanzlei passend ist?

Beim Blick auf diese Uhr sah Carolina sofort, dass sie fünfzehn Minuten zu spät dran war. Ihr stieg eine leichte Röte ins Gesicht, weil sie es peinlich fand, zu spät zu kommen. Das Nächste, was sie mitbekam, war ein lauter Aufschrei und eine Person, die auf sie zu lief. Erst als diese vor ihr stand erkannte Carolina ihre langjährige Freundin Sara. Seit dem Abitur hatten sie sich nicht mehr gesehen, geschweige gesprochen. Carolina war so überrascht, dass sie im ersten Moment nicht wusste, wie sie reagieren sollte. Dann fielen sich die Freundinnen in die Arme. Für die anderen Kollegen schien es, als ob sie sich nie mehr loslassen wollten.

Durch den kurzen schrillen Aufschrei von Carolinas Freundin kam jemand aus einem der Büros. Seiner Kleidung nach zu urteilen war das der Chef. Er kam kopfschüttelnd auf die Gruppe zu, um zu erfahren, was der Grund für den Aufschrei war. Als er die Situation überblickt hatte, zeigte sich ein breites Lächeln auf seinem Gesicht. Dann ging er zu der Gruppe, die am Empfang stand. Darunter auch Carolina. Auf dem Weg zum Empfang streckte er seine Hand nach vorne. Es sah seltsam aus. Carolina wunderte sich.

Der scheint impulsiv zu sein und unkontrolliert in seinen Bewegungen.

Bei der Gruppe angekommen richtete er seinen Blick auf Carolina.

Will er mich hypnotisieren, oder warum starrt er mich so an?

Bevor sie sich versah, nahm er ihre Hand. Er begrüßte sie mit den Worten: „Herzlich Willkommen und viel Erfolg bei der Arbeit." Es entstand eine Pause. Irritiert, weil Carolina nicht auf seine Begrüßung reagierte, schaute er in die Runde. Um die Situation nicht peinlich werden zu lassen, sprach er weiter. „Mein Name ist Richter und ich bin einer der Geschäftsführer dieser Kanzlei. Zusätzlich leite ich diese Abteilung. Wie ich erfahren habe, sind Sie eine hervorragende Strafverteidigerin. Ich hoffe, Sie werden das Beste geben." Carolina fühlte sich von soviel Überschwänglichkeit wie erschlagen. Sie wusste nicht, wie sie angemessen reagieren sollte. Aus diesem Grund sah sie sich den neuen Chef genauer an. Er entsprach nicht ihren Vorstellungen.

Jetzt weiß ich zumindest seinen Namen und werde ihn auch bestimmt nicht wieder vergessen. Mit meiner Vermutung, dass sein Name was mit dem Beruf zu tun hat, lag ich richtig. Er wird um die fünfzig sein. Die Kleidung ist außergewöhnlich. Versucht er vielleicht jugendlicher zu wirken? Sein Anzug ist bestimmt zwei Nummern zu klein. Die Krawatte hat ein verspieltes Muster. Diese Figuren sehen einfach lächerlich aus. Auf mich wirkt das nicht wirklich seriös. Hat er etwas zu verbergen? Dieses Lächeln gleicht einer Maske. Seine blauen Augen scheinen sein Markenzeichen zu sein. Dieser Blick fesselt einen. Wenn er länger vor mir steht, beginne ich nervös zu werden. Den Chef einer solchen Kanzlei hätte ich mir adretter vorgestellt. Von Dynamik spüre ich bei ihm nichts. Wie hat er es bloß zum Abteilungsleiter und Geschäftsführer gebracht? Er muss Qualitäten haben, die mir verborgen bleiben.

Es wurde unruhig in der Gruppe. Carolina wurde bewusst, was sie die letzten Minuten getan hatte. Verlegen sagte sie: „Danke, und entschuldigen Sie mein Zögern. Ich freue mich auf die Arbeit hier und bin gespannt, welchen Bereich ich übernehmen soll. Darüber hatten wir im Vorfeld nicht gesprochen." Der Chef schien es ihr nicht übel zu nehmen. „Bevor wir das klären, möchte ich Ihnen ihr Büro zeigen oder spricht was dagegen?" „Nein, natürlich nicht." „Dann kommen Sie bitte hier entlang." Er zeigte in eine bestimmte Richtung, die ihr den Weg weisen sollte. Carolina folgte ihm schweigend.

Herr Richter schloss die Tür des Büros auf, welches am äußersten Ende eines langen Flures lag. Mit seinem Körper verwehrte er Carolina einen Blick hinein. In Zeitlupe öffnete er die Tür. Dadurch erzeugte er eine gewisse Spannung, die er so lang wie möglich aufrechterhalten wollte. Carolina versuchte mehrmals, an ihm vorbei zu sehen.

So wie er mich auf die Folter spannt, muss das Büro außergewöhnlich sein.

Nachdem sie einiges an Protz gesehen hatte, erwartete sie das auch im Büro. Ob es ihrem Geschmack entsprechen würde, konnte Carolina nicht sagen. Sie hielt persönlich nichts von übertriebener Selbstdarstellung. Herr Richter gab den Weg breit lächelnd frei und ließ Carolina eintreten. Entsetzt starrte sie in den Raum, der ihr als Büro zugewiesen wurde.

Was ist das? Soll das wirklich mein Büro sein? Das ist eher eine Abstellkammer. Die Einrichtung ist spartanisch. Zu mindest habe ich einen Aktenschrank, auch wenn der aussieht wie aus dem letzten Jahrhundert. Der Schreibtisch und die Stühle scheinen nicht so alt. An einen Computer wurde gedacht. Dieser ist neu. Ich muss aufpassen, dass ich nicht überall gegen stoße. Dieses Büro ist im Gegensatz zum Rest des Gebäudes eine Katastrophe. Bevor ich hier Mandanten empfangen kann, muss ich neu dekorieren.

Als sie sich umdrehte, sah sie ihren Chef erwartungsvoll in der Tür stehen. Um sich nichts anmerken zu lassen, lächelte sie schmal. „Ich freue mich, so ein Büro bekommen zu haben." Ihr Chef schien zufrieden zu sein. Er überreichte ihr die Büroschlüssel und ging.

Ist unser Chef naiv. Wie kann er glauben, ich würde mich hier wohlfühlen? Jeder andere hätte erkannt, dass meine Antwort ironisch gemeint war.

Allein in dem sogenannten "*Büro*" führte ihr erster Weg sie zum Fenster. Carolina vertrat seit jeher ihre eigene Ansicht.

Ist der Ausblick gut, kann man über anderes hinwegsehen.

Was sie beim Blick aus dem Fenster sah, bestätigte ihre Ansicht. Sie schaute auf einen wundervollen Park in deren Mitte sich ein plätschernder Springbrunnen befand. Sitzbänke waren zum einen Rund um den Springbrunnen verteilt. Die meisten standen am Rand des Parks unter großen Linden, die zum Entspannen einluden. Schnell stand ihr Entschluss, dort ihre Mittagspausen zu verbringen. Vorausgesetzt das Wetter war dementsprechend. Erneut hing sie ihren Gedanken nach.

Der Fußboden ist das erste Projekt, welches ich in Angriff nehmen werde. Dieses Linoleum ist grauenhaft. Es hat überall Risse und von Glanz kann nicht die Rede sein. Morgen werde ich den Raum ausmessen und dann sehen, ob ich einen entsprechenden Teppich finde. Andererseits sollte ich aufhören, mich zu beschweren. Meine Freiheit ist viel wichtiger, als das. Und diese werde ich mir bewahren. Es wird keinen Tag geben, an dem ich mich tyrannisieren lasse.

Weiter kam sie nicht.

Es klopfte jemand an ihre Tür und sie wurde ins Hier und Jetzt zurückgeholt. Nach einem: „Ja, bitte!" von ihr, steckte der Chef seinen Kopf durch die Tür. „Ich bin gekommen, um Ihnen die Kollegen offiziell vorzustellen." Carolina sah auf ihre Armbanduhr. Sie wusste nicht, wie lange sie vor sich hingeträumt hatte. Es waren zwei Stunden vergangen, ohne dass sie sich vom Fleck bewegt hatte. Ihre Sachen lagen noch am gleichen Platz. Sie nickte und folgte ihrem Chef zurück in den Empfangsbereich.

Dort waren alle Kollegen der Abteilung versammelt. Es handelte sich dabei, um eine wie Carolina feststellte überschaubare Gruppe. Sie zählte zwanzig Personen. Außer den normalen Kollegen lernte sie auch den zweiten Geschäftsführer der Kanzlei kennen. Er hieß Grünbach und war Abteilungsleiter der Anwälte für Familienrecht, die in der zweiten Etage saßen. Carolina betrachtete ihn ebenso, wie zuvor ihren Chef. An ihm hatte sie nichts auszusetzen. Sein Erscheinungsbild entsprach ihren Vorstellungen. Er war groß, schlank, zehn Jahre jünger als sein Partner und trug ebenfalls Anzug und Krawatte.

Seine Anzüge sind maßgeschneidert. Für so eine Kanzlei das richtige Erscheinungsbild.

Als ihr der letzte Kollege vorgestellt wurde, stutzte sie.

Diesen Kollegen kenne ich irgendwo her. Nur kann ich nicht sagen, wann ich ihm schon begegnet bin. Das Gesicht hat so markante Züge, dass ich mir sicher bin, ihn früher schon gesehen zu haben.

Das war aber auch alles deren sie sich sicher war. Ihr Chef hatte bis zur Mittagspause mit dieser Vorstellung gewartet.

Als er sie gehen ließ, wartete Carolina am Empfang auf ihre Freundin. Diese hatte natürlich von den Kollegen gehört, dass Carolina am Morgen das Treppenhaus benutzt hatte. Sie zeigte ihr die Fahrstühle. Sie waren hinter einem Mauervorsprung versteckt.

Kein Wunder, dass ich die nicht gefunden habe. Hellseherische Fähigkeiten wären von Vorteil.

Carolina hatte im Anschluss Gelegenheit mit ihrer Freundin Sara über die Situation zu sprechen. Sara konnte ihr nicht weiterhelfen. Sie wusste nicht, mit wem Carolina in den letzten Jahren alles zu tun hatte. Aus diesem Grund zählte sie die Namen der männlichen Kollegen noch einmal auf. Carolina nickte. Beim Namen Gary Bacher stutzte sie wieder.

Der Name sagt mir was. Ich weiß nicht in welchem Zusammenhang. Auch das Gesicht sagt mir was. Das ist aber auch schon alles.

Weitergeholfen hatte ihr das Gespräch nicht.

Die beiden hatten soviel nachzuholen, dass die Mittagspause nicht ausreichte, die vergangenen Jahre aufzuarbeiten. Beide wussten: Sie wollten ihren Kontakt niemals abbrechen lassen, egal was kommen würde.

Am Nachmittag teilte Herr Richter Carolina ihre Aufgaben zu. Durch ihre schnelle Auffassungsgabe merkte sie, dass ihr Aufgabengebiet darin bestand straffällige Jugendliche zu vertreten. Sie freute sich auf diese neue Herausforderung. Seit ihrem Abschluss hatte sie es mit Erwachsenen zutun gehabt.

Diese Aufgabe stellte sie vor neue Herausforderungen. Sie musste lernen sich in die Jugendlichen hineinzuversetzen, um sie zu verstehen. Sie musste die Beweggründe für ihre Taten erfahren. Da sie sich gut an ihre eigene Jugend erinnern konnte, fand sie schnell Zugang zu den Jugendlichen. In den ersten Monaten hatte sie bereits Erfolge zu verzeichnen. Das zog sich weiter fort. Manche dieser jungen Leute blieben nach den Strafverfahren unauffällig. Sie sahen Carolina nicht als ihre Verteidigerin vor Gericht. Viele sahen sie als Lebensberaterin. Carolina zeigte ihnen andere Perspektiven auf, sich mit ihrer Situation zu arrangieren. Dieses ging weit über ihre eigentliche Arbeit hinaus. Sie hatte zum Thema "*straffällige Jugendliche*" ihre eigene Ansicht, die sie nach außen hin vertrat. Jeder der sie darauf ansprach erhielt eine passende Antwort.

Einigen ihrer Kollegen gefiel ihre Einstellung nicht. Sie gab ihnen das Gefühl zu engstirnig zu sein. Aus diesem Grund wurde in der Anfangszeit viel hinter Carolinas Rücken geredet. Carolina bemerkte das Gerede der Kollegen. Innerlich ärgerte sie sich über die Kollegen. Zugleich hatte sie nicht die Absicht ihr Engagement aufzugeben. Für sie zählte es zu ihren Aufgaben den Jugendlichen klarzumachen, dass sie Werte hatten. Die Kollegen hielten sie für größenwahnsinnig, wurden aber schnell eines besseren belehrt. Ihr Erfolg, was die Rückfallquote anging, gab ihr Recht. Gelegentlich waren die Kollegen neidisch auf sie, weil der Chef sie wieder und wieder lobte. Das Getratsche ließ schnell nach. Die Kollegen erkannten, dass Carolina hilfsbereit war und das war wichtiger als alles andere. Die Zeit, die sie in ihre Arbeit investierte, beeindruckte die Kollegen. Die Zeit verging schnell.

Mittlerweile war sie seit einem Jahr in der Kanzlei. Sie konnte sich nichts Besseres vorstellen, als die Arbeit mit den Jugendlichen.

Privat lief es für Carolina lange nicht mehr gut. Ihr Vorhaben sich nicht tyrannisieren oder bevormunden zu lassen schien zu scheitern. Seit einigen Wochen hatte sie das Gefühl, verfolgt zu werden. Eine Person war hundertprozentig hinter ihr her. Der Kollege, der ihr bei der Vorstellung bekannt vorkam, stellte ihr nach. Ob er der Einzige war, konnte sie nicht sagen. Es war zum verrückt werden, dass sie diesen Kollegen nicht einordnen konnte. Ihn direkt ansprechen wollte sie nicht. Sie hatte Angst, dass er noch aufdringlicher werden könnte. Dieses Gefühl "*verfolgt zu werden*" wuchs sich mit der Zeit zu einer richtigen Paranoia aus. Carolina glaubte, dass hinter jeder Hausecke oder jedem Busch jemand stand, der sie beobachtete. In ihrer Panik drehte sie sich bei jedem Geräusch um. Dabei war es gleichgültig, ob sie beruflich oder privat unterwegs war. Ihr Herz fing an zu rasen, wenn sie ihre Wohnung oder die Kanzlei verlassen musste. In ihrer Panik gefangen hatte sie sich Pfefferspray zur Selbstverteidigung besorgt. Dieses führte sie ständig bei sich.

Ihre beste Freundin Sara machte sich ernstlich Sorgen über ihren Gemütszustand. Sie sprach nicht mit Carolina, spekulierte dennoch, was hinter all dem steckte. Sara suchte eine Lösung für Carolinas Probleme.

Wenn Carolina weiterhin auf alles panisch reagiert, werde ich ihre Eltern informieren. Sie haben bestimmt Möglichkeiten, Carolina zu helfen. Wenn ich nur wüsste, was in den letzten Jahren vorgefallen ist. Hätte ich sie in unseren Gesprächen fragen sollen?

Carolina war erst spät aus ihrem Büro gekommen und fühlte sich ausgebrannt, als sie glaubte, den Verstand zu verlieren. Sie wollte nach Hause und das auf dem kürzesten Weg. Nach wenigen Schritten bemerkte sie einen Schatten auf der gegenüberliegenden Straßenseite. Im ersten Moment glaube sie, dass der Schatten von einem Gebäude sich dort spiegelte. Schnell bemerkte sie ihren Irrtum. Wenn sie sich bewegte, bewegte sich der Schatten ebenfalls.

Das ist unmöglich. Ich muss schlafen und weniger arbeiten. Warum sollte ein Schatten der nicht von mir ist sich bewegen, wenn ich mich bewege?

Sie erhöhte ihr Tempo. Die letzten Meter bis zu ihrem Wohnblock rannte sie. Dadurch verlor sie den seltsamen Schatten aus den Augen. An der Hausecke blieb sie stehen, um sich davon zu überzeugen allein zu sein und zu Atem zu kommen. Sie lauschte, ob es verdächtige Geräusche gab, während sie sich um ihre eigene Achse drehte, um nichts zu übersehen. Es war niemand zu sehen. Außer einigen Geräuschen, die der Wind in den Bäumen verursachte, war nichts zu hören. So ging Carolina erleichtert auf den Haupteingang zu.

Der Haupteingang war nicht verschlossen, wie es sonst der Fall war.

Unser Hausmeister hat vergessen, seine Runde zu machen.

Über mehr wollte sie nicht nachdenken. Sie war viel zu müde. Zügig nahm sie die Treppe zu ihrer Wohnung. Auf dem Weg nach oben holte sie den Schlüssel aus ihrer Tasche, um Zeit zu sparen.

Ohne weiter zu überlegen steckte sie den Schlüssel ins Schloss und versuchte ihn zu drehen. Bevor ihr bewusst wurde was vor sich ging sprang die Tür auf. Verdutzt blieb sie einen Moment stehen.

Ich hatte heute Morgen abgeschlossen. Da bin ich mir sicher.

Sofort schrillten bei ihr die Alarmglocken.

War das vorhin doch keine Einbildung? War jemand auf der anderen Straßenseite, der mich beobachtete? Vielleicht sogar in meiner Wohnung?

Carolina hatte keine Antworten auf ihre Fragen. Zu dieser Uhrzeit konnte sie auch mit niemandem reden. Sie lauschte, bevor sie ihre Wohnung betrat. Es war nichts Verdächtiges zu hören. Auf Zehenspitzen betrat sie die Wohnung und schaute sich konzentriert um. Es schien alles normal zu sein. Sie bemerkte keine Spuren von Veränderung.

Mein Fehler. Ich muss vergessen haben abzuschließen.

Sie dachte länger über ihren Fehler nach.

Ich bin zwar ab und zu vergesslich, aber die Tür vergesse ich nicht. War der Hausmeister in der Wohnung? Musste er was überprüfen und hatte vergessen bescheid zu sagen? Ich werde ihn fragen. Bis Morgen werde ich mich gedulden müssen. Um diese Zeit jemanden zu stören, wäre unmenschlich.

Carolina haderte mit sich. Sie fand keine Ruhe.

Folglich dauerte es nicht lange und Carolina stand zu nachtschlafender Zeit beim Hausmeister, der im Erdgeschoss wohnte, vor der Tür. Nach einmaligem Klingeln wurde geöffnet, und das vom Hausmeister persönlich. Carolina hatte ihn seit ihrem Einzug erst zweimal gesehen. Wenn man bedachte, dass es ein Jahr her war, war das selten. Er hatte ein kantiges ernstes Gesicht. Wenn man mit ihm sprach, war er freundlich. „Entschuldigen Sie bitte die Störung. Ich habe eine wichtige Frage. Waren Sie heute in meiner Wohnung?" Der Hausmeister stutzte. „Wissen Sie, wie spät es ist? Normale Leute schlafen. Hat das nicht Zeit bis zum Morgen?" Kopfschüttelnd stand er da, als ihm die Frage von dieser Frau Berg wieder einfiel. „Warum sollte ich in ihrer Wohnung gewesen sein? Sie wissen doch, ich melde mich vorher an. Wie kommen Sie auf diese absurde Idee? Ist in ihrer Wohnung was zu reparieren?" „Nein. Es ist alles in Ordnung. Entschuldigen Sie nochmals die Störung." Carolina ging und der Hausmeister blieb irritiert zurück.

Ich muss morgens vorsichtiger sein, wenn ich die Wohnung verlasse. In Zukunft werde ich fünf Minuten früher gehen, um nicht zu vergessen richtig abzusperren.

Das waren ihre letzten Gedanken, bevor sie einschlief.

Am nächsten Morgen musste Carolina noch an den Vortag denken. Sie entschloss sich mit ihrer besten Freundin, über die unheimlichen Vorgänge zu sprechen. Für dieses Gespräch nutzte sie die Mittagspause. Als Sara die Berichte ihrer Freundin hörte, wusste sie im ersten Moment nicht, ob sie lachen oder ernst bleiben sollte. Dann sah sie die Panik in Carolinas Augen und entschied die Sache ernst zu nehmen. „Ich bin der Meinung, du hast in letzter Zeit zu viel gearbeitet. Nimm dir ein paar Tage frei." Carolina schüttelte den Kopf. „Ich kann mir nicht freinehmen. Auf meinem Schreibtisch stapeln sich die Akten. Ich habe eine Vermutung, wer mir da hinterherschleicht." „Wen hast du in Verdacht?" „Ich glaube es ist der Kollege Bacher. Dir und den anderen kann nicht entgangen sein, dass er mir hinterherläuft, wie ein kleines Hündchen." „Selbstverständlich haben wir das bemerkt. Ich glaube nicht, dass er dich verfolgt. Dafür ist er nicht der Typ. Ich kenne ihn seit Jahren und weiß wie versessen er darauf ist Karriere zu machen. Er hat oft Grenzen überschritten und wurde von Abteilung zu Abteilung geschickt. Im normalen Leben ist er harmlos." Carolina konnte sich mit der Erklärung ihrer Freundin nicht zufriedengeben. Ihr kam ein anderer Gedanke. „Darf ich dich um einen großen Gefallen bitten? Wärst du bereit mich eine Zeit lang zu begleiten? Du bist die Einzige, die es schaffen kann, mich zu überzeugen, dass ich allmählich den Verstand verliere. Sollte das alles keine Einbildung sein, habe ich eine Zeugin und kann mich an die Polizei wenden." „Wenn es dich beruhigt, werde ich dich begleiten. Du wirst sehen, dass es Hirngespinste von dir sind, weil du überarbeitet bist. Was anderes will ich mir nicht vorstellen. Bei dem Gedanken daran, es gibt da draußen einen Verrückten, der dich verfolgt, bekomme ich am ganzen Körper Gänsehaut." „Danke für dein Verständnis." „Für mich, als deine beste Freundin steht fest, dass ich dich nicht im Stich lassen werde." Somit war das geklärt. Insgeheim war Sara glücklich, dass Carolina sich ihr anvertraut hatte. Andererseits versetzten sie die Schilderungen in Angst.

Noch am gleichen Abend ging Carolina in Begleitung ihrer Freundin Sara nach Hause. Vor der Haustür wollte sich Sara verabschieden. „Bis Morgen." Carolina überraschte sie mit einer erneuten folgte ihr aber trotzdem nach oben. Carolina, die damit gerechnet hatte, dass die Wohnungstür nicht verschlossen war, wurde eines Besseren belehrt. Sie ließ Sara gehen, ohne eine weitere Erklärung. „Wir sehen uns morgen. Es reicht, wenn du eine Stunde eher hier bist." Sara antwortete nicht, sondern nickte und ging die Treppe hinunter Richtung Ausgang. Sie verstand Carolinas Verhalten nicht.

Warum musste ich sie bis zur Wohnungstür begleiten. Sie erzählte mir doch, sie würde auf der Straße verfolgt werden.

Carolina atmete erleichtert auf, weil nichts Außergewöhnliches geschehen war. Sie schaute in jede Ecke ihrer Wohnung. In ihr reifte die Erkenntnis, dass es nach über einem Jahr Zeit wurde, ihre Wohnung vernünftig einzurichten. Ihr erster Versuch sich wirklich wohnlich einzurichten, gleich nach ihrem Einzug war kläglich gescheitert. Beiläufig fiel ihr Blick auf das Bild an der Wand, das einzige was sie besaß. Es war ein Bild ihrer Eltern auf der Terrasse ihres Elternhauses. Auf diesem Bild schienen sie glücklich zu sein. Eine Kleinigkeit an diesem Bild irritierte Carolina. Es war der Blick ihres Vaters. In seinen Augen spiegelte sich Zorn, obwohl er lächelte. Dieses Detail war ihr zuvor nicht aufgefallen. Jetzt kam es ihr vor, als würde der Blick sie taxieren.

Das ist unheimlich. Warum beobachtet er mich? Sein Blick folgt mir auf Schritt und Tritt. Ich werde noch verrückt. Wenn Sara hier wäre, würde es mir besser gehen. Soll ich sie anrufen? Nein. Nicht um diese Uhrzeit. Ich brauche Ablenkung.

Carolina nahm sich ein Buch und kuschelte sich in eine Decke auf die Couch. Das brachte nicht den gewünschten Erfolg. Jedes Mal, wenn sie ihren Kopf hob, sah sie die Augen ihres Vaters. In ihrer Verzweiflung holte sie eine Decke und legte diese über das Bild.

Endlich kann er mich nicht mehr sehen. Besser ich gehe ins Bett und lese dort.

Schnell übermannte sie die Müdigkeit, was sie veranlasste, das Buch zur Seite zu legen. Kaum hatte sie die Augen geschlossen, sah sie ihren Vater. Seine Augen verfolgten sie in ihren Träumen. Carolina erwachte am Morgen schweißgebadet. Sie blieb einige Zeit liegen, um sich zu sammeln.

Was ist mit mir? Es muss einen Grund geben, warum mein Vater mich in meinen Träumen verfolgt. Hat Sara recht und ich verliere den Verstand? Angesichts des gestrigen Abends weiß ich nicht mehr, was Realität oder Einbildung ist.

Während sie duschte, vergaß sie die letzten Stunden fast vollständig. Sie hatte das Gefühl, dass Wasser würde alles Schlechte von ihr abspülen. Sie summte sogar ein Lied, während sie sich anzog. Diese Leichtigkeit verflog augenblicklich, als sie ins Wohnzimmer kam. Wieder fühlte sie sich beobachtet. Carolina schüttelte den Kopf.

Sara hat recht. Ich bin verrückt. Wer soll mich hier beobachten? Das Bild ist nach wie vor abgedeckt. Urlaub wäre wohl doch das Richtige. Wenn ich bloß nicht so viel Arbeit hätte".

Die Zeit, bis ihre Freundin kam, verging schnell. Carolina hatte nicht einmal gefrühstückt, als es klingelte. Sie öffnete die Tür und zog Sara, ohne eine Erklärung abzugeben in die Wohnung. Sara wusste nicht, wie sie reagieren sollte. Sie sah Carolina mit großen Augen an. „Was soll das?" „Komm mit. Ich brauche eine Bestätigung von dir." „Was für eine Bestätigung?" „Frag nicht. Komm einfach mit. Setz dich auf die Couch und schaue dir das Bild meiner Eltern an. Ich will wissen, ob dir was auffällt." Sara folgte den Anweisungen ihrer Freundin. Dabei bemerkte sie das zugehängte Bild. „Warum hast du eine Decke über dem einzigen Bild in deinem Wohnzimmer?" „Ich erkläre es später. Schau es dir an und sage mir, was dir auffällt." Während sie das sagte, enthüllte sie das Bild. Sara nahm sich einige Minuten Zeit. Ihr fiel nichts Außergewöhnliches auf. „Was soll da sein? Für mich ist das ein Familienfoto." „Ich hatte gestern das Gefühl, mein Vater würde mich anstarren. Sogar während ich schlief, verfolgten mich seine Augen. Da dir nichts auffällt, muss ich es mir eingebildet haben." Carolina sagte es, ohne ihren Worten zu glauben. Sara sah ihre Freundin mitleidig an. „Du bist überarbeitet. Daran habe ich keinen Zweifel mehr. Eine Frage habe ich noch an dich. Warum musste ich gestern mit rauf kommen?" „Ich hatte dir erzählt, dass meine Wohnungstür nicht verschlossen war. Ich wollte dich als Zeugin, um dieses zu bestätigen. Gestern war alles normal." „Nein. Das hattest du nicht gesagt. Aus diesem Grund war ich gestern Abend verwirrt. Mach dich fertig. Wir wollen nicht zu spät kommen." Carolina beeilte sich. Bis zum Arbeitsbeginn blieben ihnen noch zwanzig Minuten. Das war genau genommen viel zu wenig Zeit. Carolina brauchte sonst die doppelte Zeit, um die Kanzlei auf direktem Wege zu erreichen. Hektisch begann Carolina, sich herzurichten. Sara bremste sie. „Nicht so schnell. Wir werden rechtzeitig ankommen. Ich bin mit dem Auto da." Carolina atmete erleichtert auf. An diesem Morgen verzichtete sie darauf in die Bäckerei zu gehen, wie es ihre Art war.

Carolina und Sara erreichten die Kanzlei in dem Moment, als die Kirchturmuhr neunmal schlug.

Den ganzen Tag hatte Carolina das Bild ihres Vaters vor Augen. Das machte sie verrückt. Sie konnte sich nicht auf ihre Arbeit konzentrieren. An diesem Morgen klappte nichts. Carolina hatte sich vorgenommen Berichte zu schreiben. Den Ersten begann sie dreimal und auch dann entdeckte sie Fehler. Resigniert schob sie die Akten zur Seite und legte den Kopf auf ihre Arme. Ihre Freundin kam, um nach ihr zu sehen. Sie erkannte sofort, dass Carolina mit ihren Gedanken nicht bei der Sache war. „Denkst du noch über das Bild nach?" „Ja. Um ehrlich zu sein, bekomme ich es nicht mehr aus meinem Kopf. Dieser Blick macht mir Angst. Meine Arbeit leidet darunter. Du siehst meinen vollen Papierkorb. Würde sich die Arbeit hier nicht stapeln, würde ich nach Hause gehen. Ich bin zurzeit nicht in der Lage einen klaren Gedanken zu fassen." „Falls es dich beruhigt, sehen wir uns das Bild heute Abend richtig an." Carolina nickte zustimmend. Das Angebot ihrer Freundin ließ sie für den Rest des Tages ruhiger werden.

Der Weg nach Hause war ohne Vorkommnisse. Carolina entspannte sich. Das Gefühl verfolgt zu werden ließ von Tag zu Tag nach.

In der Wohnung nahmen sich die Freundinnen das Bild vor. Wie oft sie das Bild von allen Seiten betrachteten, sie entdeckten nichts Ungewöhnliches. Es war ein Bild wie jedes andere.

Drei Monate begleitete Sara ihre Freundin, ohne irgendwelche Zwischenfälle. Carolina, der es mittlerweile peinlich war, ihre Freundin in Beschlag zu nehmen fasste einen Entschluss. „Sara ich danke dir für die Zeit, die du geopfert hast. Du hattest recht, ich leide an Verfolgungswahn." Sara lächelte. „Sei froh, dass es Einbildung war. Alles andere wäre katastrophal gewesen und an die Folgen will ich nicht denken." Jetzt lachten beide über die Situation. Zum Dank für ihre Zeit schenkte Carolina Sara einen Gutschein für ein Wellnesswochenende. „Das wäre nicht nötig gewesen", sagte Sara. Da dieser Gutschein für zwei ist, nehme ich dich mit. Du kannst ein Entspannungswochenende auch gebrauchen." „Der Gutschein ist allein für dich bestimmt." Vergiss es. Du kommst mit. Noch heute kümmere ich mich um die Reservierung. Ich gebe dir später bescheid, wann wir fahren." Als Sara Carolina zur Mittagspause holte, strahlte diese übers ganze Gesicht. „Was stimmt dich so froh?" „Ich habe gebucht. Wir fahren bereits in zwei Tagen." „Das ist mir zu schnell." „Hör auf mit deinen Ausreden. Jetzt gibt es kein zurück mehr." Bevor Carolina sich versah, ging es los. Die Tage taten Carolina mehr als gut. Von dem Moment an war Carolina wieder die lebenslustige und hilfsbereite junge Frau, die alle kannten und schätzten.

Ein ganzes Jahr geschah nichts und Carolina wandte sich den Männern zu. Hin und wieder traf sie sich mit einigen von ihnen, in der Hoffnung einen neuen Partner zu finden. Sie traf sich mit denkbaren Partnern an unterschiedlichen Orten. Mal in einem Restaurant, mal im Café. Sie suchte sich für ihre Treffen Orte aus, an denen sich Menschen aufhielten. Sofern die Männer, mit denen sie sich traf, Andeutungen machten in trauter Zweisamkeit seien zu wollen, nahm sie augenblicklich Abstand.

Diese Kerle wollen alle das eine. Oberflächlicher geht es nicht. Mit Intellekt hat das nichts zu tun. Ich verstehe die Frauen nicht, die darauf eingehen. Für mich wird es nur den einen Mann geben. Den, der es ernst mit mir meint. Affären gehören nicht in mein Leben.

Gary Bacher, dem in der Zwischenzeit nicht entgangen war, was Carolina in ihrer Freizeit machte, suchte offensiver ihre Nähe. Seine Anbiederungen ließen Carolina vorsichtiger werden, im Umgang mit ihm. Sie beschränkte sich auf die notwendigsten Gespräche und das auch nur, wenn es um die Arbeit ging. Anderenfalls versuchte sie, ihm aus dem Weg zu gehen.

Von einem Tag auf den anderen begann alles von vorn. Carolina wurde ihrer Ansicht nach erneut verfolgt. Sie hatte nicht den Mut mit anderen Personen über ihre Vermutungen zu sprechen. Ihre Freundin ließ sie ebenso außen vor. Sie hatte Angst, diese würde sie nicht mehr ernst nehmen. Schnell stellt Carolina fest, dass es nichts mit Einbildung zu tun hatte. Trotzdem wollte sie sich diesmal allein um die Angelegenheit kümmern.

Sie kam nach Hause. Bis dahin schien alles normal. Sie schloss ihre Wohnungstür auf. Als sie diese aufstieß, traf sie der Schlag. Der erste Blick in den Flur ließ sie erstarren. Die Garderobe war umgestoßen worden und der Spiegel hatte einen langen Riss. Jemand war dort gewesen oder immer noch dort. Vor Angst was kommen würde hielt sie den Atem an. Sie lauschte, ob es Geräusche gab. Es war nichts zu hören. Carolina nahm ihren ganzen Mut zusammen und trat ein. Der Garderobenständer lag quer im Flur und versperrte ihr den Weg. Wieder blieb sie stehen.

Was ist hier los? Wer war in meiner Wohnung? Soll ich weitergehen oder lieber die Polizei rufen? Nein. Ich gehe dem Ganzen allein auf den Grund. Gleich die Pferde scheu machen bringt nichts.

Nach kurzer Zeit hatte sie sich gefasst. Vorsichtig stieg sie über den Garderobenständer und versuchte dabei so wenig wie möglich Geräusche zu machen. Schließlich wusste sie nicht, ob derjenige, der den Flur verwüstet hatte, noch in der Wohnung war. Dann bahnte sie sich weiter ihren Weg. Sie erkannte, dass es keine Einbildung war, verfolgt zu werden.

Endlich habe ich Beweise für meinen Verdacht. Den Schuldigen zu finden wird nicht leicht sein. Egal, wer das angerichtet hat, der muss mich wirklich hassen. Wer macht sich die Mühe meine Möbel umzustellen? Warum wurden die Pflanzen zerstört? Wen habe ich verärgert, dass er so was tut? Ich muss mit dem Hausmeister sprechen. Ihm ist mit viel Glück etwas aufgefallen.

Gleichgültig, in welches Zimmer sie sah. Überall bot sich ihr das gleiche Bild. Nur die Küche und das Bad waren so wie immer.

Hier ist niemand mehr. Soll ich darüber glücklich sein oder ärgerlich, weil ich denjenigen nicht erwischt habe?

Ihr Weg führte sie erneut zum Hausmeister. Dieses Mal öffnete seine Frau. „Kann ich helfen? Sie sind doch die junge Frau, die vor zwei Jahren hier eingezogen ist." „Ja. Das bin ich. Mein Name ist Berg und ich möchte ihren Mann sprechen. Ist er da?" Die Frau drehte sich weg und rief ihren Mann. Als er sah, wer ihn sprechen wollte, runzelte er die Stirn. „Was gibt es jetzt wieder?" Er war nicht so freundlich, wie sonst. Nachdem Carolina ihr Anliegen vorgetragen hatte, reagierte der Hausmeister ungehalten. „Ich muss doch bitten. Solche Unterstellungen lasse ich mir nicht länger gefallen. Ich habe Ihnen damals gesagt, dass ich mich anmelde, bevor ich eine Wohnung betrete. Hören Sie auf mir stets und ständig zu unterstellen, dass ich ohne Erlaubnis in ihre Wohnung eindringe." „Ich wollte Ihnen nichts unterstellen. Es besteht die Möglichkeit, dass Sie eine Person gesehen haben die nicht hierher gehört." „Ich habe nichts mitbekommen." „In meiner Wohnung geht Merkwürdiges vor. Vorhin entdeckte ich, dass jemand meine Möbel und die Pflanzen verrückt und zerstört hat.

Damals hatte ich nur eine Vermutung. Heute habe ich Beweise. Außer mir, meinen Eltern und Ihnen hat niemand einen Schlüssel für die Wohnung. Da ist es verständlich, dass ich nachfrage." „Jetzt verstehe ich ihre Frage auch. Wie wäre es, wenn Sie mit ihren Eltern sprechen, ob sie in der Wohnung waren? Noch besser, Sie rufen gleich die Polizei." „Ich will nicht gleich die Pferde scheu machen. Mit meinen Eltern spreche ich noch heute. Endschuldigen Sie die Störung."

Auf dem Weg zurück in ihre Wohnung machte Carolina sich ihre Gedanken.

Sollten meine Eltern hier gewesen sein, ohne mich zu informieren? Wenn sie hier waren, verstehe ich nicht, warum sie in meiner Wohnung gewütet haben.

Zurück in ihrer Wohnung, begann sie Ordnung zu machen. Anschließend nahm sie das Telefon zur Hand und wählte die Nummer ihrer Eltern. Die ganze Situation duldete beim besten Willen keinen Aufschub. Nach einigen Minuten nahm ihre Mutter den Anruf entgegen. Carolina hielt sich nicht lange mit Erklärungen auf, sondern kam gleich zum Punkt. „Wart Ihr heute bei mir in der Wohnung?" „Nein. Dein Vater ist auf Geschäftsreise und ich war mit meiner Jugendgruppe unterwegs. Was soll diese Frage." Carolina begann in groben Zügen zu schildern, was ihr widerfahren war. Ich fragte den Hausmeister. Ihm war nichts aufgefallen. Wenn ihr es nicht wart, steht für mich fest, dass sich ein fremder Zutritt verschafft hat. Ich hätte wohl besser die Polizei gerufen. Vielleicht hätten die mir helfen können. Ich habe alles wieder aufgeräumt." „Das war ein Fehler. Wie willst du dich jetzt verhalten?" „Ich werde noch aufmerksamer sein und hoffen, dass es nur ein dummer Scherz war." „Nächstes Mal bist du nicht so leichtsinnig und rufst sofort die Polizei. Ich mache mir Sorgen." Carolina ging nicht weiter darauf ein. Nach einer kurzen belanglosen Unterhaltung beendete Carolina die Verbindung. Sie konnte sich denken, was ihre Mutter jetzt für Ängste um sie hatte.

War es richtig meine Eltern anzurufen? Meine Mutter wird sich jetzt unnötig Sorgen machen und mein Vater wird über mein kindliches Verhalten lachen. Egal. Ändern kann ich es jetzt nicht mehr.

Sie dachte über die mahnenden Worte ihrer Mutter nach.

Ich war wirklich leichtsinnig. Meine Tür lässt sich zu leicht öffnen. Ich brauche zusätzliche Sicherheit. Eine Türkette wäre wohl sehr sinnvoll. Ich werde erneut zu Hause anrufen.

Das tat sie dann. Sie meldete sich mit den Worten: „Ich bin es. Wann ist Vater zurück?" „Morgen, am späten Nachmittag oder erst am Abend. Warum willst du das wissen?" „Ich wollte Vater fragen, ob er mir ein anderes Türschloss oder eine Türkette besorgen könnte." „Ich werde gleich mit ihm sprechen, wenn er zurück ist. Ich bin erleichtert, dass du dir Gedanken um deine Sicherheit gemacht hast. Ich gebe dir bescheid, wann wir kommen. Bis dann." Carolina legte auf, ohne eine weitere Reaktion ihrer Mutter abzuwarten. Bevor sie an diesem Abend schlafen ging, überzeugte sie sich davon, dass ihre Tür richtig verschlossen war. Sie hatte keine Lust auf ungebetene Gäste. Um sicherzugehen, ließ sie den Schlüssel von innen stecken.

In der Kanzlei versuchte sie sich nicht anmerken zu lassen, dass nichts war wie sonst. Ihrer Freundin ging sie aus dem Weg, um von ihr nicht mit unangenehmen Fragen konfrontiert zu werden. Ihr konnte sie nichts verheimlichen. Dafür kannte sie sie zu gut. Immer wenn ihre Freundin versuchte sich ihr zu nähern, fand Carolina eine Möglichkeit sich aus dem Staub zu machen. Nach der Arbeit gelang es ihr nicht mehr. Sara wartete am Fahrstuhl auf sie und hielt sie am Arm fest. „Was ist mit dir los? Den ganzen Tag gehst du mir aus dem Weg. Habe ich dir etwas getan?" Carolina versuchte, erneut zu entkommen. Ihre Freundin blieb standhaft. „Mit dir stimmt was nicht. Sag schon, was los ist." Carolina sah ein, dass sie keine andere Wahl hatte. „Du wirst mich endgültig für verrückt halten, wenn ich dir erzähle, was mir passiert ist." „Warum sollte ich?" „Bei mir war jemand Fremdes in der Wohnung. Als ich gestern nach Hause kam, waren alle Möbel und Pflanzen verrückt und zum Teil zerstört worden." Ihre Freundin hielt den Atem an, als sie das hörte. Es dauerte, bis sie reagieren konnte. „Du hast doch die Polizei gerufen?" „Nein. Ich habe einfach alles wieder aufgeräumt." „Du bist wohl nicht bei Sinnen. Monatelang begleite ich dich, weil du dich verfolgt fühlst und jetzt das. Ich glaube nicht an einen Zufall." „Jetzt bist du paranoid. Das andere liegt schon gut ein Jahr zurück. Warum sollte dieser Unbekannte so lange warten, bevor er so etwas macht?" „Da fragst du die Falsche. Dieses Mal ist es ernst. Ich habe Angst um dich und davor, was noch kommt." Carolina stimmte ihr nickend zu. „Wenn du willst, begleite ich dich wieder." „Das ist lieb von dir, würde an der Situation aber nichts ändern. Ich hoffe, es war nur ein dummer Scherz."

Einen Abend später stand Carolinas Vater vor der Tür und hatte eine Türkette dabei. Carolina war im ersten Moment verdutzt. Ihre Mutter hatte seinen Besuch nicht angekündigt, wie vereinbart. Trotzdem freute sie sich, ihren Vater zu sehen. „Danke, dass du schnell gekommen bist. Ich hatte noch nicht mit dir gerechnet. Mutter wollte vorher anrufen." „Das wird sie vergessen haben. Sie musste zu ihrer Jugendgruppe. Da gab es Probleme. Wenn es dir jetzt nicht passt, komme ich morgen noch einmal." „Nein. Ist gut. Je schneller das erledigt ist umso besser." Eine Stunde später war die Türkette angebracht. Carolina lud ihren Vater zu ihrem Lieblingsitaliener ein, um sich bei ihm zu bedanken.

Sie bemerkte, dass er schlechter Laune war. Einen Moment überlegte sie, ob sie ihn darauf ansprechen sollte.

Besser ich lass ihn in Ruhe.

Im Anschluss an den Abend begleitete sie ihn noch zum Auto, obwohl er nach wie vor ein langes Gesicht zog. Carolina konnte es nicht mehr aushalten, ihn so zu sehen. Deshalb sprach sie ihn offen an. „War das Essen nicht nach deinem Geschmack oder habe ich einen Fehler gemacht? Du kannst es mir ruhig sagen. Ich dachte, du würdest dich über das Essen freuen." Ihr Vater sah sie an und lächelte. Carolina kam dieses Lächeln gespielt und hinterhältig vor. Sie fühlte sich plötzlich nicht mehr gut in seiner Nähe. *Dieses Lächeln ist genauso falsch, wie auf diesem Bild in meiner Wohnung.* Da die obere Hälfte seines Gesichts im Dunkeln lag, konnte sie seine Augen nicht richtig sehen. Darüber war sie froh. „Nein, es war alles wunderbar. Ich war mit meinen Gedanken bei der Arbeit." Carolina merkte sofort, dass es sich um eine Ausrede handelte. Im Lügen war ihr Vater noch nie gut. Wenn er sich durch Lügen aus einer Situation herauswinden wollte, lief er leicht rot an. Bei ihm fing die Röte nicht im Gesicht an, wie es bei den meisten Menschen war, sondern am Hals.

Genau wie bei mir, wenn ich glaube in einer peinlichen Situation zu sein.

Sie ließ es auf sich bewenden und reichte ihm die Hand zum Abschied. „Grüß Mutter schön und noch vielen Dank." Sie versuchte, ihre Hand wegzuziehen. Ihr Vater hielt sie fest und zog Carolina ohne Vorwarnung zu sich heran. Carolina kam ins Stolpern und prallte gegen seine Brust. Vor Überraschung blieb sie kurz so stehen, dann stieß sie ihren Vater zurück. Er war viel stärker. Sie schaffte es nicht, genug Abstand zwischen sich und ihren Vater zu bringen. Nach wie vor hielt er ihre Hand. Ihre Gedanken überstürzten sich.

Was will er? Will er mich küssen oder hat er andere Absichten?

Sie hatte den Gedanken noch nicht zu Ende gedacht, da ließ er sie los. Dann drehte er sich um, und stieg in sein Auto. Carolina sah ihm noch nach, bis er hinter der nächsten Kurve verschwunden war.

Allein in ihrer Wohnung, die durch eine zusätzliche Kette gesichert war, atmete sie auf. Die Szene, draußen auf dem Parkplatz, mit ihrem Vater ließ ihr keine Ruhe.

Soll ich jemandem von dieser Situation erzählen oder halten sie mich endgültig für verrückt?

Nach reichlicher Überlegung hielt sie es nicht für notwendig. Schließlich war nichts weiter geschehen.

Auf der Arbeit gab es nichts Neues. Ihre Mandanten kamen und gingen. Mit abwechslungsreicher Arbeit hatte es nichts mehr zu tun. Die Straftaten der Jugendlichen glichen sich immer wieder. In den meisten Fällen ging es um Diebstähle oder Körperverletzungen. Seit dem ihr Vater die Türkette angebracht hatte, war nichts mehr geschehen. Der Spuk war ebenso schnell zu Ende gegangen, wie davor.

Ehe Carolina sich versah, waren drei Jahre ins Land gegangen. Die Routine ihrer Fälle machte Carolina zu schaffen. Sie änderte ihre Einstellung zur Arbeit, ohne dass sie mitbekam, was mit ihr geschah. Carolina schob die Veränderungen auf die immer selben Tätigkeiten. Ihren Kollegen waren diese Veränderungen nicht entgangen. Keiner hatte den Mut Carolina direkt anzusprechen. Das mit Carolina was nicht stimmte zeigte sich darin, dass Carolina morgens zu spät zur Arbeit kam. Ihre Kleidung ließ zu wünschen übrig. Auf Make-up verzichtete sie völlig. Dadurch sah ihr Teint immer ungesund aus. Es fehlte jede Spur von Farbe in ihrem Gesicht. Die Schatten unter den Augen ließen vermuten, das Carolina kaum noch schlief. Sie gähnte von früh bis spät. Die Arbeit erledigte sie zu langsam.

Ihr Chef, der bis dahin sehr zufrieden mit ihrer Arbeit gewesen war, bestellte sie ins Büro. „Frau Berg gut, dass Sie gekommen sind. Nehmen Sie Platz. Ich habe eine Frage. Was ist mit Ihnen? Ich warte seit Tagen auf ihre Berichte der abgeschlossenen Fälle. Wann kann ich damit rechnen?" Carolina sah ihn mit großen Augen an. Sie hatte nicht verstanden, um was es ging. Deshalb antwortete sie nicht. Ihr Chef wartete. Als ihm klar wurde, dass keine Antwort kommen würde, fragte er nach. „Frau Berg haben Sie meine Frage verstanden?" Carolina reagierte. „Entschuldigen Sie. Ich arbeite so schnell ich kann. Ich verspreche, Sie haben morgen die Berichte." Dabei lächelte sie versonnen. Herr Richter ließ sie gehen.

Mit meiner besten Mitarbeiterin stimmt was nicht. Hat sie Probleme, über die sie nicht sprechen möchte? Nimmt sie vielleicht Drogen? Alkohol kann nicht das Problem sein. Das würde ich riechen. Ich muss mit den Kollegen sprechen. Wir müssen gemeinsam herausfinden, warum Frau Berg sich zum Negativen verändert hat.

Carolina nahm sich vor, ihr Versprechen einzuhalten. Sie suchte sich die Akten zusammen und begann zu schreiben. Nach den ersten Sätzen kam sie ins Stocken.

Was mache ich hier? Das ist Zeitverschwendung. Es liegt nicht in meiner Macht, meine Mandanten von weiteren Straftaten abzuhalten. Sie müssen ihren eigenen Weg finden. Durch die Arbeit mit den Jugendlichen habe ich meine Bedürfnisse vergessen. Das muss ich ändern. Was ich brauche, sind neue Herausforderungen. Und das nicht nur im Job. Ich muss mein Leben von Grund auf neu ordnen. Ich kann meine Zeit sinnvoller gestalten.

Sie legte alles weg und ging nach Hause.

Ihre Freundin, die sie zum Mittagessen abholen wollte, wunderte sich über das verschlossene Büro. Sie fragte die Kollegen. Doch niemand wusste, wohin Carolina gegangen war. Sie hatte nichts gesagt und niemand hatte sie gesehen. Sara begann, sich Sorgen zu machen. Da der Arbeitstag nicht zu Ende war, blieb ihr nichts anderes übrig als zu warten. Nach der Mittagspause rief der Chef die Kollegen zusammen. Er wollte erfahren, was hinter Carolinas Verhalten steckte. Die Kollegen konnten nichts sagen. Carolinas Freundin Sara ging anschließend allein zum Chef. Sie hatte eine Vermutung, die sie nicht vor allen ausplaudern wollte. „Herr Richter. Sie fragten nach Carolinas Verhalten. Ich habe eine Vermutung." „Lassen Sie hören." Ich kenne Carolina lange. So reagiert sie im Allgemeinen, wenn sie unterfordert ist. Eine neue Aufgabe wäre die Lösung." „Ich werde über ihre Aussage nachdenken. Danke, dass Sie so offen mit mir geredet haben."

Sara suchte am gleichen Abend ihre Freundin auf. „Was ist mit dir? Du bist nicht du selbst. Sprich mit mir." „Carolina sah, dass ihre Freundin sich Sorgen machte und das wollte sie nicht. „Ich habe keine Lust auf die Arbeit. Immer der gleiche Trott. Ich fühle mich ausgelaugt." Sara überlegte, ob es eine Möglichkeit gab ihrer Freundin zu helfen. Sie wusste nicht wie. Ihrem Chef hatte sie Carolinas Verhalten bereits erklärt. Mehr Hilfe konnte sie nicht geben. Carolina gegenüber erwähnte sie kein Wort von dem Gespräch.

Ehe Carolina sich versah, kam es zu Veränderungen auf jeden Fall im Job. Unvermittelt bestellte der Chef Carolina einige Tage nach dem letzten Gespräch in sein Büro.

Er hat die Berichte immer noch nicht. Ich bin erledigt. Meine Arbeit hat ihm nicht gefallen. Soll ich sofort meine Sachen packen?

Mit zitternden Knien kam Carolina der Aufforderung ihres Chefs nach. Sie klopfte und trat ein. Verwundert blieb sie auf der Türschwelle stehen. Ihr Kollege Gary Bacher war auch anwesend.

Was will der hier? Hat er sich über mich beschwert? Wundern würde es mich nicht.

Ihr blieb nichts anderes, als das Kommende abzuwarten. Auf ein Nicken ihres Chefs trat sie weiter in den Raum und schloss die Tür. Um nicht als unhöflich zu gelten, nickte sie ihrem Kollegen zu. Es gab nur einen freien Stuhl, der neben dem stand, auf dem Gary Bacher bereits saß. Demonstrativ schob sie ihn auf die andere Seite des Schreibtisches. Herr Richter, dem diese Aktion nicht verborgen geblieben war, forderte nun auch sie auf sich zu setzen. Herr Richter beobachtete die beiden, sagte aber nichts zu dem Verhalten seiner Mitarbeiterin. Das zwischen den beiden was nicht stimmte hatte er schon länger bemerkt. Carolina schaute gerade aus. Dabei war ihr Blick auf den Schreibtisch gerichtet, der mit Akten überfüllt war. Es dauerte, bis der Chef erklärte, warum er sie zusammengerufen hatte. Die erste Zeit schaute er von einem zum anderen. Carolina verstand nicht, was das sollte. Diese Pause hatte auch ihr Gutes. Carolina wurde ruhiger. Nach unendlich langen Minuten begann ihr Chef, das Zusammentreffen zu erklären. „Wie Sie sehen habe ich hier eine Menge Akten liegen, die alle bearbeitet werden müssen. Ich werde einen Teil dieser Akten zwischen Ihnen aufteilen. Die anderen Kollegen unserer Abteilung haben genug Arbeit. Sie beide sind die Einzigen, die zurzeit keinen Fall am Laufen haben." Carolina betrachtete die Akten vor sich auf dem Schreibtisch näher. Es waren drei Stapel. Einer bestand aus blauen Mappen.

Die sind für Gary. Das System hier ist so eingefahren, dass man an Langerweile sterben kann. Ich sollte mich nach was anderem umsehen.

Der nächste Stapel bestand aus grauen Mappen.

Das sind meine. Wie könnte es anders sein. Wenn ich dieses Grau sehe, möchte ich schnellstens die Flucht ergreifen.

Für einen Moment überlegte Carolina, ob sie nicht wirklich gehen sollte.

Was soll das alles? Wenn es um die Arbeit geht, brauchen wir uns nicht zu treffen. Jeder kennt sein Aufgabengebiet. Sonst legt er die Akten auch einfach bei uns auf die Schreibtische.

Durch ein Räuspern ihres Chefs wurde Carolina aus ihren Gedanken gerissen. „Sie fragen sich, was das Zusammentreffen soll. Ich habe entschlossen, die Arbeitsgebiete umzustrukturieren. Mein Aufgabengebiet ändert sich nicht. Die grünen Akten bleiben mein Ressort. Zu den Umstrukturierungen." Er nahm den Stapel blauer Mappen. Gary Bacher streckte die Hand danach aus, doch der Chef schüttelte den Kopf. „Ich hatte erklärt, dass es Umstrukturierungen gibt. Diese Akten sind für Frau Berg." Carolina sah ihn mit großen Augen an. Sie konnte nicht begreifen, was das sollte. „Schauen Sie nicht so ungläubig. Ich möchte, dass Sie ab sofort die Fälle in der erwachsenen Strafverteidigung übernehmen." Damit reichte er den Stapel an Carolina. „Sie können sich an die Arbeit machen. Ich erwarte Ergebnisse. Sie wissen, dass der Ruf der Kanzlei davon abhängt." „Ich werde mein bestes geben." Mit diesen Worten erhob Carolina sich und ging.

Vor ihrem Kollegen wollte sie nicht zeigen, was in ihr vorging. Kaum war sie zur Tür hinaus, strahlte sie.

Kann der Mann Gedanken lesen? Nach so einer Herausforderung habe ich mich gesehnt. Hat er einen Tipp gekommen? Wenn ja, kann nur Sara mit ihm gesprochen haben. Ich werde sie fragen. Ich bin glücklich. Das Gesicht von Gary war einmalig. Er wird sich bestimmt was einfallen lasen, um mir Steine in den Weg zu legen. Damit werde ich fertig.

Carolina stand noch vor der Tür des Chefs, als sie Garys Stimme vernahm. „Entschuldigen Sie, Herr Richter. Das ist mein Aufgabengebiet und ich werde es mir nicht wegnehmen lassen." Carolina stellte sich die Reaktion des Chefs bildlich vor.

Unser Chef wird nicht erfreut sein. Jeder weiß, dass man ihm nicht widerspricht. Die Falten auf seiner Stirn werden sehr tief sein. Ich habe ihn bis zum heutigen Tag nur einmal wütend erlebt. Das möchte ich nie wieder. Ich hatte Angst.

An der Antwort erkannte Carolina die Gereiztheit in der Stimme des Chefs. „Bis jetzt bin ich Ihr Chef. Und wenn ich sage Frau Berg übernimmt den Bereich ist es so. Sie werden nichts unternehmen können." „Ich werde nicht Kleinbeigeben! So lasse ich mich nicht behandeln! Das ist eine Gemeinheit von Ihnen! Wie können Sie es wagen, dieser Person meine Fälle zu übergeben!" schrie er. Carolina klebte mit ihrem Ohr an der Tür, um nichts zu verpassen. Sie war auf die Reaktion ihres Chefs gespannt. Er schrie nicht, sondern sagte ruhig: „Ich weiß nicht, was zwischen Ihnen und Frau Berg abläuft. Es interessiert mich nicht, solange es nichts mit der Arbeit zu tun hat. Wenn Ihnen das nicht gefällt, können Sie kündigen. Wenn es nichts Weiteres gibt, gehen Sie bitte an die Arbeit. Einen schönen Tag wünsche ich Ihnen." Carolina wunderte sich über die ruhige Reaktion des Chefs.

Hat er eine Möglichkeit gefunden Stress abzubauen?

Aus dem Büro war nichts mehr zu hören. Da Carolina damit rechnete, dass ihr Kollege augenblicklich aus dem Büro kommen würde, machte sie sich schnell aus dem Staub. Sie wollte nicht beim Lauschen ertappt werden. Carolina war um die nächste Ecke, als die Tür des Chefbüros ruckartig geöffnet wurde. Anschließend fiel sie mit einem Knall ins Schloss. Der Knall war so laut, dass die Kollegen aus allen Richtungen herbeikamen. Gespannt schaute sie hinter einem Pfeiler hervor. Gary Bacher kam heraus und hatte einen hochroten Kopf.

Die Kollegen hatten bemerkt, dass etwas vor sich ging. Ihre Freundin war die Erste, die Carolina ansprach. Um nicht vor versammelter Mannschaft über einen Kollegen herzuziehen, zog Carolina ihre Freundin in eine Abstellkammer. Nachdem die Tür mit einem leisen Klicken ins Schloss gefallen war, berichtete Carolina kurz und bündig. Sara gratulierte ihr und sie verabredeten sich, um das Ereignis zu feiern. Anschließend ging jede an ihre Arbeit.

Zurück in ihrem Büro sah Carolina die Akten durch, um festzustellen, welcher dieser Fälle zuerst bearbeitet werden müsste. Gleich ihr erster Fall war ein großer. Es ging um einen Banküberfall in Verbindung mit Versicherungsbetrug. Sie erkannte sofort, dass nicht viel Zeit blieb, um sich einzuarbeiten. Somit begann sie einen Arbeitsplan zu erstellen, um nichts zu übersehen. Carolina konzentrierte sich ab sofort auf nichts anderes mehr. Der Rest musste warten. Vier Wochen bis zum Gerichtstermin waren nicht viel Zeit. Ihr wichtigstes Augenmerk lag da drauf, ihren Mandanten kennenzulernen. Das war wichtig, um eine Vereidigungsstrategie auszuarbeiten. Seit Beendigung ihres Studiums ging sie so vor. Sie war nicht bereit ihre Vorgehensweise zu ändern. Die Arbeit mit den Jugendlichen hatte ihr gezeigt, wie wichtig es war den Menschen hinter der Tat kennenzulernen. Carolina verbiss sich in den Fall.

Trotz ihrer knappen Zeit entging es ihr nicht, dass Gary Bacher jetzt noch mehr ihre Nähe suchte als zuvor. Sie ignorierte seine Annäherungsversuche. Eine Woche lief alles gut. Dann begann Gary, ihr überall aufzulauern. Carolina erinnerte das an ähnliche Situationen während ihrer Studienzeit.

Ist das der aufdringliche Typ, der mir auf der Uni nachgelaufen ist? Nein das kann nicht sein. Der Typ von der Uni hatte andere Haare und schüchtern war der. Davon kann bei Gary Bacher keine Rede sein.

Dabei spielte es keine Rolle, wie lange sie sich Gedanken machte. Sie konnte keine Verbindung zu Gary Bacher herstellen. Carolina besprach die neue Situation mit ihrer Freundin. „Beachte ihn nicht. Er wird von sich aus aufgeben."

Darauf wäre ich von selbst gekommen.

Sara gegenüber sagte sie: „Du wirst recht haben. Das werde ich machen." Rasch erkannte sie, dass der Rat ihrer Freundin total nach hinten losging. Es verging nicht ein Tag ohne Gary Bacher. Als er ihr eines Tages bis auf die Toilette folgte, platzte Carolina endgültig der Kragen. „Was fällt dir ein, mir nachzulaufen! Lass mich in Ruhe!" Da er sich nicht vom Fleck rührte, stieß Carolina ihm den Ellenbogen in die Seite. Sie sah zu, dass sie sich davon machte. Den Rest des Tages war nichts mehr von ihm zu sehen. Carolina hoffte, dass er verstanden hatte. Zu ihrem Leidwesen war das ein Irrtum.

Entspannt saß Carolina an diesem Abend zu Hause mit einem guten Glas Wein. Unerwartet klingelte es an ihrer Tür. Verwundert über die Störung, da sie niemanden erwartete, ging sie nachsehen. Bevor sie öffnete, legte sie die Kette vor. Seit den letzten Ereignissen war sie vorsichtig geworden. Es gab noch einen Punkt, der sie störte. Die Tür hatte keinen Spion. Deshalb war sie gezwungen zu öffnen. Nur so konnte sie herausfinden, wer sie um diese Uhrzeit sprechen wollte. Zum Glück hatte ihr Vater die Kette so angebracht, dass sich die Tür nur einen kleinen Spalt öffnen ließ. Allerdings reichte der Spalt aus, um zu erkennen, dass es Gary Bacher war, der ihre Ruhe gestört hatte. Ihr Gehirn lief sofort auf Hochtouren.

Wie hat er meine Adresse rausgefunden. Sara und der Chef werden sie ihm nicht genannt haben und meine Eltern kennt er nicht. Hat vielleicht mein Ex herausgefunden, wo ich bin? Das wäre eine Katastrophe. War er es vielleicht auch, der diesen liebenswerten Kollegen auf mich angesetzt hat? Sollte das der Fall sein, muss ich so schnell wie möglich wieder untertauchen.

Sie starrte ihn an, ohne ein Wort zu sagen. Erst als er sich räusperte, wurde sie aus ihren Gedanken gerissen. Sie wusste, sie wollte Antworten. „Woher hast du meine Adresse und was willst du von mir?" „Kannst du dir nicht denken, was ich will? Die Akten selbstverständlich. Deine Adresse zu erfahren war ein Kinderspiel für mich. Meine Freundin wohnt über dir. Ich war zufällig bei ihr, als du hier eingezogen bist. Ich erkannte dich sofort wieder. Lass mich rein. Drinnen redet es sich besser." Er hatte ein breites Grinsen auf seinem Gesicht. Carolina hatte nicht die Absicht seinem Wunsch nachzukommen. Sie wollte weitere Antworten. „Woher kennst du mich? Ich kann mich nicht an dich erinnern." „Wir haben zusammen in Bleichbach studiert. Ich war im letzten Semester, als du mit dem Studium begonnen hast. Ich fand dich … Es dauerte, bis er weiter sprach. Wie soll ich es ausdrücken? Ich weiß. Das Wort was ich suchte war bezaubernd. Du warst mit einem Schnösel zusammen. Ein besseres Wort gibt es nicht. Der ließ keinen an dich ran." Irgendwo, in ihrem Unterbewusstsein, regte sich was. Urplötzlich tauchte ein verschwommenes Bild von einem jungen Mann in ihrem Unterbewusstsein auf. Dieser hatte sie und ihren Freund auf Schritt und Tritt verfolgt und belauscht. Sie überlegte erneut.

Das sind nicht die gleichen Personen. Kein Mensch kann sich dermaßen verändern. Der Typ damals war sehr sportlich. Seine Haare kurz geschnitten und dazu war seine Haut von einigen besuchen im Solarium braun.

Innerlich ärgerte Carolina sich über seine Behauptung, die nicht stimmen konnte. „Hör auf mir Schwachsinn zu erzählen. Aus welchem Jahrhundert bist du gekommen Deine Ausdrucksweise passt nicht in unsere Zeit. Zu was anderem. Wir waren bestimmt nicht auf der gleichen Universität. Ich weiß beim besten Willen nichts von dir. Sag mir, wer dich geschickt hat, um mich fertigzumachen." „Niemand schickt mich. Ich bin wegen der Akten hier und würde mich freuen, wenn ich dich näher kennenlernen könnte." „Nein danke. Ich hätte gern meine Ruhe. Was die Akten angeht, musst du das mit unserem Chef klären. Von mir bekommst du die Akten nicht ohne seine Zustimmung. Jetzt entschuldige mich." Das waren ihre letzten Worte, bevor sie ihm die Tür vor der Nase zuschlug. Ob er ging oder noch vor ihrer Tür stehen blieb interessierte sie nicht mehr.

Um nicht weiter gestört zu werden, setzte sie Köpfhörer auf und hörte Musik. Aufgewühlt, wie sie war schien ihr das die beste Möglichkeit zur Ruhe zu kommen. Zur Entspannung in solchen Situationen wählte sie Vivaldi. Sie liebte die Klassik seit ihrer frühen Jugend. Aus dieser Musik schöpfte sie neue Kraft.

Erfreulicherweise kam das Wochenende und Carolina erwartete ihre Eltern. Sie hatte sie eingeladen, um gemeinsam mit ihnen ihre Wohnung neu zu dekorieren. Früh am Samstagmorgen machte sie sich auf den Weg, um die wöchentlichen Einkäufe zu erledigen. Ausgeglichen und glücklich, wie seit einiger Zeit nicht mehr, hatte sie das Haus verlassen. Das Wetter war außergewöhnlich schön. Im ersten Moment überlegte sie, ob es sich lohnen würde, einen Abstecher in eine der Bäckereien mit Außenterrassen zu machen. Ihre Lieblingsbäckerei verfügte nicht über die Möglichkeit, sich nach draußen zu setzen. Ihr erster Weg führte sie ungeachtet dessen in diese Bäckerei. Das war in den Jahren fast ihr zweites zu Hause geworden. Um einen Plausch mit der Bäckerin kam sie nicht herum.

Als Carolina diese verließ, traute sie ihren Augen nicht. Auf der anderen Straßenseite stand ein Mann, der die gleichen markanten Gesichtszüge hatte, wie ihr Exfreund. Mehr konnte sie auf die Entfernung nicht erkennen. Sie versuchte, ihre Gedanken zu ordnen.

Kann er es wirklich sein? Ich sehe diese hohe Stirn und das spitze Kinn. Entweder hat er einen Bruder, den er während unserer Beziehung nicht erwähnt hat oder ich irre mich. Er kann mich nicht gefunden haben.

Im ersten Moment glaubte sie, sie hätte sich getäuscht. Dann rief jemand ihren Namen. Es war dieser Mann. Starr vor Schreck wusste sie nicht, wie sie sich verhalten sollte.

Soll ich zurück in die Bäckerei oder weiter gehen? Das ist seine Stimme oder täusche ich mich? Sie klingt sehr ähnlich. Diese Stimme werde ich wie aus meinem Kopf bekommen. Wie hat der mich gefunden, wenn er es denn überhaupt ist? Die Gesichtszüge und diese Stimme. Das kann kein Zufall sein. Nicht mal Zwillinge haben gleiche Stimmen. Hört das überhaupt nicht auf? Wie verhalte ich mich am unauffälligsten?

Alle diese Fragen und Erkenntnisse gingen ihr gleichzeitig durch den Kopf. Als sie in Richtung desjenigen blickte der sie gerufen hatte sah sie, dass er auf sie zukam. Schleunigst setzte sie, ohne weiter zu überlegen ihren Weg fort und tauchte in einer Touristengruppe unter, die zufällig vorbei kam. Erst drei Straßen weiter traute sie sich einen Blick nach hinten zu riskieren. Ihr Vorhaben ihn loszuwerden hatte nicht funktioniert. Er folgte ihr weiterhin und der Abstand zwischen ihnen verringerte sich. Je näher er kam um so sicherer wurde Carolina sich, dass es ihr Exfreund war.

In ihrer Panik betrat Carolina das nächstbeste Geschäft. Es war ein Laden für Damenbekleidung. Die Verkäuferin im Laden bemerkte sie nicht, obwohl die Glocke über der Tür ihr Eintreten ankündigte. Sie war intensiv in ein Gespräch mit einer anderen Kundin vertieft. Beide Frauen hatten ihre Köpfe über einem Prospekt zusammengesteckt und schienen über bestimmte Dinge zu diskutieren. Worum es ging, konnte Carolina nicht verstehen. Als sie sich Richtung Schaufenster drehte, sah sie ihn näher kommen. Er war nur wenige Meter von dem Geschäft entfernt und sah die Straße rauf und runter. Für sie gab es keinen Zweifel mehr, dort draußen war ihr Exfreund, der nach ihr suchte. Sie dreht sich vom Schaufenster weg. Aus dem Augenwinkel bemerkte sie, dass er sich Richtung Schaufenster drehte. In der Hoffnung, dass er sie nicht erblickt hatte, griff sie das Erstbeste, was sie zu fassen bekam. Damit verschwand sie in eine der Umkleidekabinen.

Die haben Museumswert. So alte Kabinen kenne ich aus dem Fernsehen. Dass es sie wirklich noch gibt, macht den Laden zu einer Attraktion.

Diese Kabinen waren aus Holz, mit Türen, die bis zur Decke gingen. Nur zwischen dem Fußboden und der Kabinentür bestand ein Abstand von einigen Zentimetern. Carolina sah sich nach einer Möglichkeit um, sich wirksam zu verstecken. Eine Sitzbank in der Kabine, deren Höhe über den Spalt zwischen Tür und Fußboden hinausging, schien ihr als geeignet. Um nicht entdeckt zu werden, stellte sie sich auf die Bank. Von dort hörte sie, wie die Ladentür geöffnet wurde. Die Verkäuferin reagierte auf den Klang der Glocke. Nicht wie bei ihr. Schnellen Schrittes trat diese dem Kommenden entgegen. „Kann ich Ihnen behilflich sein?" „Meine Freundin ist bei Ihnen im Geschäft und ich bin gekommen, sie abzuholen." Jetzt wusste Carolina, dass er sie tatsächlich gesehen hatte. Seine markante tiefe Stimme sagte ihr, dass er aufgeregt war. Durch einen Spalt in der Wand der Umkleidekabine sah Carolina wie sich die Verkäuferin irritiert im Laden umsah. Außer einer längjährigen älteren Kundin und ihr schien niemand da zu sein. Dementsprechend reagierte sie auch. „Entschuldigen Sie. Wie Sie sehen, ist nur diese Kundin bei mir im Laden. Sie müssen sich getäuscht haben. Ich bitte Sie, zu gehen. Ich muss mich um die Kundin kümmern." Diese Abfuhr war zu viel für ihn. Er wurde laut. „Ich bin mir sicher, dass meine Freundin sich in ihrem Geschäft aufhält! Ich habe sie vom Schaufenster aus gesehen! Wenn Sie mir nicht sagen, wo sie ist, durchsuche ich jede Ecke ihres Geschäfts!" Carolina sah, wie die Verkäuferin die nicht wusste, dass sie sich im Laden befand, vor Empörung rot anlief. Nun verlor sie die Beherrschung und schrie zurück: „Wenn Sie nicht augenblicklich gehen, rufe ich die Polizei!" Er lachte höhnisch und versuchte sich an der Verkäuferin vorbei weiter in den Laden zu drängen. Sie blieb standhaft und sprach über die Schulter mit ihrer Kundin. „Rufen Sie bitte die Polizei." Als er sah, dass die Kundin zum Telefon griff, gab er auf und machte sich davon. Nicht ohne eine Drohung auszusprechen. „Ich komme zurück. Verlassen Sie sich da drauf." Kurze Zeit später hörte Carolina das Klappen der Ladentür und anschließend nur noch die Verkäuferin und die Kundin.

„Was war das für ein komischer Typ. Der scheint nicht richtig zu ticken. Ich werde Vorbereitungen treffen, falls er seine Drohung wahr macht. Wer einen solchen Mann zum Freund hat, ist zu bedauern. Ich kenne keine Frau, die sich mit einem solchen Typ einlassen würde." Die Kundin nickte zustimmend. Doch das sollte nicht alles sein. Durch die Aussage der Ladenbesitzerin, Vorbereitungen zu treffen war ihre Neugier geweckt. „Was meinten Sie mit Vorbereitungen? Auf solche Typen kann man sich nicht vorbereiten." „Ich kann. Meine Hündin wird ab sofort hier Wache halten. In der Mittagspause werde ich sie holen. An der kommt keiner vorbei. Sie ist zwar zahm, aber laute Stimmen machen sie wütend. Also ist sie die beste Beschützerin." Die Kundin stimmte ihr zu. „Auf so etwas wäre ich nie gekommen."

Carolina hoffte, dass sie schnell eine Möglichkeit finden würde, den Laden verlassen zu können. Sie wusste, ihre Eltern warteten auf sie. Die beiden Frauen im Laden wollten nach Carolinas Ansicht nicht gehen. Ihr kam es wie eine Ewigkeit vor.

Dann war Ruhe und Carolina öffnete vorsichtig die Tür der Umkleidekabine, um nachzusehen, ob der Laden leer war. Sie hatte Glück und konnte ungesehen aus ihrem Versteck. Der kürzeste Weg wäre der durch die Vordertür gewesen. Carolina überlegte sich eine andere Möglichkeit. Sie suchte einen Hinterausgang. Vorsichtig schlich sie durch den Laden, da sie nicht wusste, wohin die beiden Frauen gegangen waren. Durch die Ladentür war niemand hinausgegangen. Das hätte Carolina durch das Läuten der Glocke gehört. "Die Frauen müssen im Gebäude sein. Wo ist die Frage". Carolina bewegte sich auf Zehenspitzen vorwärts. Sie hatte das andere Ende des Ladens erreicht, als sie eine Treppe sah. Diese führte in die oberen Stockwerke. Carolina blieb stehen und lauschte. Leises Gemurmel erreichte ihre Ohren. Damit hatte sich das Rätsel, um den Aufenthaltsort der Frauen geklärt. Wenige Schritte von der Treppe entfernt war eine Tür, die in den hinteren Teil des Ladens führte. Carolina ging darauf zu. Vorsichtig drückte sie die Klinke herunter. Carolina hatte erneut Glück. Die Tür ließ sich ohne Schwierigkeiten öffnen. Sie fand sich in einer Art Lager wieder. Gleich darauf sah sie die Tür mit dem Schild "*Notausgang*" darüber. Obwohl sie der Meinung war, nicht lange gebraucht zu haben, um diesen Notausgang zu finden, hörte sie Schritte hinter sich. Ihr blieb keine Zeit mehr durch die entdeckte Tür zu verschwinden. Die Tür, durch die sie in diesen Raum gekommen war, wurde geöffnet. Zügig suchte sie nach einer Möglichkeit sich zu verstecken. Der geeignetste Platz schien ein Kleiderständer voller Mäntel zu sein. Ohne weiter nachzudenken, war sie dahinter verschwunden. Sie hatte Glück. Diejenige, die die Tür geöffnet hatte, betrat den Raum nicht, sondern stellte einen Karton ab, ohne Licht zu machen. So schnell wie die Tür geöffnet wurde fiel sie auch wieder ins Schloss. Carolina beeilte sich, um durch die besagte Tür zu verschwinden.

An der frischen Luft atmete sie tief durch. Sie stand in einer kleinen Seitenstraße, die ihr zuvor nicht aufgefallen war. An diese Straße schlossen sich Hinterhöfe und Mülltonnen an. Dementsprechend war der Geruch. Carolina wurde leicht übel. Ein Würgereflex stieg in ihr hoch. Sie behielt die Nerven und ging einige Schritte weiter, bevor sie wieder stehen blieb.

Welchen Weg soll ich jetzt nehmen. Soll ich zurück zur Hauptstraße und Gefahr laufen, meinem Exfreund zu begegnen? Ist der Weg durch den Park nicht die bessere Entscheidung, obwohl der Weg länger ist? Wenn ich die Hauptstraße nehme, war die Zeit verschwendet, die ich brauchte, einen anderen Ausgang zu finden. Der Park ist am sichersten.

Damit war die Entscheidung gefallen.

Durch diese ganze Situation hatte Carolina zwei Stunden Zeit verloren und nicht das erledigt, was sie erledigen wollte. Schnellen Schrittes machte sie sich auf den Heimweg. Von Weitem sah sie ihre Eltern Auf-und-ab-Gehen. Sie winkte ihnen zu, um sich bemerkbar zu machen. Völlig außer Atem erreicht sie ihre Eltern. Gequält brachte sie heraus: „Entschuldigt meine Verspätung. Ich wurde aufgehalten." Ihre Mutter sah sie an und wusste sofort, dass ihre Tochter total durcheinander war. Da sie vor dem Haus kein Aufsehen erregen wollte, hielt sie sich mit Äußerungen zurück.

Erst in der Wohnung versuchte ihre Mutter, sie auf ihr Verhalten anzusprechen. Carolina blockte ab. „Es ist alles gut." Sie wollte nicht an die vergangenen Stunden denken. Sie interessierte sich für nichts anderes als die Wohnungseinrichtung. „Lasst uns überlegen, was besorgt werden muss." Alle machten Vorschläge. Es kam eine beachtliche Liste zusammen. Es dauerte nicht lange und Carolina wurde bewusst, dass sie viel zu wenig Möbel besaß. Sie überredete ihren Vater, mit ihr ins nächste Möbelhaus und ins Gartencenter zu fahren. Ohne lange zu reden, setzten sie sich in Bewegung.

Im Möbelhaus dauerte es länger, als Carolina eingeplant hatte und das war ihre eigene Schuld. Sie konnte sich nicht entscheiden, was sie nehmen sollte. Immer wieder sah sie Dinge, die ihr besser gefielen, als die, die sie sich nur Minuten zuvor ausgesucht hatte. Ganze zwei Stunden liefen sie von Etage zu Etage, bis Carolina alles gefunden hatte, was sie ihrer Meinung nach brauchte. Die Kleinteile luden sie ins Auto ihres Vaters. Der Rest sollte am nächsten Werktag geliefert werden. Als sie im Auto saßen, sah Carolina auf ihre Uhr und bekam große Augen. „Vater wir müssen uns beeilen. Das Gartencenter schließt bald. Ihr Vater lächelte verständig. Er kannte die Unentschlossenheit seiner

Tochter. Dreißig Minuten vor Geschäftsschluss erreichten sie das Gartencenter. Hier begann das ganze Drama von vorn. Zu guter Letzt entschied ihr Vater für sie. Es wurden ein Gummibaum, ein Kaktus und eine Bananenpflanze zur Kasse gebracht. Der Gummibaum und der Kaktus hatten eine Höhe von circa eineinhalb Metern. Im Gegensatz dazu kam die Bananenpflanze unscheinbar daher. Als Carolina an der Kasse stand, um zu bezahlen, wurde sie von hinten angesprochen. Bereits der Tonfall ließ Carolina erschrecken. Ihr Gesicht wurde augenblicklich leichenblass. Abrupt drehte Carolina sich um, um sich davon zu überzeugen, dass es derjenige war, den sie vermutete. Sofort erkannte sie, ihr Verstand hatte ihr keinen Streich gespielt. Gary Bacher stand mit einem Lächeln auf dem Gesicht, vor ihr. Sie schluckte, bevor sie fragte: „Verfolgst du mich oder was willst du hier?" „Bilde dir nichts ein. So wichtig bist du mir nicht. Ich hatte in der Nähe zu tun und dachte, es wäre eine gute Gelegenheit meiner Freundin Blumen mitzubringen." Demonstrativ hielt er ihr einen Strauß Nelken entgegen. Carolina versuchte zu lächeln, um die Situation zu entspannen. Es gelang ihr nicht recht. Ihr Gesicht verzog sich eher zu einer Fratze.

Im Auto ihres Vaters atmete Carolina erleichtert durch. Ihr Vater, der einen Teil der Szene im Geschäft mitbekommen hatte, konnte sich einen Kommentar nicht ersparen. „Du wurdest richtig blass, als du angesprochen wurdest. Ich dachte dir wäre ein Geist begegnet. Dabei war es ein netter, junger und noch gut aussehender Mann, der dich angesprochen hat. Ich dachte du wärst über die Probleme mit deinem Exfreund hinweg und würdest dich den Männern zuwenden." Carolina, die beiläufig zugehört hatte, weil ihr anderes durch den Kopf ging, nickte. Erst kurz bevor sie ihre Wohnung erreichten wurde Carolina klar, was ihr Vater gesagt hatte. Jetzt sah sie sich in der Pflicht, das richtigzustellen. „Das war einer meiner Kollegen der denkt jede haben zu können, sobald er mit Geld um sich wirft. Mit oberflächlichen Menschen kann ich nichts anfangen. Außerdem sind Kollegen für mich aus

Prinzip tabu. Das bringt Probleme mit sich und darauf kann ich gut und gerne verzichten."

Stunden später, als alle Möbel, Pflanzen und Gardinen nebst Vorhängen standen, lud Carolina ihre Eltern zu ihrem Lieblingsitaliener ein. Als sie saßen, versuchte ihr Vater das Thema mit den Männern aufgreifen. Carolina stoppte ihn. „Habe ich dir das nicht vorhin erklärt? Für mich gibt es nichts weiter zu sagen. Ich habe hunger." Damit winkte sie den Kellner heran, um die Bestellung aufzugeben. Sie hoffte sich damit, aus der Affäre gezogen zu haben. Ihre Mutter sah beide irritiert an, sagte aber kein Wort. Da sie die Spannung zwischen ihrem Mann und ihrer Tochter spürte, hoffte sie das Essen würde bald serviert werden. Sie wurde nicht enttäuscht. Carolina stürzte sich regelrecht auf das Essen. Damit ließ die Spannung zwischen den beiden nach. Ihre Mutter stocherte in ihrem Essen, ohne das einer der beiden darauf reagierte. Carolinas Mutter begann wenige Minuten später das Gespräch. „Was ist mit dir? Du isst, als seist du am verhungern. Gibt es einen bestimmten Grund, den ich erfahren sollte?" Carolina antwortete zunächst nicht. Um ihre Aufmerksamkeit zu bekommen, begann ihre Mutter ein Gespräch über Carolinas Arbeit. Nach zwei Stunden im Restaurant verabschiedete sich Carolina von ihren Eltern. Beide gaben ihr das Versprechen am Montag erneut zu kommen.

Zurück in ihrer Wohnung ließ sie den Tag Revue passieren.

War das Zusammentreffen mit meinem Exfreund ein Zufall oder hat irgendjemand ihn auf meine Fährte geschickt?

Wiederum konnte sie, wenn sie ehrlich war, nicht an einen Zufall glauben. Andererseits kannte sie niemanden der sie hasste. Es gab niemanden der ihm einen Tipp gegeben haben könnte.

Meine Freundin kann es nicht gewesen sein. Sie kennt ihn nicht und meine Eltern würden ihn lieber hinter Gittern sehen, als in meiner Nähe. Haben Gary Bacher und er Kontakt zueinander? Ich kann es mir zwar nicht vorstellen, da die beiden nichts gemein haben, aber möglich wäre es. Trotzdem kann es nur Zufall gewesen sein.

Mit diesem Gedanken versuchte sie, sich zu beruhigen. Da sie keine Antworten hatte, blieb ihr nichts, als sich mit Hausarbeit abzulenken.

In der Kanzlei hatte sie in nächster Zeit viel zu tun. Sie fand keine Zeit, über die Ereignisse der letzten Zeit nachzudenken. Der Termin bis zur Gerichtsverhandlung ihres jetzigen Falls rückte schnell näher. Bevor sie sich versah, war es soweit. Carolina ging nicht so gelassen in diese Verhandlung, wie sie gehofft hatte. Denn trotz ihrer Bemühungen ihren Mandanten davon zu überzeugen, dass sie auf seiner Seite stand, blieb er verschlossen. So blieb ihr nichts anderes übrig, als das Beste für ihn aus dem Ganzen zu machen. Nach drei Tagen Verhandlung war es geschafft und Carolina war zufrieden mit dem Ausgang. Mehr war nicht zu erwarten gewesen. Sie hatte erreicht, dass ihr Mandant nur zu einer kurzen Gefängnisstrafe verurteilt wurde. Ihr Mandant, der erbost war über das Strafmaß fluchte wegen der Unprofessionalität seiner Anwältin. Bevor er von den Beamten aus dem Gerichtssaal geführt wurde, drohte er ihr mit Vergeltung. Carolina hörte nicht auf seine Drohungen. Solche Drohungen hatte sie im Laufe der Jahre immer mal wieder erhalten. Jedes Mal war es dabei geblieben. Ihre Eltern, die diese Gerichtsverhandlung vor Ort mitverfolgt hatten, waren die ersten Gratulanten zum Ausgang des Verfahrens.

Am darauffolgenden Tag gratulierte ihr nicht nur der Chef zu diesem Ausgang, sondern auch viele ihrer Kollegen. „Mit diesem Ausgang hätte ich nicht gerechnet. Sie müssen uns das Rezept ihres Erfolges erklären." „Was soll ich erklären? Durch das Aktenstudium waren mir Ungereimtheiten aufgefallen. Diese habe ich einfach nur hinterfragt."

Es gab nur eine Person, die sich nicht mit Carolina freute, ihr Kollege Gary Bacher. Er lief mit langem Gesicht durch die Kanzlei. Carolina störte sich nicht daran. Insgeheim hoffte sie, jetzt Ruhe vor ihm zu haben.

Zum Ausruhen blieb ihr keine Zeit. In den nächsten Monaten folgte ein Gerichtstermin dem Nächsten. Carolina war von ihrer Arbeit eingenommen, dass sie nicht bemerkte, was um sie herum geschah. Sie lebte in dem Glauben, alles sei in bester Ordnung. Dabei bemerkte sie nicht, dass sie auf Schritt und Tritt verfolgt wurde.

Eines Tages, als Carolina in die Kanzlei kam, fand sie ihre Bürotür unverschlossen vor. Da sie sich sicher war, am Vorabend abgeschlossen zu haben, blieb sie einen Moment unentschlossen vor ihrem Büro stehen. Keine Minute später öffnete sie diese. Erst einen Spaltbreit und dann ganz. Was sie da sah, ließ sie nach Luft schnappen. Um sicher zu sein, dass sie nicht erneut Wahnvorstellungen hatte, holte sie ihre Freundin hinzu. Da Sara Carolinas pedantische Ordnung kannte, blieb sie erschrocken stehen, als sie das Durcheinander sah. „Was ist hier geschehen?" flüsterte sie Carolina zu, damit niemand von den Kollegen mitbekam, dass hier was geschehen war. Diese zuckte mit den Schultern, weil sie keine Antwort auf die Frage ihrer Freundin hatte. Seite an Seite betraten sie das Büro. Bei genauer Betrachtung traf Sara eine Feststellung: „Mir sieht es danach aus, als wenn unsere Putzfrauen übereifrig waren." „Du glaubst wirklich, für dieses Chaos sind die Putzfrauen verantwortlich?" „Ganz sicher. Solch ein Chaos hatten wir von Zeit zu Zeit in allen Büros. Beruhige dich. Ich helfe dir, Ordnung zu machen." Carolina wusste das Angebot ihrer Freundin zu schätzen. Trotzdem lehnte sie ab. „Das ist nett von dir. Ich schaffe das alleine. Die Mittagspause lasse ich ausfallen oder ich bleibe heute Abend länger. Es wird schon werden. Geh du lieber an deine Arbeit, bevor der Chef dich sucht." Damit hatte sie klargemacht, dass sie allein sein wollte. Sara verstand und ging.

Zur Mittagspause wollte Sara Carolina abholen. Sie war in ihre Arbeit vertieft, dass sie nichts um sich herum mitbekam. So ging Sara mit den anderen in die Pause. Erst viel später fiel Carolina auf, dass keine Geräusche aus den anderen Büros zu ihr drangen. Carolina ging, um sich zu vergewissern allein in der Kanzlei zu sein. Sie brauchte nicht lange, um zu begreifen die Mittagspause verpasst zu haben.

Zurück in ihrem Büro bemerkte sie anfängliche Kopfschmerzen.

Nicht jetzt. Das ist der falsche Zeitpunkt.

Um gleich die Symptome zu bekämpfen, öffnete sie ihr Fenster weit und blieb davor stehen. Das brachte schnellen Erfolg. Die Unruhe vor ihrer Tür sagte ihr, dass ihre Kollegen aus der Mittagspause zurückkamen. Sie drehte sich vom Fenster weg, als sie aus dem Augenwinkel eine Gestalt im Park wahrnahm. Erneut sah sie hinaus. Sie wollte sich davon überzeugen, dass sie es sich eingebildet hatte. Doch es war keine Einbildung. Dort stand jemand unten und schaute zu ihr hinauf. Carolina starrte konzentriert auf diese Person. Nach wenigen Sekunden war sie sich sicher, es war ihr Exfreund. Sara, die Essen für sie mitgebracht hatte, war ohne anzuklopfen ins Büro gekommen. Carolina überhörte ihr eintreten. Sara sah, dass Carolina wie hypnotisiert am Fenster stand und hinaus starrte. Sie ging zu ihr und legte ihr den Arm auf die Schulter. Nun reagierte Carolina endlich. „Siehst du den Mann dort unten?" „Ja natürlich. Was soll mit dem sein?" „Wenn ich mich nicht täusche, ist der da unten mein Exfreund." „Ja und? Ist doch gleichgültig. Wenn du mich fragst, kann das jeder sein. Aus dieser Entfernung kann ich dir nicht sagen, ob die Person eine Frau oder ein Mann ist. Außer einer Schirmmütze ist von hier oben nichts zu erkennen. Reg dich ab. Möglicherweise ist das ein neuer Mandant, der noch unentschlossen ist." „Nein, es ist bestimmt kein Mandant. Gleichgültig kann mir das beim besten Willen nicht sein. Er ist der Grund, weshalb ich hier bin. Ich bin vor ihm geflüchtet. Er ist ein Sadist. Wie hat er mich gefunden? Vor Kurzem sah ich ihn auf der Straße. Ich bin ihm nur mit Glück entkommen." „Du bist total außer dir. Kann ich was für dich tun?" „Nein. Ich wüsste nicht, wie du mir helfen könntest. Ich muss allein damit zurechtkommen. Mir bleibt nichts anderes übrig als vorsichtig zu sein. Nicht, dass er noch meine Privatadresse raus findet." Endlich schloss Carolina das Fenster und ging zu ihrem Schreibtisch zurück. Sara sah, dass ihre Freundin am ganzen Körper zitterte.

Solche Panikattacke hatte Carolina lange nicht mehr.

Als Carolina sich gesetzt hatte, sah sie die Tüte, die Sara ihr auf den Tisch gestellt hatte. Sofort ließ ihre Panik nach. Der Hunger war viel zu groß. Neugierig schaute sie nach, was da drin war. Auf den ersten Blick erkannte sie das Essen vom Chinesen. „Wie hast du gewusst, dass ich hunger auf Chinesisch habe? Du warst seit heute Morgen nicht mehr bei mir." „Da täuscht du dich. Ich wollte dich vorhin abholen. Du hattest viel zu tun, dass du es nicht mitbekommen hast. Was das Essen angeht, ich habe geraten." Als Carolina aufsah, lächelte ihre Freundin sie an. Nun musste Carolina ebenfalls lächeln. „Du bist die beste Freundin auf der Welt." „Nun hör auf zu übertreiben. Ich kenne dich gut genug, um zu wissen, was du magst." Carolina hätte gern noch länger mit ihrer Freundin geschwatzt. Wie an vielen Arbeitstagen fehlte die Zeit. Sie wollte auf keinen Fall den Zeitplan, den sie sich zusammengestellt hatte, vernachlässigen. Ein Fall lag nach wie vor unbearbeitet auf ihrem Schreibtisch. Als Sara gegangen war, nahm Carolina sich die Frühlingsrollen und stopfte sie in kürzester Zeit in sich hinein.

An diesem Tag verließ Carolina die Kanzlei erst kurz vor Mitternacht. Dadurch hatte sie an dem Abend die Gelegenheit mit den Reinigungskräften zu reden. Auf das Chaos in ihrem Büro angesprochen wehrten die Frauen entschieden ab. „Was hätten wir davon, eines der Büros zu verwüsten? Wir würden damit riskieren unsere Arbeit zu verlieren. So dumm sind wir nicht." Mehr gab es nicht zu sagen. Die Reinigungskräfte ließen Carolina beleidigt stehen und arbeiteten weiter, ohne sie zu beachten.

Das Gespräch ist total nach hinten losgegangen und geklärt hat sich noch nichts.

Carolina verließ die Kanzlei in dieser Nacht wie so oft als Letzte. Sie hatte nur noch einen Gedanken, schnell nach Hause und ins Bett. Es kam alles anders.

Ohne irgendwelche Hintergedanken ging Carolina Richtung Wohnung. Auf den Straßen war nicht mehr viel Verkehr. Hin und wieder fuhr ein Auto vorbei. Die Geschäfte hatten seit Stunden geschlossen. Die Ruhe und der warme Wind, der ihr entgegenwehte, ließ sie die Strapazen des Tages vergessen. Das leise Rascheln der Blätter in den Bäumen war wie Musik in ihren Ohren. Leise summte sie vor sich hin. Je näher sie ihrer Wohnung kam umso schneller wurde ihr Schritt.

Sie hatte die letzte Kreuzung erreicht, als ihr jemand unerwartet von hinten auf die Schulter fasste. Carolina erschrak so sehr, dass sie aufschrie. Um diese Uhrzeit hörte das niemand. Weit und breit war kein Auto in Sicht. Nur die Vögel in den Alleebäumen flogen kreischend davon. Als sie sich umdrehte, stand sie ihrem Exfreund gegenüber. Carolina bekam weiche Knie. In ihrem Kopf drehte sich alles.

Das kann nicht sein. Würde ich nicht die Narbe an seiner Lippe sehen, könnte ich es nicht glauben. Was ist aus dem gut aussehenden Mann geworden? Sein jetziges Erscheinungsbild lässt einem das Blut in den Adern gefrieren. Er hat mindestens zwanzig Kilo zugenommen und einen Friseur hat er wohl seit Jahren nicht gesehen. Ich möchte wissen, was seine Eltern dazu sagen.

Er nutzte es natürlich gleich aus, dass sie starr vor Schreck keine Regung zeigte. Ihm schien die Gelegenheit günstig sie nicht entkommen zu lassen. Er hielt sie am Arm fest. Carolina, die den ersten Schreck verdaut hatte, versuchte sich aus seinem Griff zu lösen, doch ohne Erfolg. Seiner Kraft hatte sie beim besten Willen nichts entgegenzusetzen. Als er den Mund aufmachte, um mit ihr zu sprechen, drehte sie sich angewidert weg. Sein

Mundgeruch war ekelerregend. Carolina wurde übel. „Ich bin gekommen, um dich wiederzusehen und mit dir über alles zu sprechen. Du sollst wissen, ich liebe dich immer noch." Sein Ton war flehend und nicht aggressiv. Carolina überlegte einen Moment, ob sie ihm zuhören sollte. Da er sie weiterhin festhielt, reagierte sie gereizt. „Lass mich los und in Ruhe. Das Ganze ist schon vier Jahre her. Für mich ist das Thema beendet. Du hast mich nie geliebt und wirst mich auch nie lieben. Was du brauchst, ist eine Frau, die dir hörig ist und da bist du bei mir an der falschen Adresse. Außerdem möchte ich gern wissen, wie du mich gefunden hast. Im Übrigen gibt es nichts mehr, was uns verbindet. Wenn ich du wäre, würde ich mich in Grund und Boden schämen so auszusehen." Das war für ihn ein Schlag in die Magengrube. Er lief rot an und schluckte. Seine Gesichtsfarbe hatte sich so schnell geändert, dass Carolina es trotz des schummrigen Lichtes erkannte. Innerlich freute sie sich, dass es ihr gelungen war, ihn in Verlegenheit zu bringen. „Das ist alles gekommen, weil ich dich so vermisse. Wie ich dich gefunden habe, spielt keine Rolle. Komm bitte zu mir zurück und du wirst sehen, ich habe mich geändert." „Für mich spielt es eine große Rolle, wer dir gesagt hat, wo ich bin. Mit demjenigen hätte ich einige Takte zu reden. Dass du dich geändert hast, sehe ich. Nur nicht zum Guten, sondern zum Schlechten. Verschwinde endgültig aus meinem Leben oder ich schicke dir wieder die Polizei auf den Hals, wie damals." „Ich werde um deine Liebe kämpfen." Carolina hatte genug von seinem Gerede. Ein letztes Mal machte sie ihren Standpunkt klar. „Ich sagte dir verschwinde aus meinem Leben und das meine ich ernst. Wenn du nach den ganzen Jahren der alten Beziehung noch hinterher trauerst, solltest du dir Hilfe holen. Gute Nacht oder auch nicht, mir ist es egal." Da er zwischenzeitlich seinen Griff gelockert hatte, konnte Carolina sich befreien und sah zu, dass sie fortkam. Sie schaute einmal links und rechts. Dann überquerte sie die Kreuzung, obwohl die Ampel Rot zeigte. Den ganzen Weg nach Hause lauschte sie, ob er ihr nicht doch folgte. Da sie keine Schritte oder andere Geräusche wie Atmen hinter sich hörte, wurde sie ruhiger.

Zu Hause verriegelte sie ihre Tür und fiel anschließend ins Bett. Ihr letzter Gedanke, bevor sie einschlief, drehte sich um ihren Exfreund.

Ob er noch Kontakt zu seinen Eltern hat? Die waren immer sehr korrekt.

Dann war sie schon eingeschlafen.

Da sie sich dazu durchgerungen hatte zwei Tage Urlaub zu nehmen, beschloss sie ihren Eltern einen Besuch abzustatten. Somit konnte sie gleich wieder Abstand zu ihrem Exfreund bekommen. Ihre Mutter war mehr als überrascht, als Carolina mittags ohne Voranmeldung vor der Tür stand. „Was machst du hier? Ist etwas geschehen? Ich freue mich, dich zu sehen." Sie schloss Carolina liebevoll in die Arme, bevor diese ihr eine Antwort geben konnte. „Ich habe langes Wochenende und möchte mit euch direkt sprechen." „Worüber sprechen?" „Das erkläre ich dir, wenn Vater auch da ist." Gemeinsam gingen sie in die Küche und warteten auf den Vater. Als er eine Stunde später nach Hause kam, war er ebenso überrascht, nur nicht erfreut wie seine Frau. „Was willst du hier? Du hättest dich anmelden können. Wenn du gekommen bist, um uns auszunehmen, kannst du gleich wieder verschwinden."

Ich habe wohl einen seiner cholerischen Tage erwischt. Jetzt muss ich taktisch klug agieren, um ihn nicht unnötig zu provozieren.

„Guten Tag Vater. Es freut mich, dich zu sehen." Sie wusste, dass es die falsche Reaktion auf seine ersten Worte war. „Ich bin gekommen, um mit euch zu sprechen. Das war eine spontane Entscheidung. Du weißt genau, ich brauche euer Geld nicht. Ich verdiene genug. Das, was ich mit euch besprechen möchte, ist etwas heikel. Euch das am Telefon zu erklären wäre zu kompliziert gewesen. Deshalb bin ich hier."

Bei ihrer Mutter schrillten sofort die Alarmglocken.

Das endet in einer handfesten Auseinandersetzung.

Um´so schnell wie möglich zu erfahren, um was es ging versuchte sie, die Situation zwischen den beiden zu entschärfen. „Jetzt ist es gut. Carolina kann jederzeit kommen. Du solltest dich freuen, dass sie heute noch unseren Rat sucht. Lasst uns essen. Deine Mittagspause ist nicht lang." Diese Worte waren an ihren Mann gerichtet, um ihn davon abzuhalten weiter auf Carolina loszugehen, wenn auch nur verbal. So war die Situation fürs Erste entschärft.

Da Carolina wusste, ihr Vater hasste Gespräche beim Essen. Aufgrund dessen wartete sie ab. Am Gesicht ihrer Mutter erkannte sie, dass diese nicht länger warten wollte. Die Neugier in ihrem Gesicht sprang einem regelrecht entgegen. Den Grund, warum sie nichts sagte, kannte Carolina. Ihrer Mutter war die gute Laune ihres Mannes wichtiger, als alles andere. Deshalb blieb auch sie stumm während des Essens. Erst als ihr Vater fertig war, nickte ihre Mutter aufmunternd. Carolina räusperte sich um das Gespräch zu beginnen, als ihr Vater sich erhob. „Nicht jetzt. Ich muss los." Damit war er aus der Küche verschwunden und Carolina hörte nur noch die Haustür ins Schloss fallen. Enttäuscht sah Carolina ihm hinterher. Um sich nicht zu viele Gedanken zu machen, half sie ihrer Mutter in der Küche und im Garten. So verging die Wartezeit, bis ihr Vater am Abend zurückkam, schneller.

Er kam erst spät. Ihre Mutter fragte nach dem Grund. „Was ist geschehen, dass du erst jetzt kommst?" Er winkte ab. „Das geht dich nichts an." Carolina hatte einen Verdacht.

Mein Erscheinen ist schuld daran. Es interessiert ihn nicht, was in meinem Leben geschieht. Er hat wahrscheinlich gehofft ich hätte meine Meinung geändert und wäre gefahren.

Carolina, die sich nicht länger vertrösten lassen wollte, folgte ihm auf Schritt und Tritt. Als Letztes folgte sie ihm ins Wohnzimmer und wartete, bis er in seinem Lieblingssessel Platz genommen hatte. Dann sprach sie ihn direkt an. „Kann ich jetzt erzählen, warum ich hier bin?" Ihr Vater gab einen unverständlichen Laut von sich. Carolina interpretiert das als Zustimmung. Sofort kam sie, auf das Wesentliche zu sprechen. „Ihr wisst ich glaubte, verfolgt zu werden. Dann wurde meine Wohnung durcheinandergebracht und mein Büro. Alle meinten ich sei überarbeitet. Jetzt hat sich die ganze Situation zugespitzt." Ihre Mutter hielt vor Schreck den Atem an und ihr Vater setzte sich aufrecht hin. „Mein Exfreund David lauert mir auf. Einmal sah ich ihn auf der Straße, was ein Zufall gewesen sein kann. Das nächste Mal stand er im Park hinter der Kanzlei und sah zu den Fenstern hoch. Gestern, mitten in der Nacht fing er mich in der Nähe der Kanzlei ab. Ich möchte wissen, ob ihr jemandem meine Adresse gegeben habt, wenn auch nur ausversehen. Denn das Treffen in der Nacht hatte nichts mit Zufall zu tun." Mit solch einer Ankündigung hatte keiner von beiden gerechnet. Ihre Eltern schüttelten verneinend den Kopf. „Dann verstehe ich das alles nicht. Ihr seid die Einzigen, die unbewusst etwas gesagt haben könnten. Ich überlege die ganze Zeit, wer ihn sonst auf meine Spur geschickt hat. Außer meiner Freundin, dem Chef und ihr, kann kein anderer wissen, wo ich wohne." Den Gedanken an ihren Kollegen Gary Bacher verdrängte sie einfach. Das ihr Ex und er in Kontakt stehen könnten schien ihr mehr als unwahrscheinlich. Es war ihr Vater, der als Erstes sprach. „Wie kannst du uns zutrauen, mit diesem Kerl in Kontakt zu stehen. Wir waren es doch, die dich vor ihm in Sicherheit gebracht haben. Wie ich das sehe, müssen wir es jetzt wieder tun. Wir werden uns überlegen, wie wir dir helfen." „Es steht mir nicht zu, euch Absicht zu unterstellen. Ich bin mir nicht sicher, ob ihr ihn überhaupt erkannt hättet. Als er vor mir stand, bin ich richtig erschrocken. Er sieht aus und riecht, wie ein … „ Sie suchte, nach dem richtigen Wort. „Landstreicher wäre wohl der richtige Ausdruck. Danke, dass ihr mir sofort eure Hilfe anbietet. Eigentlich möchte ich nicht schon wieder flüchten. Vielleicht gibt es noch andere Möglichkeiten ihn zur Vernunft zu bringen." Ihre Mutter geriet ins Grübeln.

War ich diejenige, die unabsichtlich Informationen weitergegeben hat?
Wie lange ihre Mutter auch überlegte, ihr viel keine Situation ein in der sie Kontakt mit einer solchen Person hatte.

Carolinas Beschreibung kann nichts mit der Realität zu tun haben. In den letzten Jahren hatte ich überwiegend mit Kindern und Jugendlichen zu tun.

Carolina, die bemerkt hatte, wie abwesend ihre Mutter war, sprach sie an. „Was ist mit dir?" „Ach nichts. Ich habe über meine Arbeit nachgedacht." „Über welche Arbeit denn?" Das war ihr Vater, der sich ins Gespräch zwischen ihr und ihrer Mutter einmischte. „Du meinst doch nicht etwa die Spielereien mit den Kindern. Das kannst du doch nicht als Arbeit bezeichnen." Carolina fand die Äußerung ihres Vaters gemein. Deshalb versuchte sie, ihre Mutter in Schutz zu nehmen. „Ich finde gut, was Mutter macht. Durch ihr Engagement hilft sie den Kindern und Jugendlichen Perspektiven für die Zukunft zu finden. Somit ist die Gefahr viel geringer, dass sie später auf die schiefe Bahn geraten. Du weißt, wie es bei den Jugendlichen aussieht. Sie wachsen nicht behütet auf, wie es normal wäre. Viele Jugendliche, die ich vertreten habe, hatten leider nie eine Chance." Es war das erste Mal, seit Carolina denken konnte, dass sie gegen ihren Vater aufbegehrte. Nun wusste ihr Vater anscheinend nichts mehr zu sagen. Vielleicht hatte ihr Aufbegehren ihn geschockt.

Da es spät geworden war, grummelte er was von schlafen gehen vor sich hin. Doch bevor er sich endgültig in Bewegung setzte, fragte er noch: „Wie lange, gedenkst du zu bleiben?" „Nur bis Samstagabend. Vorausgesetzt es ist dir recht." Bevor er antwortete, sah er den flehenden Blick seiner Frau. Der sagte ihm: Lass sie bleiben. „Das geht schon. Du kannst auf der Couch schlafen. Dein Zimmer gibt es nicht mehr. Ich glaube auch nicht, dass du damit gerechnet hast." „Das kann ich nicht sagen. Darf ich trotzdem erfahren, was ihr daraus gemacht habt?" „Ich habe eine Untermieterin rein genommen. Dadurch bringt das Zimmer wenigstens noch Geld ein."

Das Einzige, was ihn interessiert, ist Geld. Warum wundert mich das nicht. Nun bin ich seit Stunden hier und habe noch niemanden gesehen.

„Vielleicht kann ich die Untermieterin kennenlernen, sagte sie zu ihrem Vater." „Sie ist dieses Wochenende nicht hier und das ist gut so. Ansonsten hätte ich dich umgehend zurückgeschickt." Carolina verstand die Aussage ihres Vaters nicht.

Warum will er nicht, dass ich die Untermieterin kennenlerne? Ist sie vielleicht noch sehr jung? Hat er eine Affäre mit ihr? Macht er mit ihr das Gleiche wie damals mit mir?

Doch gleichgültig, welche Fragen ihr durch den Kopf gingen, auf Antworten brauchte sie nicht zu hoffen. Deshalb nickte Carolina nur.

Als sie mit ihrer Mutter allein war, äußerte sie ihre wahre Meinung. „Es scheint ihm nicht recht zu sein, dass ich hier bin. Er ist wohl immer noch böse auf mich, weil ich damals ohne seine Erlaubnis gefahren bin. Dabei ist das Ewigkeiten her. War er immer so nachtragend? Wie hältst du seine Launen über die Jahre hinweg aus? Was für ein Geheimnis macht er um diese Untermieterin? Hat er was mit ihr? Pass auf dich auf und lass dir nicht alles von ihm gefallen." „Mach dir keine Sorgen um mich. Was die Untermieterin angeht, die ist viel zu jung für ihn. Sie könnte deine jüngere Schwester sein. Es besteht sogar eine gewisse Ähnlichkeit zwischen euch. Ich beobachte die beiden. Die Liebe zu deinem Vater lässt mich über manche Dinge hinwegsehen. Außerdem sorgt er gut für mich." Auf die anderen Fragen ihrer Tochter ging sie nicht weiter ein. Carolina, die merkte, dass sie keine Antworten erhalten würde, gab Ruhe. Sie hatte nicht die Absicht weiter über ihren Vater zu reden. Aus diesem Grund wechselte sie das Thema. Sie sprach mit ihrer Mutter über, wie sie es nannte "*Meinen nächsten großen Fall*".

Des Weiteren erklärte sie ihrer Mutter die Aufstiegsmöglichkeiten, die sich daraus ergaben. Ihre Mutter machte ihr Mut. „Du wirst das wie jedes Mal gut machen." „Das hoffe ich. Davon häng es ab, ob ich eine kleine Angestellte bleibe oder eines Tages eine Kanzlei leiten werde." Als sie genug über alles geredet hatten, gingen sie schlafen. Es war mittlerweile weit nach Mitternacht.

So allein auf der Couch machte Carolina sich ihre Gedanken.

Wenn die Untermieterin tatsächlich Ähnlichkeiten mit mir hat, ist sie in Gefahr. Ich müsste dieses Mädchen warnen. Sollte er sich ihr gegenüber so verhalten, wie damals mir, muss er zur Rechenschaft gezogen werden.

Dann war sie eingeschlafen.

Die restlichen Tage vergingen wie im Flug und ihren Vater sah Carolina abgesehen von den Mahlzeiten nicht. Das war Carolina sogar recht. Lediglich ihre Mutter wiederum allein lassen zu müssen gefiel ihr nicht. Beim Abschied wandte sie sich direkt an ihre Mutter. „Du kannst mich jederzeit besuchen." Sie nahm ihre Mutter noch mal in den Arm. Dann war sie auch schon fort.

Als Carolina nach Hause kam, fand sie die Wohnungstür nicht nur unverschlossen, sondern auch beschädigt vor. Die Schlossblende war locker. Sie betrat ihre Wohnung nicht, sondern suchte sofort den Hausmeister auf. Der konnte nicht fassen, dass Carolina ihm zum dritten Mal dieselben Fragen stellte. Allmählich zweifelte er bei der jungen eigentlich freundlichen Frau an ihrem Verstand. „Sie sollten sich einen Psychiater suchen, anstatt hier andauernd aufzutauchen und mir dieselben Fragen zu stellen." „Kommen Sie bitte mit nach oben. Sie können sich mit eigenen Augen davon überzeugen, dass ich die Wahrheit sage." Anstatt zu reagieren, schlug er ihr die Tür vor der Nase zu.

Ich habe mit seiner Hilfe gerechnet. Was soll ich als Nächstes unternehmen?

Unentschlossen stand Carolina da.

Soll ich noch mal klingeln, um ihn zu überzeugen? Nein. Er hält mich jetzt schon für total übergeschnappt.

Mit gemischten Gefühlen ging sie nach oben. Vor der Tür blieb sie erneut unschlüssig stehen. Und wieder die gleiche Frage.

Was soll ich machen? Ich habe Angst.

Unerwartet klingelte Carolinas Handy. Da sie noch in Gedanken war, erschrak sie sehr. Das äußerte sich in einem Aufschrei, der durchs gesamte Treppenhaus hallte. Schlagartig öffneten sich alle Wohnungstüren. Ehe Carolina verstand, was geschah, tauchte der Hausmeister neben ihr auf. „Was ist geschehen?" „Ich habe mich erschrocken, als mein Handy klingelte. Da Sie einmal hier oben sind, möchte ich Sie bitten, mit hineinzukommen." „Sie sind völlig durchgeknallt. Es ist besser, ich rufe einen Arzt." „Kommen Sie mit in die Wohnung. Wenn alles in Ordnung ist, werde ich mich freiwillig in Therapie begeben. Kommen Sie schon." Obwohl der Hausmeister nicht wusste, was das bringen sollte, gab er nach. Um sein Einverständnis zu bekunden, nickte er einmal kurz. Endlich hatte Carolina ihr Ziel erreicht.

Sie öffnete die Wohnungstür. Schon im Flur war auf den ersten Blick zu erkennen, etwas stimmte nicht. Plötzlich wurde der Hausmeister sehr kleinlaut. „Sollten wir nicht die Polizei rufen? Wir wissen nicht, wer da drinnen ist." Carolina, die beim letzten Mal versäumt hatte, die Polizei zu rufen, nickte. Urplötzlich hatte sie ihre Energie wieder. Ihre Angst hatte sich innerhalb von Minuten in Luft aufgelöst. Energisch trat sie in den Flur, wo ihre Garderobe auf dem Boden verteilt lag. Vorsichtig stieg sie über diese hinweg. Ihr nächster Blick fiel in die Küche, deren Tür offen stand. Dort schien alles unberührt zu sein. Hoffnungsvoll, dass der Flur er einzige Raum war, der verwüstet wurde, ging sie weiter. Doch das Wohnzimmer sah aus, wie nach einem Bombenangriff. Ein anderes Wort hätte die Situation nicht besser beschreiben können. Ihre Couch war auseinandergenommen worden, dass das gesamte Innenleben hervor quoll. Die Schubfächer waren aus dem Schrank gerissen und zertrümmert worden. Von ihren Pflanzen war keine mehr ganz. Nun war Carolina gespannt, ob sie auch im Schlafzimmer der Schlag treffen würde. Ja. Die Kleiderschranktüren waren aus ihren Angeln gerissen. Auch hier lagen ihre Sachen auf dem Boden verstreut. Sie stand mittlerweile vollkommen neben sich. Wie betäubt ging sie rückwärts aus dem Wohnzimmer und ins Bad. Das Bild, was sich ihr da bot gab ihr den Rest. Fliesen waren von der Wand geschlagen worden. Die Kosmetika lagen zum Teil zerbrochen auf dem Fußboden und die Worte auf dem Spiegel waren eindeutig. "*DU ENT-KOMMST MIR NICHT*"!!! Der Hausmeister, der die ganze Zeit hinter ihr hergegangen war, fand nach einem räuspern seine Stimme wieder. „Frau Berg. Es wird höchste Zeit, dass wir die Polizei rufen. Das ist ja Vandalismus." Ohne auf eine Reaktion von Carolinas Seite zu warten, ging er.

Einsam in ihrer Wohnung sank Carolina im Flur in sich zusammen. Sie kauerte auf dem Fußboden und weinte.

Warum geschieht mir das? Wer hasst mich so? Im Haus hätte jemand mitbekommen müssen, was hier vor sich geht.

Später hätte sie nicht mehr sagen können, wie lange sie so da gesessen hatte. Erst als fremde Stimmen sich ihr näherten, sah sie auf. Vor ihr stand ein Polizist. Mit zitternden Knien stand sie auf. Der Polizist sah sich um und schien nicht zu begreifen, was er sah. Er schien ratlos oder besser gesagt verzweifelt zu sein. Carolinas erste Frage bezog sich auf das Chaos in ihrer Wohnung. „Wie geht es weiter? Muss ich stundenlang warten bis ihre Leute fertig sind?" „Nein. Der Hausmeister, der uns gerufen hat, gab eine detaillierte Beschreibung über den Zustand ihrer Wohnung. Ich habe die Spurensicherung gleich mitgebracht. Während wir uns unterhalten, werden sie ihre Aufgaben erledigen. Können wir beginnen?" Carolina ging ihm voraus in die Küche, da dieses der einzige nicht verwüstete Raum war. „Sagen Sie mir nicht, dass Sie nicht wissen, was hier geschehen ist. Für mich sieht das auf den ersten Blick nach einer Beziehungstat aus. Es sei denn, Sie haben sich noch andere Feinde gemacht in den vergangenen Jahren." „Ob Sie es mir glauben oder nicht. Ich kenne niemanden der mich so hasst." Während Carolina das sagte, wurde sie leicht rot. „Derjenige, der hier drin war, muss sie mehr als hassen. Überlegen Sie bitte genau, ob Sie den Täter definitiv nicht kennen. Wenn ich Sie ansehe, habe ich das Gefühl, Sie verschweigen wichtige Informationen." Carolina schüttelte den Kopf. Was in ihr vorging, wollte sie dem Beamten nicht sagen, da sie keine Beweise hatte. Nach gefühlten zwei Stunden rückten die Beamten ab. Bevor der Beamte, der mit ihr gesprochen hatte ging sprach er noch eine Empfehlung aus. „Lassen Sie sich umgehend ein neues Schloss einbauen. Überlegen Sie genau, ob es da nicht jemanden gibt, der Ihnen schaden will."

Nachdem Ruhe war, ließ Carolina sich den Rat des Polizisten durch den Kopf gehen.

Ich glaube, ich sollte sofort reagieren. Wo soll ich am Wochenende einen Schlüsseldienst finden? Da wird mir nichts anderes bleiben, als den Notdienst zu rufen. Egal. Ich werde mein Glück versuchen. Über meinen Verdacht werde ich trotzdem nicht sprechen, egal was die Polizei sagt.

So telefonierte Carolina verschiedene Schlüsseldienste ab. Als sie erfuhr, was die Einzelnen verlangten, wurde ihr ganz anders.

Das ist die reinste Ausbeuterei. Ich werde bis Montag warten und es noch mal versuchen.

Um sich vor weiteren ungebetenen Besuchern zu schützen, stellte sie ein Sideboard vor die Eingangstür. Den Rest des Wochenendes verbrachte Carolina damit, Ordnung zu machen. Gleichzeitig hing sie wieder ihren Gedanken nach.

Wenn ich es mir so echt überlege, wäre es besser wieder umzuziehen. Derjenige, der mir das angetan hat wird wiederkommen. Ich weiß nicht, was er will oder sucht. Wenn es Gary Bacher ist, geht es um die Akten. Ist es mein Ex um Macht. Sollte es jemand ganz anderes sein, kann ich mir so ein Verhalten nicht erklären. Habe ich mir durch meinen Beruf noch andere Feinde gemacht? Da fällt mir nur mein letzter Mandant ein. Das kann nicht sein, der sitzt im Gefängnis.

Früh um acht Uhr am Montagmorgen rief sie den Schlüsseldienst. Der konnte ihr aber erst einen Termin für den nächsten Tag geben. Nach dieser Auskunft rief Carolina in der Kanzlei an und meldete sich krank. Sie wollte ihre Wohnung nicht unbeaufsichtigt lassen, solange noch kein neues Schloss in der Tür war.

Am Nachmittag kam ihre Freundin vorbei, um nach ihr zu sehen. Als sie das Wohnzimmer betrat, konnte sie sich vorstellen, warum Carolina sich krankgemeldet hatte. Es sah nach wie vor wüst aus. Sie wartete auf Carolinas Erklärung. Diese erzählte ihr den Grund ihrer Abwesenheit in der Kanzlei. Sara konnte sie nur allzugut verstehen. Gleichzeitig appellierte sie an Carolinas Gewissen. „Wenn du einen Verdacht hast, wer für all das verantwortlich ist, musst du mit der Polizei reden. So kann es nicht weiter gehen. Ich sehe dir an, dass es etwas gibt, was die Polizei erfahren sollte." „Du hast recht. Es gibt da eine bestimmte Person, vielleicht auch zwei. Du kannst dir denken, wen ich in Verdacht habe." „Du glaubst doch nicht Gary Bacher wäre so verrückt, so etwas zu machen? Damit würde er seine Karriere sofort beenden. Das passt nicht." „Nicht direkt an ihn. Aber du weißt, wie er mir hinterherstellt. Besonders seit der Chef die Aufgaben neu verteilt hat. Außerdem kennt er meine Adresse. Solange ich keine Beweise habe, werde ich nicht mit der Polizei reden." Sara gab es auf Carolina eines Besseren belehren zu wollen. Sie verabschiedete sich mit den Worten: „Pass auf dich auf."

Am nächsten Morgen lief Carolina aufgeregt in ihrer Wohnung auf und ab, bis der Schlüsseldienst kam. Nachdem das Schloss ausgetauscht und bezahlt war, machte Carolina sich auf in die Kanzlei. Bevor sie das Haus gegen Mittag verließ, suchte sie den Hausmeister auf. Sie übergab ihm den neuen Schlüssel mit eindeutigen Anweisungen. „Diesen Schlüssel geben Sie an niemanden heraus, bevor Sie nicht mit mir gesprochen haben.

Dabei ist es gleichgültig, um wen es sich handelt." Als er zustimmend genickt hatte, verließ sie das Haus.

Es war kurz vor der Mittagspause, als Carolina die Kanzlei erreichte. Vor ihrer Bürotür begann sie in ihrer Tasche, nach dem Schlüssel zu suchen. Sie war fest davon überzeugt den Schlüssel, vor ihrem Urlaub in ihre Tasche gelegt zu haben. Es spielte keine Rolle, wie lange sie in der Tasche nach dem Schlüssel tastete, er war nicht aufzufinden. Aus lauter Verzweiflung kippte sie den Inhalt ihrer Tasche kurzerhand auf den Boden und krempelte sogar das Innenfutter nach außen. Einige ihrer Kollegen sahen verwundert zu. Nur ihre Freundin Sara, die ebenso irritiert war wie die anderen Kollegen, ging auf sie zu. „Ist alles klar?" „Sieht das so aus? Ich kann meinen Büroschlüssel nicht finden. Ich bin mir sicher, dass ich ihn eingesteckt habe, bevor ich ins lange Wochenende ging", flüsterte sie. „Hattest du überhaupt abgeschlossen?" „Aber ja. Ich wollte doch vermeiden, dass wieder jemand Unordnung macht. Du weißt, wie lange ich das letzte Mal brauchte, um Ordnung zu machen." Sara die wusste wie gestresst ihre Freundin in der letzten Zeit war, drückte beherzt die Klinke herunter. Die Tür sprang sofort auf. Carolina stand mit weit aufgerissenen Augen da. „Das kann nicht sein. Ich verstehe nicht, was hier vor sich geht." Ihre Gedanken überschlugen sich.

Bin ich wirklich verrückt? Wenn das so weiter geht, werde ich mich in Behandlung begeben.

Carolina, die nun die Bürotür weiter aufstieß, traf fast der Schlag. Entsetzt ging sie drei Schritte zurück und suchte dabei Halt bei ihrer Freundin. Diese sah in Carolinas weißes Gesicht, bevor sie persönlich hinter der Bürotür hervortrat. Nun sah auch sie, was ihre Freundin aus der Fassung gebracht hatte. Auch die anderen Kollegen waren neugierig geworden und näher getreten. Einige von ihnen unterdrückten einen Aufschrei. Andere schüttelten verständnislos den Kopf. Alle Akten waren herausgerissen worden und lagen wild verstreut im ganzen Büro herum. Der

Aktenschrank und die Schubfächer standen offen. Das war zu viel für Carolina.

Nachdem sie den ersten Anblick ihres Büros verdaut hatte, ging sie geradewegs zum Büro ihres Chefs. Flüchtig klopfte sie und öffnete dann. Auf ein "*Herein*" wartete sie gar nicht erst. Ihr Chef, der ein Telefonat führte, sah sie mit großen Augen an. Carolina blieb in der Tür stehen, bis das Gespräch beendet war. Dann gab es kein Halten mehr für sie. „Entschuldigen Sie mein Eindringen, aber ich möchte Sie bitten mitzukommen, um sich etwas anzusehen. Da er sah, wie außer sich Carolina war, folgte er ihr, ohne weitere Fragen zu stellen. Vor ihrem Büro angekommen sagte sie nur: „Schauen Sie selbst." Dann ging sie einen Schritt zur Seite und gab den Blick in ihr Büro frei. „So habe ich mein Büro vorgefunden. Das ist das zweite Mal, dass jemand da drinnen etwas gesucht hat und das ohne mein Wissen. Ich kann und will so nicht weiterarbeiten." „Warum sind Sie nicht gleich beim ersten Mal zu mir gekommen?" „Damals dachte ich, eine der Putzfrauen wäre übereifrig gewesen. Ich wollte kein Theater machen. Es war im Gegensatz zu dem hier eine Kleinigkeit. Das hier geht endgültig zu weit." „Sie haben vollkommen recht. Ich werde mich um die Angelegenheit kümmern." Er drehte sich um und ging kopfschüttelnd zurück in sein Büro.

Wütend über so viel Unverfrorenheit schlug sie die Tür hinter sich zu. Während sie die Akten zusammensuchte, kontrollierte sie gleichzeitig, ob außerdem noch irgendetwas fehlte. Alles schien da zu sein. Carolina hob die letzte Akte auf, als sie einen blinkenden Gegenstand in der Ecke hinter der Tür liegen sah. Sie ging nachsehen, was das war, was da blinkte. Es war der Schlüssel, den sie zuvor verzweifelt gesucht hatte. Schnell wuchs in Carolina die Erkenntnis, jemand müsste ihn entwendet haben. Nur konnte sie sich nicht erklären wann und wie. Es gab noch weitere Ungereimtheiten. Wie sie feststellte, hatte jemand versucht, in ihren Computer zu kommen. Da sie diesen vor dem

Wochenende ausgeschaltet hatte, bestand daran kein Zweifel. Jetzt blickten der Bildschirm und die Tastatur.

Zum Glück habe ich das gesamte System mit einem Passwort geschützt. Hat derjenige vielleicht das Versteck meines Passworts gefunden?

Bevor Carolina sich weiter um die Akten kümmerte, schaute sie nach dem Passwort. Das war nach wie vor am gleichen Ort.

Die Idee von mir war gut, das Passwort nicht einfach auf einen Zettel zu schreiben. Gleichgültig, wer es hätte lesen wollen. Derjenige wäre ohne Spiegel nicht weiter gekommen. Außerdem hätte er den Gegenstand gleichzeitig gegen das Licht halten müssen. Ich kenne niemanden, der sich so viel Arbeit macht, um an ein Passwort zu kommen.

Erleichtert atmete Carolina auf. Es ging weiter mit den Akten. Dabei bemerkte sie, dass sich eine Akte noch im oberen Fach befand. Diese hatte sich verklemmt. An der Aufschrift erkannte sie, es war die Akte zu ihrem aktuellen Fall.

Ging es der Person vielleicht buchstäblich um diese Akte? Hat die Person solch ein Chaos verursacht, weil sie nicht zu finden war?

Das waren die Gedanken, die Carolina beschäftigten.

In der Mittagspause erzählte sie ihrer Freundin von dem wiedergefundenen Schlüssel, der Akte im Schrank und dem Computer. Diese war sich nun selbst nicht mehr sicher, was sie von der Situation halten sollte. Mit dem Argument, Carolina sei überarbeitet hatte das nichts mehr zu tun. Sie wusste nicht, wie sie Carolina beruhigen sollte. Nochmals sprach Carolina den Verdacht gegen den Kollegen Gary Bacher aus. Auch dieses Mal glaubte ihre Freundin nicht, dass sie mit ihrem Verdacht richtig lag. „Sag mir, wer sonst Interesse an meinen Akten haben kann." „Ich weiß es nicht. Dein Verdacht ist trotzdem lächerlich." Carolina kam es komisch vor, dass ihre Freundin ihn erneut in Schutz nahm. Sie machte sich ihre eigenen Gedanken.

Warum verteidigt Sara ihn so vehement? Hat sie ein Verhältnis mit ihm? Das kann nicht sein. Er hat eine Freundin. Jedenfalls sagt er das. Wenn ich es mir recht überlege, habe ich meine Nachbarin noch nie zusammen mit ihm gesehen. Soll ich Sara direkt darauf ansprechen? Nein. Und sollte das der Fall sein, ist das ihre Sache und geht mich nichts an.

Von diesem Tag an geschah nichts Ungewöhnliches mehr. Sie konnte ihre Arbeit ebenso erledigen, wie alle anderen. Lediglich die Sache mit dem Schlüssel ging ihr auch nach längerer Zeit nicht mehr aus dem Kopf. In jeder freien Minute grübelte sie, wie jemand daran gekommen sein könnte, ohne eine Erklärung zu haben.

Sie war zufrieden, wie sich die Dinge entwickelt hatten. Es gab nur einen unerfreulichen Punkt, ihr Kollege Gary Bacher. Je mehr Zeit verging, um so offensiver begann Gary Bacher, um sie zu werben. Tag für Tag machte er ihr kleine Geschenke und sparte nicht mit Komplimenten. Über kurz oder lang waren Carolina und er Gesprächsthema Nummer eins in der ganzen Kanzlei. Was Carolina versuchte, um ihn auf Abstand zu halten, nichts schien ihn zu beeindrucken. Er zeigte seine Absichten nur noch deutlicher. Die Kollegen nannten ihn hinter seinem Rücken "*Hampelmann*" und lachten über seine Hartnäckigkeit.

Carolina hatte zu diesem Zeitpunkt Außentermine, da die Gerichtsverhandlung für ihren "*großen Fall*" näher rückte. Sie sprach viel mit ihrem Mandanten, suchte Personen, die seine Aussage bestätigen konnten, und arbeitete ihre Verteidigungsstrategie aus. Dadurch traf sie selten mit Gary Bacher zusammen. Doch jedes Mal, wenn sie ins Büro kam, fand sie neue Geschenke vor. Sie war genervt von dieser ganzen Situation.

Wochen später traf sie Gary Bacher zufällig im Fahrstuhl, als sie von einem Außentermin kam. Sie ließ sich die Gelegenheit natürlich nicht entgehen und sprach ihn auf die Geschenke an. „Lass es endlich mir Geschenke zu schicken. Du machst dich lächerlich und für mich ist das peinlich." Gary reagierte verständnislos. „Ich mach dir schon lange keine Geschenke mehr. Als die Kollegen anfingen hinter meinem Rücken zu reden ließ ich es sein. Ich habe begriffen, dass du nichts von mir willst. Vielleicht gibt es ja noch andere Verehrer." Carolina hielt es für eine Ausrede. Sie hatte aber keine Zeit mehr, weiter mit ihm zu diskutieren, da sich die Fahrstuhltür öffnete.

Vor ihrem Büro angekommen sah sie einen Stapel Geschenke. Da Gary vor zwei Minuten abgestritten hatte damit zu tun zu haben, ging Carolina zu ihrer Freundin an den Empfang. „Weißt du, wer die Geschenke gebracht hat?" „Es war ein Bote, von einer Firma, die mir nicht näher bekannt ist. Als ich ihn nach dem Absender fragte, weigerte er sich mir zu antworten." „Ich werde noch dahinterkommen, wer das ist. Meiner Meinung nach ist es Gary, der immer noch bei mir landen will, obwohl er es kategorisch abstreitet. Heute Nachmittag bin ich in meinem Büro und werde die Zeit nutzen, um das ganze Zeug zu entsorgen. Danke, dass du nachgefragt hast." Carolina ging in ihr Büro.

Ihre erste Tätigkeit bestand darin, sämtliche Geschenke in den Müll zu werfen. Da der normale Mülleimer zu klein für den Krempel war, holte Carolina einen Abfallsack aus dem Raum mit den Reinigungsmitteln. Anschließend machte sie sich Aufzeichnungen zu den geführten Gesprächen. Gegen Feierabend schaute ihre Freundin vorbei. Sie wollte Carolina da ran erinnern, dass es Zeit war, nach Hause zu gehen. Carolina winkte ab. „Es ist lieb von dir, mich zu erinnern. Ich kann nicht an Feierabend denken. Es gibt zu viel zu tun. Wir sehen uns morgen. Somit war Sara entlassen.

Weit nach Mitternacht verließ Carolina das Büro. Zum Schlafen fehlte die Zeit. Kaum war sie eingeschlafen, da klingelte auch schon ihr Wecker. Übermüdet, wie sie war, traf sie eine Entscheidung.

So kann es nicht weiter gehen. Ich muss beruflich kürzertreten. Sara hat schon recht mit ihrer Behauptung, dass Arbeit nicht alles ist.

Der Morgen begann wie viele zuvor. Ihr Weg führte sie nicht in die Kanzlei, sondern auf direkten Weg in die JVA. Dort wollte sie erneut mit ihrem Mandanten sprechen. Der Termin verlief problemlos. Deshalb war sie gegen zehn Uhr zurück in der Kanzlei. Abermals stapelten sich vor ihrer Tür die Geschenke. Entnervt stöhnte sie leise.

Das Ganze von vorne.

Ohne sich bei ihrer Freundin zu melden, wie es zwischen den beiden normal war, ging sie ins Büro.

Zur Mittagszeit schaute Sara vorbei, um zu sehen, ob sie schon zurück war. „Du bist ja da. Dann ist das Gespräch also gut gelaufen." „Das ist es. Ich bin am Ende mit den Nerven. Manchmal möchte ich das hier alles hinwerfen. Schon wieder standen Geschenke vor meiner Tür. Sage mir, was soll ich machen." „Du kommst mit zum Essen, um auf andere Gedanken zu kommen." „Die Zeit habe ich nicht. Ich werde mir was aus der Bäckerei holen und anschließend weiterarbeiten." Sara bedrängte sie nicht weiter und ließ sie in Ruhe.

Kurze Zeit später erkannte Carolina, dass eine Pause ihr guttun würde. Sie zog ihre Jacke an, nahm ihre Tasche und machte sich auf den Weg zur Bäckerei. Dort holte sie sich eine Kleinigkeit zu essen und einen Becher Tee. Da das Wetter für Ende Oktober noch sehr schön war, beschloss sie in den Park zu gehen, anstatt ins Büro.

Sie setzte sich unter eine große Linde und genoss die Sonnenstrahlen auf ihrem Gesicht. Die Sonne ließ sie den Stress der letzten Zeit vergessen und das Essen machte sie träge. Um noch etwas zu entspannen, nahm sie das Buch, welches sie zu diesem Zeitpunkt las aus ihrer Tasche. Sie war richtig in dem Buch vertieft, als sie durch ein Geräusch aufgeschreckt wurde. Sie schaute sich nach allen Richtungen um. Da sie niemanden entdecken konnte, glaubte sie ein Tier wäre durch das Unterholz im angrenzenden Wald gehuscht. Sie widmete sich wieder ihrem Buch. Plötzlich tauchte ein Schatten vor ihr auf, der ihr die Sonne nahm. Als sie aufsah, stand da ihr Exfreund und strahlte sie an. Carolina sprang, wie von einer Tarantel gestochen auf. Sie war nicht in der Lage davon zu gehen, auch wenn sie es liebend gern getan hätte. Ihre Beine fühlten sich an, als wären sie aus Beton. Innerlich zitterte Carolina vor Wut, konnte aber nichts an der derzeitigen Situation ändern. Aus diesem Grund versuchte sie, ein Gespräch zu beginnen. „Was willst du von mir? Hatte ich nicht deutlich gesagt, du sollst verschwinden? Zum letzten Mal, wenn du mich weiterhin belästigst, rufe ich die Polizei." Da sie nach dem, was sie gesagt hatte, immer noch stehen blieb, nahm er ihre Drohung nicht ernst. Ihr Verhalten gab ihm das Gefühl die Oberhand zu haben, genau, wie er es gern hatte. „Nie werde ich dich in Ruhe lassen. Ich liebe dich nach wie vor und möchte, dass du zu mir zurückkommst. Haben dir meine Geschenke nicht gereicht? Das müsste doch Aufmerksamkeit genug gewesen sein, um dir zu zeigen, wie sehr ich dich liebe. Es wird nicht mehr lange dauern, dann weiß ich, wo du wohnst. So kann ich dich besuchen und die Geschenke dorthin schicken oder dir direkt überreichen." Carolina war von seiner Ankündigung erneut fassungslos. Dieses Mal musste sie sich setzen. Er sah das als Einladung und setzte sich neben sie. Um ihr gleich seine Zuneigung zu zeigen, legte er ihr den Arm um ihre Schultern. Augenblicklich rückte Carolina von ihm weg. Sie glaubte ihm somit klar gemacht zu haben, dass sie nichts von ihm wollte. Ihn spornte das nur noch mehr an. Ohne Vorwarnung nahm er ihr Gesicht in seine Hände und küsste sie. Dieses Mal reagierte Carolina sofort. Bevor er wusste, wie ihm geschah, hatte er ihre Hand in seinem Gesicht. Nun war er derjenige, der verblüfft war.

Der Klang der Kirchturmuhr wehte zu ihnen herüber und sie zählte die Schläge mit, um sich etwas zu fassen. Sie nutzte seine Verwirrung aus und ergriff so schnell wie möglich die Flucht.

Vor der Kanzlei stieß sie beinahe mit ihrer Freundin zusammen, da sie mit ihren Gedanken wo anders war. Dieser fiel das geänderte Verhalten selbstverständlich sofort auf. Sara reagierte direkt und hielt sie am Arm fest, um mit ihr zu reden. „Was ist mit dir los? Übst du möglicherweise für den nächsten Marathon oder bist du einem Geist begegnet?" Carolina musste erst einmal zu Atem kommen, bevor sie ihrer Freundin antworten konnte. „So könntest du es nennen. Einem Geist aus meiner Vergangenheit, meinem Exfreund. Er war es auch, der mir die ganzen Geschenke geschickt hat. Jetzt hat er angekündigt, meine Adresse in Erfahrung zu bringen. Ich habe Angst, dass alles von vorn beginnt." „Was soll von vorn beginnen? Du hast mir bis jetzt erzählt, dass er der Grund für deinen Umzug war, und bezeichnetest ihn als Sadisten." „Er hat mich nach der Trennung bedroht und mir nachgestellt auf perfideste Art. Dafür wurde er verurteilt und ich dachte er würde immer noch im Gefängnis sein. Er bekam viereinhalb Jahre." „Wenn du ihn jetzt getroffen hast, wird er augenscheinlich vorzeitig entlassen worden sein. Was meinst du mit perfide?" „Das zu erklären würde zu lange dauern. Höre mir bitte zu. Du bist eine der wenigen, die meine Adresse kennt. Ich verlange von dir, dass du sie niemandem sagst. Sollte er sie erfahren, steht mein Leben auf dem Spiel." „Du übertreibst mal wieder maßlos." „Nein. Wenn er meine Adresse herausbekommt, kann ich für nichts garantieren. Also versprich mir mit keinem, über meine Adresse zu reden." Sara sah die Panik in Carolinas Augen. Damit war ihre Antwort klar. „Ich verspreche dir bei allem, was mir heilig ist, dass ich niemandem deine Adresse verraten werde. Kann ich dir auf andere Weise helfen?" „Ich glaube nicht. Nur vergiss bitte nie dein Versprechen." Beide gingen an die Arbeit. Dieses Mal war es Sara, die sich nicht auf ihre Arbeit konzentrieren konnte. Die Aussagen ihrer Freundin hatten ihre Angst gesteigert.

Es muss einen Weg geben, Carolina zu helfen. Sollte ich die Polizei einschalten? Aber was soll ich denen erzählen? Vielleicht, dass ein Exfreund meine Freundin bedroht. Die halten mich für verrückt. Außerdem übergehe ich dann Carolina und das möchte ich nicht.

In den nächsten Wochen erhielt Carolina keine Geschenke mehr und von ihrem Exfreund war weit und breit nichts zu sehen. *Meine Drohung hat Wirkung gezeigt.* Doch weit gefehlt. Eines Morgens Ende November, draußen war es neblig und nasskalt. Carolina saß wie so oft die Zeit im Nacken. Trotzdem beschloss sie sich noch schnell einen Tee, aus ihrer Stammbäckerei zu holen. Sie achtete nicht darauf, was um sie herum geschah und strebte auf die Bäckerei zu. Kurz vor der Tür hielt sie jemand am Arm fest. Im ersten Moment glaubte Carolina es sei ein Passant, den sie nicht bemerkt hatte und der sie etwas fragen wollte. Ruckartig drehte sie sich um. Jetzt war sie tatsächlich starr vor Schreck. Es war nicht so harmlos, wie sie vermutet hatte. Kein x-beliebiger Passant, sondern ihr Exfreund hielt sie fest. Sie konnte die Welt nicht mehr verstehen und sprechen war erst recht unmöglich. Carolina hatte das Gefühl jemand hätte ihr von jetzt auf gleich die Stimmbänder entfernt. Dafür sagte er umso mehr. „Ich liebe dich und das wird sich solange ich lebe nicht ändern. Gib uns noch eine Chance." Carolina versuchte, an ihm vorbei zu kommen. Sie überlegte hin und her, wie sie das am Besten bewerkstelligen sollte. Dass es keine Möglichkeit gab, ihm zu entkommen begriff sie innerhalb weniger Sekunden. Jedes Mal, wenn sie sich bewegte, verschärfte er den Griff. Mit einer Hand hielt er nach wie vor ihren Arm fest und die Zweite ruhte mittlerweile auf ihrer Schulter. Es tat mittlerweile richtig weh, aber sie sagte immer noch kein Wort. „Bleib stehen. Ich rede mit dir und verlange eine Antwort. Deinetwegen habe ich meinen Beruf aufgegeben. Ich will keine andere als dich. Das wirst du noch begreifen." Gequält brachte Carolina hervor: „Lass mich los. Du tust mir weh. Wenn du mich nicht augenblicklich loslässt, schreie ich." Die ganze Zeit versuchte Carolina an ihr Pfefferspray zu kommen. Leider war ihr die Tasche auf den Rücken gerutscht, sodass sie nicht ran kam. „Meine Antwort kennst du. Verschwinde aus meinem Leben. Such dir eine andere." Ihre Stimme wurde mit jedem Satz kräftiger. Bevor er sie gehen ließ, verlieh er seiner Forderung Nachdruck. „Ich weiß, wo ich dich finde. Du wirst keine Ruhe vor mir haben, bis du einsiehst, dass wir unser Leben zusammenbestreiten werden. Wenn ich dich nicht haben kann, soll dich auch kein anderer haben." Das war deutlich. Carolina begann zu zittern, ob vor Kälte oder aus Angst wusste sie nicht.

Panisch riss sie die Tür zur Bäckerei auf und trat ein. Die Verkäuferin, die die Szene vor der Bäckerei mitbekommen hatte, erkundigte sich sofort danach, ob alles in Ordnung sei. „Ja. Das war nur mein Exfreund, der nicht mit der Trennung zurechtkommt." Als ihr Tee kam, stellte sich Carolina in die Nähe des Fensters. Von dem aus konnte sie die Straße im Blick behalten. Da die Situation mit ihrem Exfreund ihr unnötig Zeit gekostet hatte, trank sie ihren Tee in kürzester Zeit. Innerhalb von Minuten machte sie sich wieder auf den Weg. Innerlich betete sie darum, nicht mehr behelligt zu werden. Glücklicherweise geschah nichts mehr.

In der Kanzlei angekommen erzählte sie ihrer Freundin sofort von dem Zusammentreffen und der mehr als eindeutigen Drohung. Ihnen blieb keine Zeit eine Lösung für das Problem zu suchen.

Der Chef bat Carolina in sein Büro. Wiederholt hatte Carolina ein ungutes Gefühl. Sie hasste es Gespräche, mit dem Chef führen zu müssen. Jedenfalls, wenn es sich um vier Augengespräche handelte. Zudem war sie sich nicht sicher, ob sie in ihrem Gemütszustand in der Lage sein würde den Ausführungen zu folgen. Das Gespräch dauerte zum Glück nicht lange. Er wollte sich nach ihrem Fall erkundigen. „Wie kommen Sie voran?" „Ganz gut. Ich bin beinahe so weit, dass ich alles unter Dach und Fach habe." Die Antwort schien ihm zu gefallen, denn er lächelte. „Machen Sie weiter so, dann wird alles gut." Carolina freute sich sehr über diesen Zuspruch, der ihr eine riesige Last von ihren Schultern zu nehmen schien. Als sie aus dem Büro kam, lächelte sie breit, dass es auch ihren Kollegen nicht entgehen konnte.

Zurück in ihrem Büro machte Carolina sich sofort an die Arbeit. Nicht lange und es war mit ihrer Ruhe vorbei. Gary Bacher betrat ohne anzuklopfen ihr Büro. Carolina fuhr ihn an. „Wo hast du deine Manieren gelernt!? Kannst du nicht anklopfen!? Was kann ich für dich tun?" Bei der letzten Frage hatte sie schon wieder einen normalen Ton angeschlagen. „Ich wollte mit dir über die Akten reden. Das ist mein Fachgebiet und ich lasse es mir nicht wegnehmen." „Zum Mitschreiben für dich. Der Chef hat mir die Akten zugeteilt und das wird so bleiben. Alles andere ist nicht mein Problem. Mittlerweile habe ich viele dieser Fälle erledigt, dass für dich nichts mehr übrig bleibt. Von den ganzen Akten, die der Chef uns damals gegeben hat, ist nur noch eine übrig. Ich hoffe du hast genauso viel erledigt und zu einem guten Abschluss gebracht. Ich glaube nicht, dass der Chef seine Meinung ändern wird. Wenn du das ändern möchtest, geh zum Chef und rede mit ihm. Jetzt entschuldige mich bitte, ich habe zu tun." Damit wandte sie sich ihrer Arbeit zu. Kurze Zeit später hörte sie die Tür ins Schloss fallen und atmete erleichtert auf.

Was ist das heute für ein Tag? Erst mein Exfreund, der mich bedroht und dann noch Gary, der Stress macht wegen der Akten. Soll ich zum Chef gehen?

Doch diesen Gedanken verwarf sie gleich wieder.

An diesem Tag verließ sie vor allen anderen die Kanzlei. Sie sehnte sich nach Ruhe und Abgeschiedenheit. Zu Hause angekommen machte sie sich eine Kleinigkeit zu essen und rief anschließend ihre Eltern an. Sie musste unbedingt mit jemandem über die Vorkommnisse des Tages reden. Und ihre Eltern waren, was das anging die besten Zuhörer, ganz besonders wenn es um ihren Exfreund ging. Es war ihre Mutter, die das Gespräch entgegennahm. Als Carolina ihr alles erzählt hatte, bot sie sofort ihre Hilfe an. „Ich komme sofort zu dir." „Das brauchst du nicht. Ich bin die meiste Zeit im Büro. Dort wagt er bestimmt nicht aufzutauchen. Trotzdem danke für dein Angebot." „Sei vorsichtig und melde dich, wenn es Probleme gibt." „Das werde ich." Dann beendete sie die Verbindung.

Zur Entspannung ging sie duschen und setzte sich anschließend mit einem guten Buch auf die Couch. Sie war abgespannt. Ihr fielen nach wenigen Minuten die Augen zu. Als sie durch das Läuten der Türklingen hochschreckte, bemerkte sie, dass sie auf der Couch eingeschlafen war. Ohne weiter nachzudenken, ging sie zur Tür.

Das werden meine Eltern sein, die nach dem Rechten sehen wollen. Typisch meine Mutter.

Deshalb öffnete sie, ohne die Kette vorzulegen. Ihr Bewusstsein sagte ihr, sie hatte einen Fehler gemacht. Besonders, als sie sah, wer da stand.

Warum bin ich immer so unbeherrscht und voreilig? Ich darf keinem mehr trauen.

Vor ihr stand zum wiederholten Mal ihr Kollege Gary Bacher. Bevor sie sich versah, stand er bei ihr in der Wohnung. Ohne sich mit Erklärungen aufzuhalten, kam er gleich zur Sache. „Mittlerweile arbeiten wir seit mehr als drei Jahren zusammen und ich muss dich dringend sprechen. In der Kanzlei konnte ich dich nicht finden und die Kollegen erzählten mir, du seist nach Hause gegangen. Darum bin ich hier." „Du bist unerlaubt in meine Wohnung gekommen. Es ist kurz vor Mitternacht. Bist du jetzt total übergeschnappt? Wenn du mich hättest sprechen wollen, hättest du vor Stunden kommen können. Das hier grenzt an Stalking. Was gibt es? Wenn es um die Arbeit geht, komm morgen früh in mein Büro. Hier möchte ich meine Ruhe haben. Entweder du verschwindest sofort oder ich rufe die Polizei wegen Hausfriedensbruch. Das wäre deiner Karriere sicherlich nicht dienlich." „Lass mich dir doch erklären. Es geht tatsächlich um die Arbeit. Ich dachte wir hätten hier mehr Ruhe zum Reden." „Da irrst du dich. Bis morgen." Ohne ein weiteres Wort zu verschwenden, schob sie ihn zur Tür hinaus und schloss hinter ihm ab.

Was hab ich verbrochen, dass ich nur von Psychopathen umgeben bin.
Selbstverständlich gab es darauf keine Antwort. Nach diesem Überraschungsbesuch war die Müdigkeit verflogen. Stundenlang überlegte sie, was als Nächstes geschehen könnte und ob es für sie einen Ausweg gab. Ehe Carolina sich versah, war es wieder Morgen.

Als Carolina ihre Wohnung verließ, erwartete Gary sie bereits im Treppenhaus.

So viel Dreistigkeit ist unverschämt. Ich muss ihn endlich in seine Schranken weisen.

Sie grüßte und ging weiter. Ihr Blick war währenddessen nach vorn gerichtet. Er hielt sie auf. „Lass uns doch jetzt miteinander reden oder auf dem Weg zur Kanzlei." „Ich habe dir gestern Abend oder besser letzte Nacht gesagt, du sollst in mein Büro kommen. Nur dort spreche ich über die Arbeit. Und nun entschuldige mich, ich habe es eilig." Wieder ließ sie ihn stehen.

Carolina war noch keine fünfzehn Minuten in ihrem Büro, als es klopfte. Da sie sich denken konnte, wer da vor ihrer Tür stand atmete sie erst einmal tief durch, bevor sie "Herein" sagte. Wie erwartet, war es Gary Bacher, der vor ihrer Tür stand.

Das dritte Mal innerhalb der letzten achtzehn Stunden.

Ohne ihm einen Platz anzubieten, kam sie gleich auf den Punkt. „Was gibt es so Dringendes? Brauchst du eventuell meinen Rat?" „Nein, um einen Rat geht es nicht. Es geht immer noch um die Akten." „Es reicht! Seit Monaten bist du wegen dieser verdammten Akten hinter mir her. Du versuchst alle Register zu ziehen, um mich mürbezumachen. Wenn ich es mir recht überlege, kannst nur du es gewesen sein, der immer und immer wieder mein Büro verwüstete. „Du kannst mir meine Hartnäckigkeit vorwerfen. Ich bin aber nicht hinterhältig und durchsuche dein Büro. Es wäre für mich eine Kleinigkeit gewesen an die Akten zu kommen, aber nicht mein Niveau." „Wir gehen jetzt gemeinsam zum Chef und klären das ein für alle Mal." Sie erhob sich und öffnete die Tür. Gary ging zuerst hinaus und sie folgte ihm auf den Fuß.

Sie war es auch, die mit Gary im Schlepptau, bei ihrem Chef klopfte. Er ließ sie eintreten. Carolina erklärte kurz den Grund ihres Erscheinens. „Wir sind zu Ihnen gekommen, um grundsätzliche Sachen zu klären. Der Kollege Bacher raubt mir den letzten Nerv. Er besteht darauf, dass ich ihm die Akten gebe, weil sie seiner Meinung nach in sein Ressort fallen. Ganz gleich, wo ich mich aufhalte, er findet mich." Die Antwort des Chefs war unmissverständlich. „Die Akten bleiben bei Frau Berg. Kümmern Sie sich lieber um die anderen Fälle. Damit tun Sie unserer Abteilung einen größeren Gefallen. Wenn Ihnen mein Entschluss nicht gefällt, steht es Ihnen frei sich nach einer anderen Kanzlei umzusehen. Das sagte ich aber schon damals. Nun möchte ich kein Wort mehr darüber hören. Guten Tag." Damit waren beide entlassen.

Während Gary ein Gesicht zog wie sieben Tage Regenwetter, jubelte Carolina innerlich. Von diesem Gespräch musste sie sofort ihrer Freundin erzählen. Als diese hörte, was sich im Büro des Chefs zugetragen hatte, freute sie sich ebenso wie Carolina. „Endlich hat der einen Dämpfer bekommen. Das wurde ja auch Zeit. Vielleicht begreift er jetzt, dass es auch andere Menschen gibt, die was können. Bis jetzt glaubte er ja unersetzlich zu sein" „Wenn du es genau nimmst war das schon sein zweiter Dämpfer. Damals als der Chef mir die Akten gab, kam es zum ersten Mal zu einer Auseinandersetzung zwischen den beiden." „Du hast recht. Das hatte ich längst wieder vergessen."

So einen vergnügten Arbeitstag hatte Carolina seit Langem nicht mehr erlebt. Der Vorfall sprach sich in Windeseile in der ganzen Kanzlei herum. Nach nicht einmal einer Stunde wusste auch der Letzte im ganzen Gebäude davon. Überall wo Gary hinkam, wurde der belächelt. Einige Kollegen machten auch spitze Bemerkungen. „Hat der erfolgsverwöhnte Herr eine Lektion bekommen?" Oder auch: „Hast du endlich deine Meisterin gefunden?" Noch bevor der Tag zu Ende war, wurde Gary Bacher nicht mehr gesehen. Von vielen Kollegen wurde Carolina an diesem Tag zum Essen eingeladen. Sie waren neugierig und wollten Einzelheiten erfahren. Doch Carolina lehnte ab. Hinter dem Rücken eines Kollegen zu tratschen, lag ihr beim besten Willen nicht. Dabei war es auch gleichgültig, dass es sich hier um ihren größten Gegner handelte.

Von dem Tag an ging Gary ihr aus dem Weg. Einen größeren Gefallen konnte er Carolina nicht tun.

Das Jahr neigte sich allmählich dem Ende zu und alle machten Urlaubspläne. Nur Carolina arbeitete nach wie vor konzentriert an ihrem Fall. Ihre Freundin machte sich Sorgen, weil Carolina sich in die Arbeit zurückgezogen hatte. Es war eine Woche vor Weihnachten, als Sara ihren ganzen Mut zusammennahm und Carolina zur Rede stellte. „Was ist los mit dir? Wir sind schon alle in Weihnachtsstimmung und du arbeitest noch wie eine Besessene. Erzähl mir lieber von deinen Urlaubsplänen." „Ich habe keine großen Urlaubspläne. Wahrscheinlich fahre ich zu meinen Eltern, aber das ist noch nicht sicher. Ich muss darüber erst noch mit meiner Mutter reden. Zum Thema Arbeit kann ich nur sagen, mir läuft die Zeit davon. Ich dachte, ich wäre gut im Zeitplan. Doch jetzt wo der Termin näher rückt, merke ich, dass ich noch viel zu tun habe. Der Prozess beginnt in der zweiten Januarwoche. Ich werde mir die Erlaubnis vom Chef holen, die Akte mit nach Hause nehmen zu dürfen. Im Büro ist sie mir nicht sicher und zusätzlich kann ich zu Hause oder bei meinen Eltern daran arbeiten." „Du bist wirklich besessen von dem Fall. Wenn der Chef das erlauben soll, musst du ihn schon bei bester Laune antreffen. Du kennst doch seine Einstellung.

Gearbeitet wird ausschließlich in der Kanzlei. Zu Hause wird sich erholt.

Carolina lächelte, als sie ihre Freundin das sagen hörte. „Du hast recht. Lass uns Feierabend machen. Mit dem Chef kann ich morgen noch reden. Willst du noch mit zu mir kommen?" „Danke. Ich würde gern. Aber ich bin schon verabredet." „Was? Mit wem?" „Das bleibt mein kleines Geheimnis. Irgendwann erzähle ich dir davon." Also verabschiedeten sie sich voneinander und gingen in unterschiedliche Richtungen.

Am nächsten Morgen fragte Carolina sofort ihren Chef. „Herr Richter, ich habe ein Anliegen." „Um was geht es?" „Es geht um den nächsten Fall, der kurz nach Neujahr verhandelt wird. Ich hoffe auf Ihre Erlaubnis, die Akte mit nach Hause nehmen zu dürfen. Die letzte Überarbeitung steht noch an. Die Feiertage verbringe ich bei meinen Eltern und dort würde ich dann auch die letzten Vorbereitungen treffen. Außerdem ist mein Büro nicht sicher. Das wissen Sie." Der letzte Grund reichte Herrn Richter, um zuzustimmen. Ihm war es nicht gelungen den Schuldigen zu finden und das setzte ihm immer noch zu. Carolina dankte und ging.

Sie traf unmittelbar vor dem Büro des Chefs auf Gary Bacher. Woher er kam oder wohin er wollte, konnte sie nicht ergründen.

Hoffentlich hat er nicht gelauscht.

Sein Gesichtsausdruck zeigte nicht, ob er die Unterhaltung mitbekommen hatte.

Ihren Erfolg musste sie sofort ihrer Freundin mitteilen. „Der Chef hat zugestimmt", war das Einzige, was sie sagte. „Dann muss er wirklich gute Laune haben. Ich freue mich für dich."

Carolina drehte sich um und schon wieder stand Gary hinter ihr. „Verfolgst du mich schon wieder? Lass das. Ich kann dir nicht helfen." „Wozu hat der Chef zugestimmt?" „Das geht dich nichts an. Jetzt entschuldige mich." Sie ging in ihr Büro und wurde bis zum Feierabend nicht mehr gestört.

Zufrieden mit sich verließ sie die Kanzlei. Wie sooft war sie die Letzte. Auf dem Weg nach Hause überlegte sie sich, ob zu Essen aus dem Imbiss um die Ecke das richtige wäre. Carolina blieb unter der nächsten Straßenlaterne stehen. Beim Blick auf ihre Uhr stellte sie fest, dass es noch nicht allzu spät war.

Das liegt an der Jahreszeit. Jetzt schnell in den Imbiss und dann nach Hause.

Zu Hause begann sie, sich auf die Fahrt zu ihren Eltern vorzubereiten. Während sie ihre Sachen sortierte, kam ihr noch ein Gedanke.

Meine Eltern wissen noch nichts von meinem Plan bei ihnen die Feiertage zu verbringen. Es ist wohl besser anzurufen, bevor ich weiter packe.

Carolina war auf dem Weg zum Telefon, als es an ihrer Tür klingelte. Verwundert über diese Störung war sie unentschlossen, was sie jetzt machen sollte. Da das Telefon näher war, als die Tür wählte sie die Nummer ihrer Eltern. Während dieser kurzen Zeit klingelte es erneut an ihrer Tür. Entnervt legte sie den Hörer zur Seite, ohne darauf zu achten, ob am anderen Ende der Leitung abgenommen wurde. Es waren wenige Sekunden vergangen und erneut hörte Carolina die Klingel. Da sie in der Zwischenzeit hinter der Tür stand, wäre es ein Leichtes für sie gewesen, diese aufzureißen. Sie hatte den Wunsch denjenigen in seine Schranken zu weisen, der ihre Ruhe störte. Da sie in dieser Wohnung aber schon soviel erlebt hatte, ging sie umsichtig vor. Erst nach dem sie die Türkette vorgelegt hatte öffnete sie. Das aber auch sehr vorsichtig. Sie hatte die Tür einen Spaltbreit geöffnet, da erkannte sie, dass es ihr Exfreund war, der da stand. Irritiert durch diese Erkenntnis zögerte sie einige Sekunden, in denen sich ihre Gedanken überschlugen.

Was soll ich machen? Wie hat er mich gefunden? Verfolgt haben kann er mich nicht, das hätte ich gemerkt. Also stimmt meine Vermutung doch. Jemand hat ihn absichtlich auf meine Spur gebracht. Wer kann mich nur so hassen?

Die Tür zu zuschlagen schien ihr das beste Mittel zu sein ihren Exfreund los zu werden. Doch dazu war es zu spät. Er hatte ihr Zögern genutzt, um seinen Fuß zwischen Tür und Türrahmen zu schieben. Zusätzlich drückte er mit seinem ganzen Körpergewicht gegen die Tür. Carolina versucht von innen das Gleiche.

Sie kam jedoch schnell außer Atem, da sie ihm nichts an Kraft entgegenzusetzen hatte. Von irgendwoher hörte sie eine Stimme, die immer wieder ihren Namen rief. Verwirrt dreht Carolina sich für einen Augenblick von der Tür weg, um zu ergründen, woher diese Stimme kam. Carolina konnte sich die Stimme nicht erklären und glaubte durch ihre Erschöpfung Wahnvorstellungen zu haben. Die Geräusche aus dem Hintergrund schaltete Carolina aus. Sie hatte momentan andere Probleme. Dieser Augenblick ihrer Unkonzentriertheit hatte gereicht. In dem Moment, in dem sie sich wieder zur Tür drehte, hörte sie ein verdächtiges Knacken. Ihr Blick fiel sofort auf die Tür. Die Verankerung der Türkette drohte sich zu lösen. Bevor sie darauf reagieren konnte, ergriff ihr Exfreund das Wort. „Ich habe doch gesagt ich finde dich. Du wirst mich erst wieder los, wenn du mir versprichst zurückzukommen." Während dessen übte er immer weiter Druck auf die Tür aus. Eine der Verankerungsschrauben fiel auf den Boden. Carolina geriet in Panik. Sie bekam Schweißausbrüche und ihre Gedanken überschlugen sich.

Was soll ich machen, wenn er so weiter gegen die Tür drückt? Es dauert nicht lange, dann gibt die Kette endgültig nach und er ist drin. Das darf ich unter keinen Umständen zulassen.

„Vergiss es. Ich werde mich nie wieder tyrannisieren lassen. Wenn du nicht augenblicklich den Fuß aus meiner Tür nimmst, rufe ich sofort die Polizei. Denen kannst du dann erklären, was du hier machst. Du kannst mich nicht einschüchtern." „Hör auf die Überlegene zu spielen. Das passt nicht zu dir. Du bist viel zu feige, um deine Drohungen wahr zu machen." „Gerade wie du meinst. Sei dir nur nicht zu sicher." Um ihm zu zeigen, wie ernst es ihr war, griff sie neben sich und zeigte ihm ihr Handy. Während er noch geredet hatte, hatte sie schon die Nummer der Polizei gewählt und das zeigte sie ihm auch. „Also entweder du verschwindest augenblicklich oder ich drücke auf den Hörer." Er erkannte, dass es ihr ernst war, also trat er den Rückzug an.

Die hat sich verdammt verändert. Die Eigenständigkeit bekommt ihr nicht. Es wird Zeit, dass sie zu mir zurückkommt. Ich muss geschickter vorgehen, um mein Ziel zu erreichen.

Carolina atmete auf. Unmittelbar nach dieser Situation begann das Grübeln.

Ich muss unbedingt herausfinden, wie er an meine Adresse gekommen ist. Außerdem muss ich mit dem Hausmeister dringend über einen Türspion reden. Eine bessere Türsicherung brauche ich augenscheinlich dringend.

Wieder zurück im Wohnzimmer sah sie den Telefonhörer auf dem Tisch liegen. Nun wusste sie auch wieder, welche Stimme sie im Hintergrund gehört hatte. Es war die Stimme ihrer Mutter.

Um die Situation zu klären, rief sie sofort zurück. An der Stimme ihrer Mutter erkannte Carolina, dass sie sich sehr aufgeregt hatte. Mit ein paar beruhigenden Worten versuchte Carolina, ihre Mutter zu beschwichtigen. Als ihr das gelungen war, nannte sie den Grund ihres Anrufs. Auf das Vorkommnis, vor wenigen Augenblicken, kam sie nicht zu sprechen. Ihre Mutter versprach, alles für ihre Ankunft vorzubereiten. Damit beendete Carolina die Verbindung. Während des Telefongesprächs mit ihrer Mutter war sie ausgesprochen ruhig gewesen. Doch nun merkte sie, dass sie am ganzen Körper zitterte.

Um sich zu beruhigen, machte sie mit dem weiter, was sie vor der Störung getan hatte. Sie wartete knapp eine Stunde, bevor sie sich aus ihrer Wohnung traute. Die Zeit hatte gereicht, um alles das einzupacken, was für die Tage bei ihren Eltern wichtig war.

Den Hausmeister traf sie im Erdgeschoss. Er kam aus dem Keller. Also sprach sie ihn gleich an. „Kann ich Ihnen eine Frage stellen?" „Geht es wieder um ihre Wohnung?" „Nur indirekt." „Gut dann fragen Sie." „Ist es möglich, einen Türspion einbauen zu lassen?" „Das geht nur, wenn Sie das auf eigene Kosten tun. Kann ich Ihnen außerdem noch weiter helfen?" „Nein. Das war alles. Ich wünsche Ihnen noch einen schönen Abend." „Ihnen auch."

Zurück in ihrer Wohnung entschied sie sich dazu, noch einmal bei ihrer Mutter anzurufen. Das, was geschehen war, konnte sie beim besten Willen nicht für sich behalten. Sie erzählte ihrer Mutter von den neuesten Vorkommnissen. „Ist Vater zu Hause?" „Nein. Ich muss dich enttäuschen. Er ist auf Geschäftsreise. Vor dem Dreiundzwanzigsten wird er nicht zurück sein. Gib es dringliche Sachen, die erledigt werden müssen?" „Ja. Er soll einen Spion in meine Wohnungstür einbauen. Da ich jetzt erst einmal bei euch bin, hat es Zeit bis nach den Feiertagen." Carolina ging zu allgemeinen Themen über. Ihre Mutter verlangte von ihr: „Komme sofort nach Hause." Hier bist du in Sicherheit." Carolina, die mit solch einer Reaktion gerechnet hatte, versprach: „Ich werde nicht allein in der Wohnung sein. Meine Freundin Sara wird bei mir schlafen." Nach diesem Versprechen beendete Carolina die Verbindung.

Das Gespräch mit ihrer Mutter hatte dazu geführt, dass Carolina sich Gedanken über die Tage bis zu ihrer Abreise machte.

Soll ich nicht Sara bitten, zu mir zu kommen? Vielleicht sollte ich sie fragen, ob ich bei ihr wohnen darf? Blödsinn. Ich mache mich nur verrückt. Gleichgültig, was ich meiner Mutter gesagt habe.

Dann war sie auch schon eingeschlafen.

Es was kurz vor Mitternacht, als Carolina auf ihre Uhr schaute. Sie hatte das Gefühl sich eben erst schlafen gelegt zu haben, als es erneut klingelte. Carolina fühlte sich wie nach einer Party, bei der zu viel Alkohol geflossen war.

Es muss was Schreckliches geschehen sein, wenn man um diese Uhrzeit bei Leuten klingelt. Ist es wieder Gary, wie letztes Mal. David wird sich nach meiner Drohung nicht mehr hertrauen.

Da es ein Dauerklingeln war, warf Carolina sich schnell ihren Morgenrock über und eilte zur Tür. Vor der vermutete sie den Hausmeister. Doch vor ihr stand Gary Bacher. „Hast du den Verstand verloren Leute mitten in der Nacht aus dem Bett zu holen?

Verschwinde!" „Du wirst mir zuhören. Ich will die Akten. Hiermit fordere ich dich auf, zu kündigen und die Kanzlei so schnell wie möglich zu verlassen." „Jetzt drehst du durch. Was fällt dir ein, solche Forderungen zu stellen? Wer bist du, dass du dir anmaßt zu entscheiden, wer in der Kanzlei arbeitet. Ich wusste noch nicht, dass du dort der Chef bis. Soweit mir bekannt ist bis du dort nichts weiter, als ein Angestellter genau wie ich. Über die Akten rede mit dem Chef. Ansonsten bleib von mir fern und lass mir meine Ruhe. Gute Nacht. Ich gehe schlafen. Wage es nicht noch einmal zu klingeln, sonst hole ich die Polizei und zeige dich an wegen Ruhestörung. Dann bist du deinen Job hundertprozentig los." Schon schloss sie die Tür.

Was für ein verrückter Abend. Glücklicherweise fahre ich in drei Tagen weg.

Das waren ihre letzten Gedanken, bevor sie endgültig einschlief.

Die nächsten Tage verliefen ohne Vorkommnisse. Am vorletzten Arbeitstag rief der Chef die ganze Abteilung zusammen. „Ich möchte Sie alle zu einem gemeinsamen Abendessen einladen, um das Jahr ausklingen zu lassen." Es gab Applaus. Selbstverständlich nahmen alle die Einladung an. Für Carolina hieß es ihre Mutter anrufen, um ihr mitzuteilen, dass sie einen Tag später kommen würde.

Am gleichen Abend wurde Carolina abermals gestört. Sie hatte zum letzten Mal ihre Unterlagen durchgesehen, die sie zu ihren Eltern mitnehmen wollte. Wieder war es Gary, der da vor ihrer Tür stand. Genervt von der Störung verschränkte Carolina die Arme vor ihrem Körper und wartete auf das, was da kommen würde. Was sie zu hören bekam, ließ sie nicht nur an ihrem, sondern auch an seinem Verstand zweifeln. „Wollen wir morgen gemeinsam zum Abendessen gehen?" Carolina konnte gut darauf verzichten, deshalb suchte sie nach einer Ausrede. „Nimmst du nicht deine Freundin mit?" „Nein. Sie hat morgen Abend selbst etwas vor." „Dann wäre es doch viel zu umständlich, für dich

mich abzuholen. Du musst erst vom anderen Ende der Stadt her-
kommen. Es reicht, wenn wir uns vor dem Restaurant treffen."
„Nein. Es wäre kein Umweg für mich. Ich bringe meine Sachen
kurzerhand zu meiner Freundin und mache mich bei ihr fertig.
Also was sagst du." „Hast du schon mit deiner Freundin gesprochen?" „Nein. Ich weiß, dass sie einverstanden sein wird." „Frag
erst. Morgen im Büro können wir weiter darüber sprechen." Gary
merkte, dass sie ihn so schnell wie möglich los werden wollte,
und gab ohne Kommentar nach. „Dann bis morgen und "*Gute
Nacht*"."Carolina erwiderte nichts darauf, sondern nickte nur mit
dem Kopf.

Warum rückt er mir immer noch auf die Pelle?

Lange verschwendete sie keinen Gedanken mehr an ihren Kollegen. Sie war viel zu sehr mit den Geschenken für ihre Eltern
beschäftigt. Durch das Ganze hin und her hätte sie diese beinahe
vergessen. Als sie fertig war, stellte sie ihre Tasche samt Akte in
den Kleiderschrank. Ihr Laptop stand griffbereit auf dem Wohn-
zimmertisch. Zufrieden mit ihren Vorbereitungen ging sie schlafen.

Der nächste Morgen begann wunderbar für Carolina. Sie hatte
seit langer Zeit richtig gut geschlafen, ohne Störungen. Draußen
wurde das triste Grau am Winterhimmel von der Sonne durch-
brochen. Gut gelaunt machte sie sich auf zum letzten Arbeitstag
vor ihrem vierzehntägigen Urlaub. Auch in der Kanzlei waren
alle in Urlaubsstimmung. Gearbeitet wurde nur noch das Nötig-
te. Für Carolina hieß es alles zu sortieren und weg zu schließen.
Bis zum Mittag hatte sie alles sortiert. Außer einem allgemeinen
Kalender und Dekoration hatte sie alles im Aktenschrank einge-
schlossen. Was sie an Notizen noch für zu Hause brauchte, ver-
staute sie in ihre extra mitgebrachte verschließbare Aktentasche.

Sie war mit ihrer Freundin auf dem Weg zur Mittagspause, als
Gary Bacher sie aufhielt. „Kann ich dich kurz sprechen?" „Entschuldige", sagte Carolina zu ihrer Freundin und ging mit ihm
einige Schritte weiter. „Was ist?" „Was hast du da in deiner Ta-

sche?" „Das geht dich nichts an. Da ich weiß, dass du keine Ruhe geben wirst, bis ich es dir sage, gebe ich dir eine Antwort. Es sind Aktennotizen." „Weiß der Chef davon? Du weißt doch, Akten haben in der Kanzlei zu bleiben." „Das lass Mal meine Sorge sein. Außerdem habe ich nicht von Akten gesprochen, sondern von Notizen. Aber deshalb wolltest du mich doch ganz sicher nicht sprechen." „Ich wollte dir nur sagen, dass ich dich nicht abholen werde. Meine Freundin ist heute Abend nicht mehr da und ich habe keinen Schlüssel." „Gut. Dann sehen wir uns vor dem Restaurant." Sie ließ ihn stehen und ging zu ihrer Freundin zurück, die ungeduldig von einem Fuß auf den anderen trat.

Beim Essen erzählte Carolina von ihrem Gespräch mit Gary. „Er wollte wissen, was ich in meiner Tasche habe. So viel Unverfrorenheit lässt mich meine guten Manieren vergessen. In wenigen Stunden haben wir es geschafft. Zwei Wochen Urlaub und kein Gary Bacher in der Nähe. Das wird Erholung pur. Um ehrlich zu sein, bin ich froh, dass er nicht kommt, um mich abzuholen." Sara hörte die Erleichterung in Carolinas Stimme. Trotzdem hatte sie einen Einwand gegen Carolinas Gespräch mit Gary Bacher. „Ich bin überzeugt davon, dass es ein Fehler war, ihm von den Aktennotizen in der Tasche zu erzählen." „Jetzt bist du paranoid. Du warst es doch, die mir sagte er ist harmlos. Und in der Zwischenzeit bin ich auch davon überzeugt. Er ist ein karrieregeiler Trottel, der einem den letzten Nerv rauben kann und von seinen Eltern alles bekommt. Nun lass uns auf den Abend freuen." Nach dem Essen machten sie sich auf den Weg zur Kanzlei. Der Tag ging schnell zu Ende.

Um sechszehn Uhr verließen alle gemeinsam die Kanzlei. Draußen war das Wetter umgeschlagen. Es schneite wie lange nicht mehr. Die Gehwege und Straßen waren zentimeterdick mit Schnee bedeckt. Der Räumdienst hatte kaum eine Chance dagegen anzukommen. Die Autofahrer, die Carolina so ganz nebenbei beobachtete machten einen genervten Eindruck. Jeder wollte anscheinend nur noch so schnell wie möglich nach Hause. Carolina war froh, nicht aufs Auto angewiesen zu sein. Ihre Wohnung war ja glücklicherweise nicht weit von der Kanzlei entfernt. Sie klappte den Kragen ihres Mantels hoch und zog ihre Handschuhe an. So versuchte sie, sich vor dem Schnee und der Kälte zu schützen. Leider half das nicht viel. Der Schnee schlug ihr direkt ins Gesicht und sie konnte keine zwei Meter weit sehen. Dazu blies ein eisiger Wind.

Sie hatte gerade die große Kreuzung hinter sich und nur noch wenige Minuten bis zu ihrer Wohnung. Urplötzlich vernahm sie ein Geräusch hinter sich. Im ersten Moment glaubte sie, sich getäuscht zu haben. Das Schneetreiben und der Wind veränderten die Geräusche der Umgebung doch sehr. Aber das Geräusch kam näher. Es waren keine Schritte, die sie zu hören glaubte, sondern nur ein Atemgeräusch. Dieses Geräusch versetzte sie in Panik. Es war dieses schwere Atmen, was sie damals gehört hatte, als sie glaubte, verfolgt zu werden. Je mehr sie sich auf dieses Geräusch konzentrierte um so mehr geriet sie in Panik.

Ob ich mich umdrehe, um zu sehen, wer mir da folgt? Nein. Ich werde zu sehen, dass ich schnell in meine Wohnung komme.

Schnellen Schrittes ging sie jetzt in Richtung ihrer Wohnung. Vorsichtshalber zog sie das Pfefferspray aus ihrer Tasche. Obwohl die Panikattacke anhielt und dieses Atmen sie nach wie vor verfolgte, fand sie den Mut sich umzudrehen. Zu diesem Zeitpunkt stand sie noch etwa fünf Meter von der Eingangstür entfernt. Sie rief, ohne jemanden sehen zu können in die immer schneller aufkommende Dunkelheit hinein. „David, wenn du das bist, dann zeig dich! Höre auf mit deinen Spielchen! Ich habe genug davon!" Nichts rührte sich. Auch das Atmen hatte aufgehört. Carolina hoffte den Verfolger, wer immer das auch war, durch ihr Geschrei vertrieben zu haben. Trotzdem blieb sie noch kurz stehen, um ganz sicher zu gehen allein zu sein. Dann machte sie sich wieder auf den Weg. Sie konnte den Hauseingang schon sehen. Erleichtert ging sie etwas schneller. Ohne Vorwarnung wurde es dunkel um Carolina.

Als sie wieder zu sich kam, brauchte sie einen Augenblick, um sich zu orientieren. Die starken Kopfschmerzen waren das Erste, was sie bemerkte. Dann sah sie, sie war in ihrer eigenen Wohnung und wusste nicht, wie sie dahin gekommen war. Das Letzte, an das sie sich wirklich erinnerte, war der Blick auf den Hauseingang, als sie von der Arbeit kam.

Sie hörte ein Geräusch in ihrer unmittelbaren Nähe. Ängstlich fuhr sie hoch. Es war ihr Kollege Gary, der bei ihr war. „Was suchst du hier? Wie bin ich hierhergekommen? Du sagtest deine Freundin ist nicht da." „Ich hatte etwas bei ihr vergessen und hoffte sie noch anzutreffen. Auf dem Weg zu meinem Auto fand ich dich draußen auf dem Rasen, und zwar bewusstlos. Ich habe dich raufgebracht. Hätte ich dich nicht gefunden, wärst du da draußen wohl erfroren. Den Schlüssel für die Wohnung fand ich in deiner Handtasche. Hier ist er. Wie ich sehe, geht es dir besser. Ich gehe jetzt. Bis nachher." „Danke für deine Hilfe. Entschuldige bitte, dass ich dich vorhin so angefahren habe." „Ist schon gut. Ich hätte auch nicht anders reagiert." Er ging.

Carolina tat als Erstes was gegen die unerträglichen Kopfschmerzen. Als diese etwas nachließen, begann sie über die ganze Situation nachzudenken. An der Schilderung ihres Kollegen konnte etwas nicht stimmen.

Ich bin noch nie aus heiterem Himmel umgekippt. Da muss jemand nachgeholfen haben. War es Gary oder derjenige, der mich vorhin verfolgte? Aber ich hatte mich doch umgedreht und niemanden gesehen geschweige gehört. Wie immer habe ich keine Beweise für meine Vermutungen. Gary weiterhin zu verdächtigen ist lächerlich. Wenn er es gewesen war, hätte er mir anschließend nicht geholfen.

Sie rief ihre Eltern an, um mit ihnen über die Vorkommnisse zu sprechen. Ihrer Mutter erzählte sie, was geschehen war und wer ihr geholfen hatte. Als sie mitbekam, dass ihre Mutter aus Angst um sie ganz ruhig wurde, wechselte sie schnell das Thema. Carolina sprach von dem bevorstehenden Abendessen, und dass sie schon gepackt hatte. Zum Schluss versprach sie, sich nach dem Abendessen noch einmal zu melden. Als Uhrzeit vereinbarten sie einen Zeitraum zwischen zweiundzwanzig Uhr und Mitternacht. Dann legte Carolina auf.

Beim Blick auf die Uhr sah sie wie wenig Zeit ihr noch blieb. Um endgültig einen freien Kopf zu bekommen, ging sie duschen. Anschließend ging es ihr wesentlich besser. Ihre gute Laune war wieder da. Es blieb ihr noch eine Stunde Zeit bis zum Treffen. Auch wenn das nicht viel Zeit war, so beschloss Carolina, Ruhe zu bewahren. Sie sah ihren Kleiderschrank durch und überlegte, was sie anziehen sollte. Dass es draußen ungemütlich war, wusste sie nur allzu gut. Sie nahm mehrere Kleidungsstücke heraus und stellte sich damit vor den Spiegel. Immer mehr Sachen kamen zum Vorschein, ohne dass sie sich entscheiden konnte, wie immer wenn es darum ging auszugehen. Sie hielt gerade ein Kleid in der Hand, als sie ein Geräusch vernahm. Stocksteif blieb sie stehen und lauschte. Da es sofort wieder ruhig war, ging sie davon aus, dass im Treppenhaus jemand ausversehen gehen ihre Tür gestoßen war. Sie widmete sich wieder der Kleidungsfrage. Auf ihrem Bett lag mittlerweile ein Drittel ihres Schrankinhaltes. Da sie immer wieder das Wetter vor Augen hatte, überlegte sie, ob Kleid oder Hosenanzug. Sie stand mit den nächsten Kleidungsstücken vorm Spiegel, als sie erneut ein Geräusch vernahm. Doch dieses Mal kam es nicht aus dem Treppenhaus, sondern direkt aus ihrer Wohnung. Für einen Moment war sie starr vor Schreck. Dann entschloss sie sich, dem Geräusch auf den Grund zu gehen. Mit Pfefferspray bewaffnet wandte sie sich Richtung Wohnzimmer. Von dort kam das Geräusch.

Carolina hatte noch nicht einmal die Schlafzimmertür hinter sich geschlossen, da stand auch schon jemand vor ihr. Schon wieder erstarrte sie. Vor ihr stand ein Typ mit Clownsmaske und Overall. Ihrer Ansicht nach war es ein Mann, der da in ihre Wohnung eingedrungen war. Die Statur konnte auf keinen Fall der einer Frau sein. Dafür war die Muskulatur, die sich unter dem

Overall abzeichnete zu stark ausgeprägt. Derjenige sagte kein Wort. Es dauerte einige Sekunden bis Carolina begriff, was sich da vor ihr abspielte. Ihre erste Reaktion auf diese ganze absurde Situation war eine leise verängstigte Frage. „Wie sind Sie hier reingekommen und was wollen Sie?" Das Pfefferspray in ihrer Hand hatte sie längst vergessen. Als keine Antwort kam, begann Carolina in ihrer Panik ihn anzuschreien. „Verschwinden Sie oder ich hole die Polizei!" Sie schrie so laut, dass es sogar ihre Nachbarn hätten, mitbekommen müssen. Dann hörte sie polternde Schritte auf der Treppe.

Der Hausmeister, der wohl auf seinem Rundgang war, hat mich gehört. So ein Glück.

Auch dem Eindringling entging anscheinend nicht, dass da jemand auf dem Weg nach oben war. Er wurde nervös und rannte zur Tür. Als er diese aufriss, um zu entkommen stand da schon der Hausmeister. Dieser versuchte denjenigen festzuhalten, der da aus der Wohnung kam. Er hatte jedoch keine Chance. Der Maskierte stieß ihn so abrupt zur Seite, dass er ins Straucheln kam und gegen das Treppengeländer prallte. Verwirrt schüttelte er den Kopf und ging dann auf die immer noch offenstehende Wohnungstür zu.

Als er im Türrahmen stand, sah er eine junge Frau mit weißem Gesicht vor sich stehen. Erst als er sie ansprach, kam eine Reaktion von ihr. Sie zwinkerte mit den Augen und kam auf ihn zu. „Ist alles in Ordnung?" Sie nickte nur und schlug ihm die Tür vor der Nase zu. Der Hausmeister wunderte sich über dieses Verhalten. Normalerweise kannte er Frau Berg nur als freundliche junge Frau, wenn auch manchmal verwirrt. Er überlegte, ob er die Polizei holen sollte. Doch in diesem Moment hörte er ein Poltern. Er sah über das Treppengeländer hinunter ins Erdgeschoss. Dort lag der Mann, der aus Carolinas Wohnung gestürmt war.

Er muss wohl über seine eigenen Füße gestolpert sein. Wenn ich mich beeile, kann ich ihn noch zu fassen bekommen.

Jetzt gab es für den Hausmeister kein halten mehr. Er lief so schnell er konnte hinunter, um denjenigen zu stellen. Als er die letzte Treppe erreicht hatte, kam der da unten gerade wieder auf die Beine und lief Richtung Ausgang. Der Hausmeister sah gerade noch, wie er sich die Maske vom Kopf zog. Irgendwoher kannte er das Gesicht, konnte es aber nicht zuordnen. Die Polizei zu rufen hatte er schon wieder vergessen.

Carolina, die verängstigt in ihrer Wohnung zurückgeblieben war, überlegte, wie derjenige hereingekommen sein könnte. Dabei fiel ihr Blick auf die Wohnungstür. Sie sah, dass die Kette an der Seite hing.

Ich muss vergessen haben die Kette vorzulegen, nachdem Gary gegangen war.

Die letzten Stunden kamen ihr so unwirklich vor. Sie kam erneut ins Grübeln.

Hängen die Vorkommnisse vielleicht zusammen?

Sie wusste es nicht. Nun schaute sie sich in der ganzen Wohnung nach ihrer Handtasche um. Auf der Kommode im Flur fand sie diese dann. Während sie den Inhalt überprüfte, gingen ihr wieder verschiedene Gedanken durch den Kopf.

Was wollte er hier? Warum hat er nichts mitgenommen? Hat er vielleicht etwas Bestimmtes gesucht? Die Tasche wäre doch eine schnelle Beute gewesen.

Dabei fiel ihr Blick auf die Uhr über der Eingangstür. Schon wieder erschrak sie. Es blieben ihr keine dreißig Minuten mehr bis zum Treffen. Unter Aufbringung all ihrer Kräfte versuchte sie, das Erlebte zur Seite zu drängen. Da sie so in Eile war griff sie sich das Erstbeste vom Bett und zog es an. Es war ein schwarzer Hosenanzug aus reinster Seide, den sie von ihrer Reise durch Europa und die USA mitgebracht hatte. Dass er nicht ideal war, für dieses Wetter, ignorierte sie kurzerhand. Ihr ging es nur noch darum, nicht zu spät zu kommen. Ihre Devise lautete: "*Pünktlichkeit ist die Ordnung des Lebens*" und daran hielt sie fest. Make-up legte sie in weniger als zwei Minuten auf. Dass es nicht ideal war, störte sie nicht weiter.

Bis ich beim Restaurant ankomme, hat das Wetter so wie so alles schon wieder zu Nichte gemacht.

Fünfzehn Minuten vor dem Treffen verließ sie die Wohnung.

Sie hatte den letzten Treppenabsatz erreicht, als Carolina einfiel, nicht abgeschlossen zu haben. Noch einmal lief sie hinauf. Um ganz sicher zu gehen, dass die Tür auch wirklich verschlossen war, drehte sie den Schlüssel zweimal herum. Vor der Haustür sah sie erneut auf die Uhr. Sie hatte schon wieder Zeit verloren.

Das werde ich nicht mehr schaffen. Es sei denn, ich nehme die Abkürzung, die zwischen den Garagen hindurchführt, auch wenn es dort kein Licht gibt.

Nach ihren Erlebnissen der letzten Stunden machte der Weg ihr angst. Doch sie wusste, keine andere Wahl zu haben. So stand ihr Entschluss fest, die Abkürzung zu nehmen. Sie atmete ein letztes Mal tief durch, als sie bei den Garagen ankam. Ihr Puls schlug so schnell, dass sie das Pochen im Hals spürte. Um etwas ruhiger zu werden, beschloss sie noch kurz ihre Freundin anzurufen. Sie hatte Pech. Es meldete sich nur der Anrufbeantworter. Trotzdem hinterließ sie eine Nachricht. "*Hallo Sara. Ich bin auf dem Weg. Wir sehen uns gleich*".

Ohne weiter zu überlegen machte sie sich auf den Weg durch die Dunkelheit. Etwa die Hälfte des Weges hatte Carolina zurückgelegt, da hörte sie wieder dieses Atmen hinter sich. Trotz der widrigen Verhältnisse erhöhte Carolina ihr Tempo. Das Atmen kam aber auch dann immer näher. Als sie den Atem in ihrem Nacken spürte, begann sie zu laufen. Tiefe Schwärze.

Ihre Kollegen warteten ungeduldig vor dem Restaurant. Es fehlten nur noch Carolina und Gary. Um Gary machte sich niemand Sorgen, denn er war für seine Unpünktlichkeit bekannt. Carolina hingegen war das genaue Gegenteil. Mittlerweile waren fünfzehn Minuten vergangen und von Carolina fehlte immer noch jede Spur. Ihre Freundin Sara nahm ihr Handy aus der Tasche. Dabei sah sie, dass Carolina versucht hatte, sie zu erreichen und sah, dass diese eine Nachricht hinterlassen hatte. Sara hörte sich an, was Carolina ihr mitgeteilt hatte. Das gehörte passte so gar nicht zu der jetzigen Situation. Ohne zu zögern, wählte sie Carolinas Nummer. Aber sie bekam nur die Mailbox. Da Carolina von ihrem Handy angerufen hatte, war Sara klar, dass sie auf dem Weg zum Treffen gewesen sein musste. Nach weiteren fünfzehn Minuten machte sie den Vorschlag Carolina abzuholen oder besser gesagt nach ihr zu suchen.

In diesem Moment erschien Gary Bacher. Er wunderte sich, dass alle immer noch vor dem Restaurant standen.

Es wird wohl meinetwegen sein, dachte er.

Deshalb entschuldigte er sich für die Verspätung und gab als Grund einen Anruf seiner Eltern an. Schnell erklärten sie ihm, dass nicht er der Grund war, weshalb sie immer noch draußen standen. Der Chef wandte sich direkt an ihn. „Haben Sie zufällig Frau Berg gesehen?" „Nein. Warum sollte ich. Wir wohnen doch in verschiedenen Stadtteilen." „Ich gehe sie jetzt holen", sagte Sara. Gary machte sofort einen anderen Vorschlag. „Geht schon alle rein. Ich hole Carolina und bin gleich zurück." „Woher kennst du ihre Adresse?" „Meine Freundin wohnt im selben Haus. Ich sah Carolina, als sie damals einzog, und erkannte sie sofort wieder. Wir waren uns an der Universität begegnet." Er wandte sich von der Gruppe ab. Insgeheim war Sara froh, dass sie mit den anderen in die Wärme konnte, doch ein ungutes Gefühl blieb.

Drinnen drehten sich die Gespräche um das bevorstehende Weihnachtsfest, während sie auf das Essen warteten. Sie waren so in ihre Gespräche vertieft, dass sie die Zeit vergaßen. Erst als Gary hereinkam, verstummten die Gespräche. Da Gary das Restaurant als Erstes betrat, fragte Sara: „Wo ist Carolina?" Er kam immer noch seinen Mantel an, an den Tisch. „Ich habe geklingelt, aber nichts rührte sich. Sogar den Hausmeister oder besser gesagt seine Frau habe ich nach Carolina gefragt, aber auch sie wusste nichts. Sie hatte Carolina nur gegen neunzehn Uhr das Haus verlassen sehen. Ich bin auch noch um das ganze Haus herumgegangen, um zu sehen, ob in ihrer Wohnung Licht ist. Da war alles dunkel." Sara machte ein sehr besorgtes Gesicht, hatte jedoch keine Zeit sich den Kopf darüber zu zerbrechen. Das Essen wurde serviert.

Als alle fertig waren, ergriff Sara noch mal das Wort, um die Situation etwas aufzulockern. „Ich nehme an Carolina wird im letzten Augenblick ihre Meinung geändert haben. Sie wird vorzeitig zu ihren Eltern gefahren. Mir gegenüber erwähnte sie, wie unangenehm es ihr wäre über Nacht fahren zu müssen. Carolina war schon immer sprunghaft in ihren Entscheidungen." Eine andere Erklärung konnte es nicht geben. Es wurde noch fröhlich weiter gefeiert. Sara war die Einzige, die sich auch weiterhin Gedanken über Carolina machte. Auch wenn sie den Kollegen gegenüber Sorglosigkeit vorgespielt hatte, so sah es in ihr doch ganz anders aus.

Normalerweise hätte Carolina mir doch von den neuen Plänen erzählt. Ihr Anruf passt nicht zu meinen Äußerungen gegenüber den Kollegen. Außerdem hatte sie ihren Eltern gesagt, dass sie einen Tag später kommen würde. Sie hatte sich genau wie alle anderen auf den Abend gefreut. Wie komisch.

Sara war dann aber genauso fröhlich, wie ihre Kollegen, da viele witzige Episoden erzählt wurden. Gegen zweiundzwanzig Uhr löste sich die Gesellschaft auf und jeder ging seines Weges.

Carolinas Mutter wartete vergeblich, bis nach Mitternacht auf den Anruf ihrer Tochter. Nervös lief sie im Wohnzimmer auf und ab. So unzuverlässig kannte sie ihre Tochter nicht.

So lange können die doch nicht feiern. Carolina ist doch gar nicht der Typ für ausschweifende Partys. Sollte ich vielleicht versuchen, sie zu erreichen? Nein. Das könnte peinlich werden. Nachher denken ihre Kollegen noch, ich will sie kontrollieren.

Carolina hat ja gesagt, sie nimmt den Frühzug. Dann ist sie spätestens gegen neun Uhr hier. Also werde ich abwarten.

Obwohl ihr das Ganze komisch vorkam, ging sie schlafen.

Es wurde ein unruhiger Schlaf. Immer wieder hatte sie Carolinas Bild vor Augen, in den merkwürdigsten Situationen. Einmal winkte sie ihr fröhlich zu. Ein anderes Mal rief sie um Hilfe oder lag leblos auf dem Boden. Diese Szenen wiederholten sich stetig. Durch einen Aufschrei von Carolina in dem Traum wachte ihre Mutter schweißgebadet auf.

Es war erst sechs Uhr, doch an Schlaf nicht mehr zu denken. Die Ängste, die ihre Träume begleiteten, wandelten sich nun, wo sie wach war in Panik. Nachdem, was Carolina ihr in letzter Zeit alles erzählt hatte, wusste sie nicht mehr weiter. Obwohl sie normalerweise nicht an die Realität von Träumen glaubte, so verwirrter war sie in diesem Augenblick.

Bin ich jetzt schon paranoid? Was ich geträumt habe, ist doch nur Schwachsinn. Carolina wird bald hier sein.

Sie überlegte noch, ob sie mit ihrem Mann über die Träume sprechen sollte. Doch diesen Gedanken wischte sie sofort wieder zur Seite.

Er wird mich für völlig übergeschnappt halten. An Übersinnliches und so was glaubt er nicht. Und wenn ich ehrlich bin, kann ich damit auch nicht viel anfangen.

Die Zeit verging. Trotz der Vorbereitungen für Carolinas Geburtstag ließ ihre Mutter die Uhr in der Küche nicht aus dem Blick. Je näher Carolinas Ankunft rückte, um so aufgeregter wurde ihre Mutter. Die Zeit kam und ging, ohne ein Zeichen von Carolina. Wieder fielen ihr die Gespräche der letzten Zeit ein, besonders das Letzte.

Hat derjenige, der in ihrer Wohnung war, ihr vielleicht aufgelauert oder ihr sonst was angetan? Ist derjenige zurückgekommen, um sie endgültig aus dem Weg zu räumen? Carolina hätte sich doch längst gemeldet.

All diese Fragen und die Bilder ihrer Träume ließen sie nicht los. Wie verfolgt lief sie in der Wohnung auf und ab.

Als ihr Mann zum Essen kam, gab es für sie kein Halten mehr. „Carolina hat sich immer noch nicht gemeldet. Ich mache mir Sorgen. Sollten wir nicht zur Polizei gehen?" „Mach mal halblang. Carolina kommt schon noch. Gib Ruhe. Ich möchte essen." Damit war für ihren Mann das Thema beendet.

Gegen vierzehn Uhr schaltete sie das Radio an, um die Nachrichten mitzubekommen. Vielleicht erfuhr sie ja so etwas. Außerdem halfen die Stimmen ihr, nicht die ganze Zeit zu grübeln. Je weiter der Tag voran schritt, um so mehr nagte die Müdigkeit an ihr. Die letzte Nacht steckte ihr noch in den Knochen. Sie trank mehrere Tassen Kaffe, um nicht ausversehen einzuschlafen. Doch der Kaffeegenuss bekam ihr nicht. Das Koffein verhinderte nicht nur das Einschlafen, sondern sorgte auch dafür, dass ihre Nervosität ins unermessliche stieg.

Die Nachrichten des Tages brachten ihr keine neuen Informationen und die Musik entsprach so gar nicht ihrem Geschmack. Von Zeit zu Zeit ging sie ans Fenster und schaute in die immer schneller aufkommende Dunkelheit hinaus. Mittlerweile brannten die Straßenlaternen und warfen merkwürdige Schatten. Immer, wenn sie einen Schatten genauer beobachtete, hoffte sie es würde Carolina sein. Doch, wenn sie ehrlich war, wusste sie, dass Carolina frühestens um sechs Uhr des nächsten Tages da sein konnte. Und das auch nur, wenn sie den Nachtzug nahm. Eine Stunde später waren ihre Bedenken ihr egal. Sie musste einfach versuchen, Carolina zu erreichen.

Sie versuchte es auf dem Festnetzanschluss und dem Handy, doch es klingelte jedes Mal, bis die Leitung unterbrochen wurde.

Sie kann nicht zu Hause sein. Sonst hätte sie abgenommen. Aber für ihren Zug ist es noch zu früh. So fest schläft Carolina nicht. Jedenfalls nicht in letzter Zeit, da bin ich mir sicher. Nur wo ist sie?

Eine Stunde nach ihrem Versuch Carolina zu erreichen und viele Grübeleien später erschien ihr Mann. „Du bist ja noch auf. Es ist fast Mitternacht. Wartest du etwa immer noch auf Carolina?" „Ich habe auf Carolina gewartet oder zu mindest einen Anruf. Bis jetzt hat sie sich immer noch nicht gemeldet und geht auch nicht ans Telefon. Das sieht ihr doch überhaupt nicht ähnlich. Du weißt, wie zuverlässig sie ist." Ihr Mann sah, wie unruhig sie war, und versuchte das Ganze hinunterzuspielen. „Carolina wird sich mit ihren Kollegen amüsieren und die Zeit vergessen haben. Lass ihr doch den Spaß und mach dich nicht verrückt. Vielleicht war sie nach der Feier ja auch bei einem netten jungen Mann." „Hör auf mich auf den Arm zu nehmen. Wenn Carolina einen Freund hätte, dann wüsste ich das." „Komm ins Bett. Du wirst sehen morgen früh steht sie vor der Tür und wird ganz sicher erklären, weshalb sie nicht angerufen hat. Vergiss nicht, morgen ist ihr dreißigster Geburtstag und den wird sie nicht versäumen." Er hatte es tatsächlich geschafft, seine Frau zu beruhigen. „Du wirst recht haben. In einigen Stunden steht sie vor der Tür." „Nun komm endlich. Ich will ins Bett."

Obwohl sie nickte, machte sie keine Anstalten ihrem Mann zu folgen. Ihm war es egal, was seine Frau tat. Er wollte nur noch schlafen. Sie blieb nach wie vor am Telefon. Irgendwann sank sie in einen Dämmerschlaf. In den frühen Morgenstunden schreckte sie hoch. Ein Geräusch draußen aus dem Garten hatte sie geweckt. Nur wodurch dieses Geräusch verursacht wurde, wusste sie nicht. Sie wunderte sich nur, dass sie nicht in ihrem Bett lag, sondern auf dem Sessel neben dem Telefon saß. Dann fiel es ihr wie Schuppen von den Augen, sie hatte auf Carolinas Anruf gewartet. Sie wollte unbedingt erfahren, was da in ihrem Garten vor sich ging. Also zog sie sich ihren Mantel über und ging hinaus. Auf der obersten Stufe der Treppe blieb sie stehen und schaute sich um. Durch den starken Schneefall konnte sie nichts erkennen. Überall zeichneten sich die verschiedensten Schatten ab. Leise rief sie in die Dunkelheit hinaus: „Carolina bist du da?" Es kam keine Antwort, nur wieder ein Rascheln. Die gesamte Situation war irgendwie gespenstisch. Sie hatte nicht den Mut der Sache weiter auf den Grund zu gehen. Außerdem trug sie nicht die passenden Schuhe.

So ein verfluchtes Wetter. Ist das vielleicht nur die Katze des Nachbarn, die da durch den Garten schleicht? Wenn ich hier noch länger stehen bleibe, bekomme ich ganz sicher eine Erkältung.

Sie hatte zu frösteln begonnen. Also ging sie zurück ins Haus und kochte sich einen Tee.

Er brachte nicht den gesehnten Erfolg. Das Frösteln blieb. So allein gelassen mit ihren Fragen stieg die Angst, um Carolina in ihr wieder. Um sich nicht wieder von der Angst beherrschen zu lassen, lenkte sie sich mit dem Aufräumen ihrer Wohnung ab. Als ihr Mann nach unten kam und die Geschäftigkeit seiner Frau sah, wurde ihm klar, dass sie nicht geschlafen hatte.

Wieder versuchte sie ihren Mann davon zu überzeugen, dass Carolina etwas zugestoßen war. „Ich bin mir sicher, Carolina ist etwas zugestoßen. Sie hat doch in letzter Zeit immer wieder von eigenartigen Vorkommnissen berichtet. Ich glaube nicht mehr, dass sie sich das alles nur eingebildet hat. Wir müssen etwas unternehmen." „Sei nicht dumm. Ich habe dir letzte Nacht schon gesagt sie wird noch kommen. Nun lass mir meine Ruhe, ich möchte frühstücken." Er goss sich eine Tasse Kaffe ein, nahm die Zeitung und verschwand dahinter, ohne weiter auf seine Frau zu achten. Sie erkannte, dass sie verloren hatte, also kümmerte sie sich weiter um die Wohnung.

Immer wieder warf sie einen Blick durch das Fenster. Sie hoffte, Carolina durch den Garten kommen zu sehen. Doch auch der Tag verging, ohne ein Lebenszeichen von Carolina. Beim Abendessen sprach sie ihren Mann erneut auf Carolina an. „Du hast gesagt sie wird nie ihren Geburtstag versäumen und was ist jetzt?" „Du willst meine Meinung hören? Also gut. Carolina wird mit einigen Kollegen in ihren Geburtstag reingefeiert haben oder auch mit einem Mann. Schließlich wird man nur einmal dreißig. Sie wird heute ausgeschlafen haben und den nächsten Zug nehmen. Es besteht ja auch noch die Möglichkeit, dass sie sich fahren lässt. Jetzt Schluss mit deiner Panikmache. Ich habe einen anstrengenden Tag vor mir und möchte ihn ruhig beginnen. Da fällt mir ein, du sagtest doch Carolina wollte sowieso einen Tag später kommen, also gibt Ruhe." „Es stimmt. Doch damit war gestern gemeint." „Schluss jetzt!"

Resigniert zog Carolinas Mutter sich zurück. Sie wollte es nicht riskieren, ihren Mann zu verärgern. Selbst wenn ihr Mann recht haben sollte, so konnte sie nichts für ihre Angst. Auch der Tag ging und keine Nachricht kam von Carolina. Erneut hatte ihre Mutter versucht, sie zu erreichen. Doch nun war das Telefon total ausgefallen, ebenso wie das Handy.

Das wird ja immer verrückter. Da ist was geschehen, auch wenn mein Mann mir nicht glaubt. Irgendjemand muss mir endlich zuhören.

Mittlerweile waren drei Tage vergangen, ohne das kleinste Lebenszeichen. Jetzt hielt Carolinas Mutter es absolut nicht mehr aus, zu warten. Sie ging zu ihrem Mann, der vor dem Fernseher saß und Nachrichten sah. „Wir können nicht länger auf Nachricht von Carolina warten. Es wird Zeit etwas zu unternehmen. Wie kannst du nur weiterhin so ruhig bleiben?" Ihr Mann, der sich gestört fühlte, wurde wütend. Seine Gesichtszüge wurden hart und seine Lippen schmal. „Du bist ja paranoid. Carolina ist erwachsen. Sie kann tun und lassen, was sie will. Lass sie endlich ihren Weg gehen. Und wenn sie nicht kommt und sich nicht meldet, dann lass sie in Ruhe. Früher oder später wird sie sich schon melden. Ich möchte weiter fernsehen. Sieh zu, dass du Land gewinnst." Er wandte sich wieder dem Fernseher zu.

Carolinas Mutter konnte sich auf nichts mehr konzentrieren. Alles, was sie machte, ging daneben. Sogar das Essen wurde eine Katastrophe. Die Kartoffeln waren versalzen, das Fleisch viel zu dunkel, die Soße angebrannt und das Gemüse vollkommen verkocht. Aus Angst vor der vernichtenden Kritik ihres Mannes versucht sie zu retten, was zu retten war. Er merkte es natürlich trotz allem. Wütend über das, was seine Frau ihm vorgesetzt hatte warf er den Teller an die Wand und schrie sie an. „Willst du mich vergiften?! So einen Fraß kannst du ja nicht mal den Schweinen vorsetzen! Hast du jetzt auch noch vergessen, wie man kocht?! Werd endlich wieder normal! Sollte das so weiter gehen, setze ich dich vor die Tür! Eine Frau zu finden, die weiß, was ein Mann braucht, ist nicht schwer!" Dann stand er vom Tisch auf, wobei er den Stuhl mit so viel Schwung zurückstieß, dass er umkippte. Im gleichen Moment verließ er das Haus. Seine Frau hörte nur noch, wie er das Auto startete und davonfuhr.

Verängstigt durch den Wutausbruch ihres Mannes vergaß sie kurzzeitig sogar die Sorge um Carolina. Das Essen kippte sie weg. Anschließend fegte sie die Scherben und das Essen ihres Mannes vom Boden auf. Dann versuchte sie, die Flecken von der Tapete zu entfernen. Dabei hatte sie jedoch nicht viel Glück. Je öfter sie mit Wasser auf die Tapete ging, um so schlimmer wurde das Ganze. Die Tapete quoll auf und begann sich von der Wand zu lösen. Entmutigt ließ sie es sein. Als Nächstes brachte sie den Rest der Küche auf Hochglanz. Dann wartete sie vergeblich auf ihren Mann. Während dieser Zeit dachte sie auch vermehrt wieder an Carolina. Kurz vor Mitternacht hörte sie ihren Mann nach Hause kommen. Sie war froh darüber und hoffte, er hätte sich beruhigt und sie könnte noch einmal mit ihm reden.

Er kam ins Haus, schaute weder links noch rechts und ging so, wie er war durch ins Schlafzimmer. Carolinas Mutter war klar, dass er immer noch wütend auf sie war. Doch nun ärgerte sie sich auch.

Den ganzen Tag habe ich geputzt und er trampelt einfach durch, ohne seine Schuhe auszuziehen.

Ungeachtet dessen wollte sie noch einmal das Gespräch suchen. Sie ging ihm hinterher und öffnete vorsichtig die Tür. Er lag im Bett und machte irgendetwas an seinem Laptop. Beim

Eintreten seiner Frau klappte er ihn zusammen. „Was machst du da?" „Das geht dich nichts an. Verschwinde." „Ich möchte mich bei dir entschuldigen. Meine Gedanken waren bei Carolina, deshalb ist das Essen nichts geworden. Außerdem möchte ich dich bitten, beim nächsten Mal die Schuhe auszuziehen, bevor du durch die Wohnung läufst. Ich habe nicht umsonst den ganzen Tag geputzt." Schon wieder ging er an die Decke. „Höre endlich auf mit Carolina und putzen ist schließlich deine Aufgabe! Ich will kein Wort mehr von ihr hören! Würde ich nicht dafür sorgen, dass du dich mit Hausarbeit beschäftigen kannst, würdest du den lieben langen Tag nur rumsitzen! Nun geh und lass mir meine Ruhe!" Seine Frau ging nicht, ohne ihm einen vernichtenden Blick zu zuwerfen.

Das, was er ihr gerade an den Kopf geworfen hatte, hatte sie tief getroffen. Zurück im Wohnzimmer begann sie wieder zu überlegen.

Wo ist der Mann, den ich geheiratet habe? Warum sieht er mich nicht mehr? Gibt es da vielleicht eine andere? Hat Carolina recht mit ihrer Vermutung, dass er es mit der Untermieterin treibt?

Fast zeitgleich dachte sie dann aber auch schon wieder an Carolina und was sie unternehmen könnte, um sie zu finden.

Wen kann ich noch fragen, ob er Carolina gesehen hat?

Ihr fiel im ersten Moment niemand ein. Dann nahm sie sich ihr Telefonregister und blätterte es durch. Doch ihre Gedanken schweiften so schnell ab, dass sie nicht auf die Einträge achtete. Um etwas zur Ruhe zu kommen, nahm sie eine Tablette. Das half ihr auch kurzzeitig.

Die Weihnachtsfeiertage waren vorüber und von Carolina hatte sie immer noch nichts gehört. Obwohl sie wusste, dass die Kanzlei, in der Carolina arbeitete, Urlaub hatte versuchte sie eine Verbindung zu bekommen. Doch die Frau konnte ihr nichts weiter sagen, außer dass der Chef und die anderen Kollegen der Abteilung nicht da waren. Carolinas Mutter bedankte sich. Sie war verzweifelt darüber, dass ihr Mann die Situation immer noch bagatellisierte. Ihr Entschluss stand fest.

Wenn er nichts unternehmen will, werde ich die Sache in die Hand nehmen. Ich muss herausfinden, ob meine Träume etwas zu bedeuten haben. Wer könnte mir da behilflich sein?

Als Erstes blätterte sie sich durchs Telefonbuch. Da sie aber nicht wusste wen oder was sie wirklich suchte, gab sie schnell wieder auf.

Das ist doch sinnlos. Kein halbwegs normaler Mensch wird mir Antworten geben können. Mir bleibt nur der Weg zur Polizei. Am Besten sofort. Mein Auto steht ja in der Werkstatt. Ich muss versuchen ihn zu überzeugen, dass es keinen anderen Weg mehr gibt. Jetzt ist nicht der richtige Zeitpunkt.

Um sich zu sammeln, schaltete sie den Fernseher ein und schaltete durch die Kanäle. Auf einmal hielt sie inne. Jemand sprach über Traumbeutung. Viel bekam sie nicht mehr mit. Nur die eingeblendete Telefonnummer notierte sie sich. Im selben Moment erschien ihr das schon wieder zu verrückt.

Wie soll mir das helfen, zu erfahren, was mit Carolina geschehen ist.

Stunden lang kämpfte sie mit sich. Zu guter Letzt nahm sie dann doch den Telefonhörer zur Hand. Sie fing gerade an zu wählen, als ihr Mann hinter ihr auftauchte. „Wen rufst du an?" „Niemanden." Um ihn von ihrem Vorhaben abzulenken, traf sie einen Entschluss. Konsequent holte sie den Zweitschlüssel für Carolinas Wohnung und hielt ihm ihn entgegen. „Was soll das? Ich will wieder schlafen gehen." „Vergiss es. Sieh zu, dass du dich in Bewegung setzt", schnauzte sie ihn an. Vollkommen irritiert sah er sie an, um dann seinerseits zu erwidern. „Bis du jetzt endgültig verrückt geworden? Was fällt dir ein, mich so anzufahren? Muss ich dir wieder beibringen, wie du dich mir gegenüber zu verhalten hast?" Carolinas Mutter ließ sich dieses Mal nicht von ihrem Mann einschüchtern, denn die Sorge um ihre Tochter überwog. „Zieh dich an und fahr zu Carolina. Ich will wissen, was mit ihr ist." Dabei klapperte sie unmissverständlich mit dem Schlüssel vor seinem Gesicht herum. Dieses Geräusch ließ ihn endgültig explodieren. Blitzartig griff er mit einer Hand nach dem Schlüssel, während er mit der anderen seiner Frau mitten ins Gesicht schlug. Sie taumelte zurück bis zur Tür, blieb dort aber demonstrativ stehen. Missgelaunt kam er ihrer Aufforderung nach. „Ich komme gleich." Dass ihr Mann aufgestanden war, wertete Carolinas Mutter als Zeichen, dass er sie nun endlich ernst nahm. Fünf Minuten später stand er tatsächlich bei ihr in der Küche. Seine Frau, die er gerade wieder durch Schläge gedemütigt hatte, war so nett gewesen, Kaffee zu kochen. Zufrieden nahm er Platz. Den Schlüssel legte er mitten auf den Tisch. Carolinas Mutter ergriff die Gelegenheit und legte ihn neben den Teller ihres Mannes. Gereizt, wie er sowieso schon war, änderte er seine Meinung. „Nimm endlich den Schlüssel weg. Schau mal auf die Uhr. Es ist früh am Morgen. Gib Ruhe." Er trank seinen Kaffe, um dann seine Ansicht, was Carolina anging, noch einmal zu unterstreichen. „Bis ich bei Carolina bin, vergehen zwei Stunden. Du glaubst wohl, dass ich mich jetzt durch den Verkehr dränge. Es ist mein erster freier Tag seit Wochen und den möchte ich nicht im Auto verbringen. Ich gehe wieder schlafen."

Und wieder blieb seine Frau allein zurück. Sie erinnerte sich an ihren Anruf in der Kanzlei. Dabei kam ihr der Gedanke, dass eine Freundin von Carolina auch dort arbeitete. Nur der Name wollte ihr nicht einfallen. Sie erinnerte sich daran, dass Carolina erwähnt hatte, dass sie diese Freundin schon aus Schultagen kannte. Da sie seit Jahrzehnten in der gleichen Gegend wohnten, ging sie die Namen aller Nachbarn durch. Im Laufe der Zeit waren viele neu in die Nachbarschaft gezogen. Nur eine Familie lebte genau so lange da, wie sie selbst. Es war die beste Freundin, aber hatten sie keine Mädchen nur Jungen.

Soll ich vielleicht mit den Nachbarn über die Situation sprechen?

Doch je länger sie nachdachte, um so irrwitziger fand sie ihren eigenen Gedanken. Zum wiederholten Mal nahm sie ihr Telefonregister zur Hand. Nach Mehrmaligem hin und herblättern stieß sie auf den Namen "*Sara*".

Heißt so nicht Carolinas beste Freundin? Ich werde einfach mein Glück versuchen.

Sie wählte die Nummer, die neben dem Namen stand, in der Hoffnung auf der richtigen Spur zu sein. Es läutete lang, bis abgenommen wurde. „Entschuldigen Sie bitte die Störung. Ich bin die Mutter von Carolina Berg. Sind Sie zufällig ihre Freundin und arbeiten mit ihr zusammen?" „Ja. Ich bin ihre Freundin und wir arbeiten auch zusammen. Um was geht es denn?" „Carolina wollte uns besuchen. Sie ist aber nicht gekommen. Haben Sie etwas von ihr gehört?" Carolinas Mutter hörte, wie die Freundin am anderen Ende der Leitung einige Male tief ein- und ausatmete. Dann vernahm sie wieder die Stimme. „Ich habe Carolina am Nachmittag unseres letzten Arbeitstags gesehen. Wir verließen gemeinsam die Kanzlei und freuten uns auf den Abend. Von da an habe ich nichts mehr von ihr gehört. Ach nein. Das stimmt nicht ganz. Sie versuchte mich am Abend noch zu erreichen, aber ich habe es erst später gesehen. Ich bin davon ausgegangen, dass Carolina sich zeitiger zu Ihnen auf den Weg gemacht hat. Sie erschien nicht zum Abendessen und war auch nicht zu erreichen. Mehr weiß ich nicht. Aber darf ich Sie noch um etwas bitten? Sagen Sie bitte "*Du*". Schließlich kennen Sie mich, seit ich Kind war und mit Carolina zusammen zur Schule gegangen bin." „Gern. Nein. Carolina ist bei uns nicht angekommen. Mir sagte sie, dass sie aufgrund des Essens einen Tag später kommen würde. Nun weiß ich nicht weiter." „Es tut mir leid, dass ich nicht helfen kann. Ich verspreche aber, mich umzuhören." „Ich danke dir für die Auskunft." Sara hielt ihr Versprechen.

Sofort, nachdem sie das Gespräch mit Carolinas Mutter beendet hatte, begann sie alle Kollegen anzurufen. Als Ersten ihren Chef, Herrn Richter. Als er hörte, was der Grund für den Anruf war, versprach auch er sich umzuhören. Die Kollegen, die Sara erreichte waren genauso ahnungslos wie sie und Carolinas Familie. Die Sorge um ihre beste Freundin unterbrach ihren bis dahin ruhigen Urlaub. Fast täglich telefonierte sie nun mit Carolinas Mutter, weil sie hoffte, Neuigkeiten zu erfahren. Carolina schien wie vom Erdboden verschluckt zu sein. Niemand wusste etwas oder hatte sie gesehen.

Nun begann Carolinas Mutter nachzurechnen, seit wann niemand mehr etwas von Carolina gehört hatte. Es waren schon fünf Tage, stellte sie fest. Sich so lange nicht zu melden, war wirklich untypisch für Carolina. Ihre Geduld war endgültig erschöpft. Da hörte sie ihren Mann die Treppe herunterkommen. „Schön, dass du auch schon wach bist", sagte sie bissig. Irritiert sah er seine Frau an. „Was willst du jetzt schon wieder von mir?" „Sieh zu, dass du dich auf den Weg machst. Ich habe mit Carolinas bester Freundin telefoniert. Bei dem Gespräch erfuhr ich, dass sie Carolina seit dem letzten Arbeitstag auch nicht mehr gesehen hat. Sag du mir nicht wieder, dass alles in Ordnung ist. Entweder du fährst zu ihr oder ich rufe sofort die Polizei und setze dich vor die Tür." So aufbrausend hatte er seine Frau noch nie erlebt. Normalerweise war er es, der die Ansagen machte. Dieses veränderte Verhalten ließ ihn kleinbeigeben. Er nahm die Schlüssel vom Küchentisch, wo dieser seit dem letzten Streit mit seiner Frau lag. Er setzte sich ins Auto. Seine Frau sah ihm nach, bis er außer Sichtweite war.

Sie selbst nutzte die Gelegenheit, um alle Krankenhäuser zwischen Sternheim und Lausberg anzurufen. Warum sie nicht früher auf den Gedanken gekommen war, wusste sie nicht. Doch auch das brachte sie keinen Schritt weiter. Nun konnte sie nur noch warten, bis ihr Mann zurück sein würde.

Carolinas Vater erreichte nach knapp zwei Stunden Lausberg. Vor dem Haus, in dem Carolina wohnte, angekommen zögerte er noch einen Augenblick.

Ist das überhaupt richtig, was ich hier mache?, fragte er sich.

Dann stieg er doch aus. Ohne vorher zu klingeln, ging er mit dem mitgebrachten Schlüssel ins Haus. Das Haus war wie ausgestorben. Im Treppenhaus war auch nicht das leiseste Geräusch aus einer der Wohnungen zu hören. Auf dem Weg nach oben hielt er noch einmal inne.

Kann ich das hier wirklich tun? Ich habe keine andere Wahl. Meine Frau möchte Antworten und die werde ich ihr liefern müssen.

An der Wohnungstür angekommen verzichtete er erst mal darauf den Schlüssel zu benutzen. Er klingelte, wie es sich gehörte. Das andere kam ihm zu rabiat vor.

Was ist, wenn sie nicht allein in der Wohnung ist und ihre Ruhe haben will?

Als sich nach Mehrmaligem klingeln nichts rührte, legte er ein Ohr an die Tür und lauschte. Es war rein gar nichts zu hören. Also entschied er sich, doch den Schlüssel zu nehmen. Schnell stellte er fest, hier stimmte irgendetwas nicht. Der Schlüssel wollte sich beim besten Willen nicht ins Schloss stecken lassen. Wie lange er es versucht hatte, konnte er nicht sagen. Er verstand die ganze Situation nicht mehr. Hilflos stand er nun da.

Was soll ich jetzt bloß tun? Ob der Hausmeister mir weiterhelfen kann? Ich muss es versuchen.

Er machte sich auf den Weg nach unten.

Im Erdgeschoss klingelte er an der Tür mit dem Schild "*Hausmeister*". Es öffnete niemand. Allmählich kam er zu der Einsicht, seine Frau könnte doch recht haben mit ihrer Vermutung, dass Carolina etwas zugestoßen war.

Wie ignorant war ich nur die ganze Zeit. Carolina ist doch das Beste, was mir je passiert ist. Ich bin ein Idiot.

Da er im Haus nicht weiter kam, ging er drum herum. Dabei hoffte er in Carolinas Wohnung Licht zu sehen, aber nicht nur Carolinas Wohnung war dunkel, sondern das ganze Haus. Das war richtig gespenstisch. Unverrichteter Dinge setzte er sich wieder ins Auto und fuhr stundenlang durch die Gegend. Erst am späten Abend traf er wieder bei seiner Frau ein, in der Hoffnung: Sie würde schon schlafen. Leider hatte er sich in diesem Punkt vertan.

Sie empfing ihn voller Erwartung. „Was ist nun? Du kommst ja so spät. Habt ihr miteinander geredet und dabei die Zeit vergessen? Lass dir doch nicht alles aus der Nase ziehen. Rede mit mir." Alle diese Fragen prasselten gleichzeitig auf ihn ein. „Langsam. Ich möchte mich erst einmal ausziehen." Seine Frau spielte vor Ungeduld mit ihrer Kette. Sie wollte Antworten. Nachdem er sich gesetzt hatte, suchte er kurz nach den richtigen Worten. „Ich war bei Carolina. Du musst mir den falschen Schlüssel mitgegeben haben, er passt nicht." „Zeig mal her. Nein das ist der richtige Schlüssel. Ich habe ja extra das grüne Band daran gemacht, um ihn nicht mit anderen zu verwechseln. Warst du auch an der richtigen Tür?" „Für wie blöd, hältst du mich? Ich werde doch wohl wissen, welches Carolinas Wohnung ist." „Ist ja schon gut. Ich wollte dir ja nichts unterstellen. Nun erzähl aber endlich." „Ich bin mit dem Schlüssel ins Haus gegangen. So weit war ja noch alles gut. Dann habe ich bei Carolina geklingelt und gelauscht, aber nichts rührte sich. Dreißig Minuten habe ich bestimmt versucht, die Tür mit dem Schlüssel aufzuschließen. Auch den Hausmeister wollte ich um Hilfe bitten. Er war nicht da. Als ich um das Haus herumgegangen bin, war alles dunkel. Du könntest recht haben mit deiner Vermutung, dass Carolina etwas zugestoßen ist. Ich weiß auch nicht weiter." „Das erklärt noch immer nicht, warum du so spät kommst." „Ich bin durch die Gegend gefahren und habe mir Gedanken gemacht." Für seine Frau war klar, dass alles Überlegen sie nicht weiterbringen würde. „Ich rufe jetzt die Polizei. Von Carolina fehlt mittlerweile seit einer Woche jedes Lebenszeichen." Ihr Mann bremste sie. „Lass uns noch eine Nacht darüber schlafen. Wir sind beide fertig. Schlaf wird uns guttun." „Du glaubst doch wohl nicht, dass ich schlafen kann. Ich möchte sofort etwas unternehmen." „Ich mache dir einen anderen Vorschlag. Wir trinken erst einen Tee, um uns zu entspannen und dann sehen wir weiter." Damit war Carolinas Mutter einverstanden.

Als sie aufstehen wollte, um den Tee zu brühen, drückte ihr Mann sie zurück auf den Stuhl. „Ich mache das. Du gehst ins Wohnzimmer und wartest auf mich. Nun geh schon, sonst dauert alles noch länger." Sie sah ihren Mann, der bis zu diesem Zeitpunkt nie einen Finger gerührt hatte, nur mit großen Augen an. „Was ist denn in dich gefahren? Seit Jahren hoffe ich, du hilfst mir mal im Haushalt und jetzt das." „Hin und wieder kann ich dich also doch noch überraschen. Nun aber mit dir ins Wohnzimmer." Sie ging. Es dauerte keine Viertelstunde und ihr Mann folgte. Er hatte beide Tassen auf ein Tablett gestellt und sogar eine Rosenblüte dazu gelegt. Das ihr Mann soviel Geschmack hatte überraschte sie auch. Bis zu diesem Zeitpunkt war es ihre Aufgabe, zu dekorieren. Sie hatte immer das Gefühl er interessiere sich nicht für so etwas. Er war so zuvorkommend, dass er ihr sogar die Tasse reichte und dabei auch noch lächelte.

Nachdem Carolinas Mutter ausgetrunken hatte, wurde sie müde. „Ich glaube der Tee hat wirklich gut getan. Ich bin richtiggehend müde." „Dann geh nach oben und schlaf etwas." Das ließ sie sich nicht zweimal sagen. Kurze Zeit später war sie auch schon eingeschlafen.

Am nächsten Morgen erwachte sie erst sehr spät. Draußen war die Wintersonne schon längst aufgegangen. Sie dachte über den letzten Abend nach.

Er muss mir was in den Tee gemischt haben. Seit Jahren habe ich nicht mehr solange geschlafen. Ich werde ihn sofort zur Rede stellen.

Schnell zog sie sich an und ging nach unten. Dort fand sie jedoch nicht ihren Mann, sondern nur einen Zettel. "*Ich bin zur Arbeit. Über alles andere sprechen wir heute Abend. Komme zum Mittag nicht nach Hause*".

Den ganzen Tag blieb ihr nichts anderes als zu warten. Erst kurz vor Mitternacht erschien endlich ihr Mann. „Du bist noch auf?" „Natürlich. Ich warte auf dich, damit wir gemeinsam die Polizei rufen können." „Ich verspreche dir, dass wir morgen zur Polizei gehen." „Nein. Wir rufen sofort die Polizei." „Hast du mal auf die Uhr gesehen? Es ist nach Mitternacht. Meinst du die Polizisten, sind so erpicht darauf, jetzt hier rauszufahren? Warten wir noch diese wenigen Stunden."

Es war noch dunkel, als Carolinas Mutter ihren Mann am nächsten Morgen weckte. „Steh auf. Wir müssen zur Polizei." Ihm viel sein Versprechen wieder ein und er stand auf, damit seine Frau nicht misstrauisch wurde. Als er nach unten kam, stand sie schon komplett ausgehfertig da. „Nun los." „Warte, ich trinke noch einen Kaffe. Die paar Minuten werden nichts ändern. Er ging in die Küche und seine Frau folgte ihm, setzte sich aber nicht. Nervös sah sie immer wieder auf die Uhr. Ihr Mann hielt sich seit einer halben Stunde an einer Tasse Kaffee auf. Sie erkannte seine Verzögerungstaktik. „Da du dich weigerst mit mir zur Polizei zu fahren, hole ich sie her. Es interessiert mich nicht mehr, was du willst. Schließlich geht es um meine Tochter." Auf ihren letzten Satz reagierte er prompt. „Du meinst unsere Tochter." „So wie du dich die vergangenen Tage verhalten hast, glaube ich nicht, dass Carolina dir irgendwas bedeutet." „Jetzt spinnst du total. Ich bin nur nicht so hysterisch, wie du." Da Carolinas Mutter keine Lust auf großartige Diskussionen hatte, die nur unnötig Zeit kosteten drehte sie sich weg. Ohne weiter auf ihn zu achten, ging sie zum Telefon. Er konnte nichts mehr dagegen unternehmen, denn sie hatte bereits die Nummer gewählt. Es dauerte nicht lange und die Verbindung stand.

Der Beamte, am anderen Ende, war sehr höflich und ruhig. Er erkundigte sich nach dem Grund für diesen Anruf. Darauf hatte Carolinas Mutter nur gewartet. Sofort sprudelte es aus ihr heraus. „Meine Tochter ist verschwunden. Keiner weiß, wo sie ist. Seit einer Woche habe ich nichts mehr von ihr gehört. Bitte helfen Sie uns." Der Beamte hatte sich nicht aus der Ruhe bringen lassen, so schien es Carolinas Mutter jedenfalls. „Bleiben Sie bitte ruhig. Um Ihnen weiterhelfen zu können, brauche ich genauere Informationen. Sagen Sie mir doch bitte erst einmal ihren Namen, die Anschrift und ihre Telefonnummer." „Mein Name ist Pahlbaum und wir wohnen in Sternheim, in der Linzinger Str. 145. Unsere Telefonnummer werde ich Ihnen nicht nennen. Es ist eine Geheimnummer und so soll es auch bleiben." „Wie Sie meinen. Nur je schneller wir mit Ihnen in Kontakt treten können umso besser. Dafür wäre die Telefonnummer wirklich eine große Hilfe. Ich versichere Ihnen, dass diese nicht in falsche Hände gerät." „Mein Mann ist ein sehr angesehener Geschäftsmann in dieser Stadt und wir möchten unsere Privatsphäre erhalten." „Das verstehe ich. Aber vielleicht denken Sie doch noch darüber nach. Sie sagten eben, die vermisste Person sei ihre Tochter. Ist das so richtig?" „Ja." „Dann benötige ich jetzt, einige Angaben zu ihrer Tochter. Wie heißt sie, wie alt ist sie und wo wohnt sie?" „Meine Tochter heißt Carolina, ist dreißig Jahre alt und wohnt in Lausberg." „Dann müssen wir die Anzeige an die dortige Dienststelle weiterleiten, aber zuvor machen wir hier erst einmal weiter. Ihre Tochter heißt also Carolina Pahlbaum?" „Nein. Sie heißt mit Nachnamen Berg." Der Beamte am Telefon ignorierte diese Information erst einmal und fragte weiter. „Sind Sie sich sicher, dass ihre Tochter wirklich verschwunden ist? Könnte sie nicht bei Bekannten oder Freunden sein?" „Glauben Sie, ich würde anrufen, wenn wir nicht schon alles versucht hätten, um sie zu finden?" Carolinas Mutter fühlte sich wie im falschen Film. Obwohl der Beamte sehr freundlich war, hatte sie den Eindruck, er würde nur einfach einen Fragenkatalog abarbeiten. Er schien kein Interesse an einem längeren Gespräch zu haben. Und schon ging es weiter. „Entschuldigen Sie. Ich musste mich vergewissern, dass es sich nicht um einen Irrtum handelt. Seit wann genau haben Sie nichts mehr von ihrer Tochter gehört?" „Seit dem zweiundzwanzigsten Dezember etwa achtzehn Uhr. Carolina rief mich an und wir verabredeten, dass sie mich am späten Abend noch mal anruft. Der Anruf kam nicht. Ich konnte sie auch nicht mehr erreichen. Wir glauben, dass ihr Exfreund etwas damit zu tun hat." „Wie heißt denn dieser?" „David Jason." „Haben Sie vielleicht auch noch eine Adresse für uns?" „Im Augenblick nicht, aber ich könnte sie heraussuchen, wenn ich sie noch finde." „Das können wir später klären. Ich schicke Ihnen Beamte vorbei, die alles Weitere klären." „Müssen die Beamten mit einem Streifenwagen kommen oder könnten sie auch einen Privatwagen nehmen? Wenn ein Streifenwagen vorfährt, merkt die gesamte Nachbarschaft, dass etwas nicht stimmt und das wäre nicht gut für unser Ansehen." „Darüber kann ich nicht entscheiden. Ich werde Ihr Anliegen aber sofort weiterleiten." Damit wurde die Verbindung beendet.

Warum war der so kurz angebunden. Er hat ja nicht mal nach Carolinas Adresse gefragt. So wird es lange dauern, bis sie Carolina finden.

Carolinas Mutter, die wusste, dass ihr Mann gegen diese Anzeige war, hoffte, dass die Beamten Verständnis haben würden. *"Wenn die mit einem Streifenwagen kommen, wird er mich umbringen".*

Da die Anruferin sich so strikt geweigert hatte ihre Telefonnummer zu nennen, griff der Beamte auf die Anrufnachverfolgung zurück. Woher sollte er sonst wissen, ob es sich bei der Person die angerufen hatte wirklich um die stadtbekannte Familie handelte. Das Problem war schnell gelöst. Einige Minuten später klingelte das Telefon der ermittelten Nummer und es war wirklich Frau Pahlbaum, die abnahm. Der Beamte erklärte den Anruf. „Wir mussten sichergehen, dass Sie auch die Person sind, für die Sie sich ausgegeben haben. Sie müssen wissen, dass es viel zu viele Anrufe gibt, bei denen die Angaben nicht stimmen. Ich hoffe, Sie haben Verständnis dafür." Carolinas Mutter erwiderte nichts, sondern legte nur auf. Empört, über diese Dreistigkeit der Polizei, ging sie zu ihrem Mann. „Viel habe ich nicht erreicht. Sie schicken zwei Beamte vorbei, die die Einzelheiten mit uns klären." Als ihr Mann diesen Satz hörte, lief er vor Empörung rot an. Doch bevor er etwas sagen konnte, schaltete sich seine Frau wieder ein. „Ich habe darum gebeten, dass die Beamten im Privatwagen kommen, um den Nachbarn keine Möglichkeit zum Tratschen zu geben." Ihr Mann atmete hörbar auf. „Du bist ja doch für etwas zu gebrauchen. So viel Weitsicht hätte ich dir nicht zugetraut." „Am liebsten würde ich sofort nach Lausberg fahren, um die Anzeige dort direkt noch einmal aufzugeben." „Du hast sie jetzt hier aufgegeben, also warten wir ab, was weiter geschieht." Ihr Mann wandte sich wieder seiner Lieblingsbeschäftigung zu, dem Zeitungslesen.

Der Beamte, der die Anzeige entgegengenommen hatte, leitete sie zu aller erst an die vor Ort anwesenden Kollegen weiter. Da Sternheim aber nur eine einfache Polizeistation war, ohne weitere Abteilungen, landete diese auf dem Tisch des Dienststellenleiters. Er schaute, um was für einen Sachverhalt es sich handelte und gab dann dementsprechende Anweisungen. Beim Hinweis, dass die Anzeigeerstatterin darum gebeten hatte, das Ganze so unauffällig wie möglich zu erledigen, schmunzelte er. Für ihn stand fest, dass er genau das Gegenteil tun würde. Selbstverständlich wusste er, dass es sich dabei um eine sehr angesehene Familie der Stadt handelte. Trotzdem war er nicht gewillt ihnen eine Sonderbehandlung zukommen zu lassen.

Es wird Zeit diesem aufgeblasenen Gockel zu zeigen, dass er nichts Besseres ist, wie die anderen. Sein Geld wird ihm bei dieser Sache nicht weiter helfen, dachte er.

So schickte er zwei Polizisten der Schutzpolizei zur angegebenen Adresse und gab ihnen auf, die noch offenstehenden Fragen zu klären.

Während die Polizisten sich auf den Weg zu den Pahlbaums machten, waren auch die anderen nicht untätig. Sie informierten sich in allen Krankenhäusern und Rettungsstationen in der Umgebung, ob eine unbekannte weibliche Person eingeliefert worden war. Doch sie erfuhren nichts. Auch die Suche im Polizeicomputer verlief ergebnislos.

In der Zwischenzeit waren die Polizisten bei den Pahlbaums angekommen. Kaum dass sie ihren Wagen verlassen hatten, wurde auch schon die Haustür aufgerissen. „Beeilen Sie sich. Es müssen nicht alle mitbekommen, dass die Polizei im Haus ist." Den Polizisten war sofort klar, dass es Herr Pahlbaum war, der sie da so anfuhr. Schließlich war dieser Mann so oft in den Tageszeitungen der Region, dass es unmöglich war, ihn nicht zu kennen. Höflich grüßten sie und hielten ihm ihre Dienstausweise hin. Er achtete nicht darauf, sondern schloss nur so schnell wie möglich die Tür. Anschließend wies er ihnen den Weg ins Wohnzimmer, wo seine Frau bereits wartete. Ehe sie sich der Frau im Wohnzimmer vorstellen konnten, stellte sie auch schon ihre Fragen. „Haben Sie schon was von Carolina? Was haben Sie bis jetzt unternommen?" „Wir sind gekommen, um noch einige Fragen zu klären. Je schneller wir damit fertig sind, um so schneller können wir die Anzeige weiterleiten nach Lausberg."

Auch jetzt kamen sie nicht dazu ihre Fragen zu stellen, denn Herr Pahlbaum machte seinem Unmut Luft. „Hatte meine Frau nicht ausdrücklich gesagt, dass Sie in zivil und mit einem unauffälligen Wagen kommen sollten? Sehen Sie sich an, was da draußen los ist." Er zog die Gardine ein Stück zur Seite und deutete auf den Gehweg vor dem Haus. Da hatten sich innerhalb weniger Minuten Personen aus der Nachbarschaft versammelt und starrten auf das Haus. Unter ihnen waren aber auch schon Leute von der Presse. Wie die Presse das so schnell erfahren hatte, wusste anscheinend niemand. Doch Herr Pahlbaum wetterte sofort weiter. „Sehen Sie, was Sie da angerichtet haben. Sogar die Aasgeier von der Presse wissen bescheid. Da muss bei Ihnen irgendjemand gequatscht haben." Die Polizisten sahen sich mit großen Augen an. So einen Vorwurf konnten sie einfach nicht unkommentiert im Raum stehen lassen. Natürlich war ihnen bekannt, wie schnell Herr Pahlbaum aus der Ruhe zu bringen war. Sie hatten ihn schon bei mehreren Reden erlebt, dort war er genauso unbeherrscht wie jetzt. Andererseits konnten sie sich auch gut vorstellen, dass er die Presse selbst informiert hatte. Dieser Mann tat alles, um von der Presse wahrgenommen zu werden. Dabei war ihm der Grund des Anlasses vollkommen gleichgültig. Deshalb mussten sie seinen Vorwurf auch so schnell wie möglich aus dem Weg räumen.

„Herr Pahlbaum, von unserer Seite sind ganz sicher keine Informationen nach außen gedrungen. Wir haben ja noch gar nicht alle Fakten zusammen. Vielleicht ist Ihnen oder ihrer Frau etwas ausversehen herausgerutscht." „Für wie blöde halten Sie uns. Sie wissen wohl nicht, wen Sie hier vor sich haben." „Selbstverständlich wissen wir, wer Sie sind und was Sie alles für die Stadt tun. Trotzdem können wir uns den Anweisungen unseres Chefs nicht entgegenstellen." „Ich werde mich an höchster Stelle über ihre Dienststelle beschweren." „Machen Sie das. Können wir jetzt aber bitte zum Grund unseres Hierseins kommen?"

Herr Pahlbaum wollte noch weiter diskutieren, doch seine Frau fiel ihm ins Wort. „Nun lass die beiden ihre Arbeit machen. Je schneller wir das hinter uns bringen, um so schneller können sie Carolina finden." Nun setzte er sich auch und hielt den Mund. Der zweite Beamte, der während der Diskussion nur stumm danebengestanden hatte, hatte die Zeit genutzt, die anwesenden Personen genau anzusehen. Herr Pahlbaum war genauso, wie alle ihn aus der Presse kannten. Er war groß, hatte breite Schultern und ein nicht ganz alltägliches Gesicht. Der obere Teil seines Kopfes war rund wie der Mond. Nach unten hin wurde es dann sehr kantig. Er hatte sehr ausgeprägte Wangenknochen und nur noch wenig Haare. Seine Frau hingegen sah ganz anders aus, als auf den Fotos. Sie war klein, sehr dünn und hatten einen leicht schiefen Mund. Im Gegensatz zu ihrem Mann hatte sie jedoch freundliche strahlende Augen. Sie schien auch diejenige zu sein, die für Harmonie in der Familie sorgte.

Sein Kollege sah genervt auf die Uhr. Damit wollte er zum Ausdruck bringen, dass genug Zeit mit Unzulänglichkeiten vergeudet worden war, und begann aus diesem Grund seine Fragen zu stellen. „Haben Sie ein Foto von ihrer Tochter? Das ist wichtig für die Fahndung nach ihrer Tochter." Die Frau griff hinter sich und nahm ein gerahmtes Foto von einer Kommode. „Das ist unsere Carolina. Die Aufnahme wurde vor vier Jahren gemacht. Ein neueres Bild haben wir nicht." Die Polizisten sahen sich an, nahmen das Bild trotz allem an sich. Die Blicke der beiden Polizisten sagten schon alles. Beide schienen den gleichen Gedanken zu haben.

Dafür, dass die Pahlbaums so einen Wirbel um den Aufenthaltsort ihrer Tochter machen, haben sie anscheinend wenig persönlichen Kontakt zu ihr.

Doch das sollte sie nicht weiter interessieren, schließlich mussten sich die Kollegen aus Lausberg darum kümmern. „Können Sie uns dann wenigstens etwas über ihr soziales Umfeld sagen?" „Viel wissen wir nicht. Seit Carolina vor über drei Jahren weggegangen ist, sehen wir sie nur noch sehr selten. Ich weiß, sie hat eine beste Freundin Sara, die in der gleichen Kanzlei arbeitet. Außerdem gibt es da noch ihren Exfreund David Jason. Wo der wohnt, weiß ich nicht. Während des Studiums wohnten beide zusammen in Bleichenbach. Er war der Grund, dass Carolina nach Lausberg ging. Mehr weiß ich nicht." „Wie heißt die Kanzlei, in der ihre Tochter arbeitet?" „Es ist die Kanzlei "Richter & Partner" in Lausberg. Sie ist Anwältin für Strafrecht." „Danke. Das wäre erst einmal alles. Die weiteren Informationen erhalten Sie dann in den nächsten Tagen von unseren Kollegen aus Lausberg." Sie verabschiedeten sich und gingen.

Als Herr Pahlbaum ihnen die Tür öffnete, stürmten sofort die Presseleute auf sie zu. Von den Polizisten erhielten sie keine Stellungnahme, doch Herr Pahlbaum schien schon wieder sehr auskunftsfreudig zu sein. Er stellte sich in Pose und ließ eine Vielzahl von Fotos machen. Danach antwortete er hypothetisch auf die ihm gestellten Fragen. Erst als seine Frau ihn ins Haus zog, hörte er auf seine Show abzuziehen.

„Das war aber ein kurzes Gespräch. Ich glaube die nehmen das alles nicht ernst. Es hätte noch so viel zu erzählen gegeben. Nicht mal ihre Adresse wollten sie wissen", sagte sie zu ihrem Mann.

Die Polizisten hatten sich das Ganze genau angesehen und schüttelten verständnislos den Kopf. „Da wirft er uns vor, wir hätten im Vorfeld mit der Presse gesprochen. Dabei hat er das alles selbst inszeniert. Ich glaube auch nicht so richtig an das Verschwinden der Tochter. So wie der Mann drauf ist, kann die ganze Geschichte erfunden sein", sagte der eine zum anderen. „Das wäre aber schon sehr makaber", war die Antwort seines Kollegen.

Zurück auf der Wache gaben sie ihre Informationen umgehend an den Dienststellenleiter weiter. Sie hofften, der Fall wäre damit für sie abgeschlossen. Keiner hatte Lust sich weiter mit der Familie zu beschäftigen. Es kam jedoch alles anders.

Der Dienststellenleiter dachte gar nicht daran, den Fall weiterzugeben. Er hatte noch eine offene Rechnung mit Herrn Pahlbaum. Zwar nicht im beruflichen, sondern im privaten Bereich.

Zwei Tage waren seit dem Besuch der Polizisten vergangen und Carolinas Mutter wurde schon wieder unruhig. Sie hatte damit gerechnet, etwas aus Lausberg zu hören. Doch weder telefonisch noch schriftlich kam irgendeine Reaktion. So griff sie zum Telefon und rief direkt in Lausberg an. Dort schien jedoch niemand etwas von einer Anzeige zu wissen. Man versprach ihr sich um die Angelegenheit zu kümmern und bat sie abzuwarten. Das war nun überhaupt nicht nach ihrem Geschmack. Sie erkannte aber, dass sie keine andere Wahl hatte.

Aber ganz gleich, wie lange in Lausberg nach der genannten Akte gesucht wurde, sie war nicht aufzufinden.

In den nächsten Wochen rief Carolinas Mutter fast täglich an, wurde aber jedes Mal vertröstet. Sie begriff, dass etwas nicht so lief, wie es laufen sollte. Nun wandte sie sich an die Polizeistation in Sternheim, die ja die Anzeige aufgenommen hatte. Um nicht wieder zurückgewiesen zu werden, verlangte sie den Dienststellenleiter zu sprechen. Daraufhin teilte man ihr mit, dass er in einer Besprechung war und sie es später versuchen sollte. An diesem Tag rief sie achtmal an, ohne durchgestellt zu werden. Aufgeben kam für sie nicht infrage. Ihr Mann hielt sie für völlig irre. Er versuchte sie mit allen Mitteln auf andere Gedanken zu bringen, ohne Erfolg. Sie hatte sich fest vorgenommen Antworten zu bekommen.

Am nächsten Tag, als ihr Mann auf dem Weg zur Arbeit war, machte sie mit ihren Anrufen weiter. Nach ihrem dritten Anruf innerhalb weniger Stunden wurde sie nicht mehr vertröstet. Der Beamte am Telefon bat sie kurz zu warten. Er selbst machte sich auf den Weg zum Dienststellenleiter, um persönlich mit ihm zu sprechen. Ohne zu klopfen, betrat er das Büro. Sein Chef hob den Kopf. An seinem Gesicht erkannte der Beamte, dass er durch seinen Auftritt eine Grenze überschritten hatte. „Was fällten Ihnen ein, hier ohne anklopfen einzutreten!" brüllte sein Gegenüber. Der Beamte hatte aber nicht die Absicht sich einschüchtern zu lassen. Er kam gleich zum Punkt ohne ein Wort der Entschuldigung. „Seit zwei Wochen oder länger ruft eine Frau Pahlbaum täglich an und fragt, ob wir ihre Tochter schon gefunden haben." „Was für eine Frau Pahlbaum? Der Name sagt mir nichts." „Das kann doch gar nicht sein. Vor etwas mehr als zwei Wochen waren Sie es, der einen Kollegen und mich zu der Familie geschickt hatte. Wir sollten Zusatzinformationen zu der telefonischen Anzeige sammeln. Ich habe Ihnen die Akte persönlich auf den Schreibtisch gelegt. Dort ist sie doch." Er zeigte auf eine Akte, die einen roten Vermerk auf dem Deckel hatte. „Wir hatten der Familie zugesagt, die Unterlagen sofort an die Lausberger Kollegen weiterzugeben. Wir dachten, dass das längst geschehen wäre." „Wie ich arbeite und wann ich Akten weitergebe, müssen Sie schon mir überlassen. Schließlich habe ich hier das Sagen und so wird es auch bleiben. Sie können gehen." Der Beamte verließ, ohne ein weiteres Wort das Büro.

Was fällt dem ein, eine Akte zurückzuhalten. Überhaupt, wenn es um ein Menschenleben geht. Will er den Fall im Alleingang lösen oder möchte er sich an der Familie rächen, dass er so handelt?

Diese Gedanken ließen dem jungen Beamten keine Ruhe mehr. Er sprach im Anschluss mit den Kollegen, auch wenn er wusste, das es sich nicht gehörte über einen Vorgesetzten herzuziehen. Sie entschieden sich, noch vierundzwanzig Stunden abzuwarten. Sollte in dieser Zeit nichts geschehen, wollten sie sich an die nächsthöhere Stelle wenden und ihren Chef anschwärzen.

Das diese Frau Pahlbaum noch immer am Telefon war hatte er schon längst vergessen. Erst als er wieder zu seinem Platz zurückkam, sah er den Telefonhörer da liegen. Sofort griff der danach. „Entschuldigen Sie, dass es so lange gedauert hat. Wir mussten einige Dinge klären. Die Kollegen aus Lausberg werden sich innerhalb der nächsten drei Tage bei ihnen melden."

Der Dienststellenleiter, der das auch weiterhin nur für Hysterie hielt, nahm trotz allem die Akte zur Hand. Beim Durchlesen wurde ihm bewusst, dass er aus Nachlässigkeit, Rachsucht oder vielleicht auch Bequemlichkeit einen Fehler gemacht hatte. Da die Kollegen über den Fall bescheid wussten, musste er jetzt schnell handeln. Um nicht länger mit der Akte belastet zu sein, ließ er den Kollegen, der zuvor in seinem Büro war, kommen. „Sie bringen die Akte bitte persönlich nach Lausberg und übergeben sie dort gleich an die Kriminalpolizei. Sehen Sie zu, dass Sie fortkommen."

Zwei Stunden später war die Akte in Lausberg, aber noch nicht bei der Kriminalpolizei, sondern im Posteingang. Dem Kollegen aus Sternheim war es gleichgültig, dass er sie einfach nur reingereicht hatte. Die Anweisung sie direkt bei der Kriminalpolizei abzugeben, war ihm gleichgültig. Er war nur froh endlich nichts mehr mit der Sache zu tun zu haben.

Am Abend desselben Tages fand die Nachtschicht der Lausberger Polizei die Akte im falschen Fach. Deshalb brachte ein

Beamter sie zur Kriminalpolizei. Der dortige Beamte nahm sie entgegen und überflog sie kurz. Es war zwar nicht sein Spezialgebiet, trotzdem entschied er sich, den Kollegen etwas Arbeit abzunehmen. Er telefonierte aus diesem Grund noch mal alle Krankenhäuser zwischen Sternheim und Lausberg ab. Eine Notiz darüber legte er zur Akte. Dann legte er sie auf den Schreibtisch er Kollegen, die am meisten Erfahrungen mit diesem Sachverhalt hatten. Es waren die Kollegen Blaubach und Dreibisch.

Als diese beiden am nächsten Morgen zum Dienst kamen, berichtete ihr Kollege ihnen sofort von der Akte. Im Büro angekommen, nahm Blaubach sich die erwähnte Akte. Er schüttelte verständnislos den Kopf. Sein Kollege sah ihn an und wartete auf eine Erklärung. „Hör zu. Was ich hier lese, ist unglaublich. Vor mehr als drei Wochen hat eine Familie Pahlbaum Anzeige erstattet, weil die Tochter angeblich verschwunden ist. Jedenfalls können diese sie seit dem zweiundzwanzigsten Dezember nicht mehr erreichen. Wie ich hier lese, ist die Tochter zwar erwachsen, doch steht sie immer noch in regelmäßigem Kontakt zu ihrer Mutter. Die Mutter sagte aus, ihre Tochter wollte die Weihnachtstage bei ihnen verbringen, ist jedoch nicht erschienen. Freunde, Kollegen und Bekannte hat die junge Frau wohl kaum. Hier steht nur was von einer Freundin und einem Exfreund. Aber hier ist noch etwas Merkwürdiges. Die verschwundene Frau trägt nicht den gleichen Nachnamen, wie ihre Eltern. Dem müssen wir sofort nachgehen." „Vielleicht ist sie ja mittlerweile verheiratet." „Davon steht hier nichts. Nur der Exfreund, ein gewisser David Jason und diese Freundin Sara sind namentlich erwähnt. Von dieser Freundin haben wir nicht einmal den Nachnamen. Außerdem steht hier, dass sie in einer Kanzlei ganz in der Nähe arbeitet. Ihre private Adresse fehlt jedoch. Sehr gründlich waren die Kollegen nicht bei der Datenaufnahme." „Welche Polizeistation hat diese Anzeige überhaupt entgegengenommen?" „Das waren die Kollegen aus Sternheim. Dort wohnen die Eltern." „Aber das ist doch nur eine kleine Polizeiwache, besetzt mit sechs Kollegen, ohne Spezialkräfte. Warum haben die nur so lange mit der Übermittlung der Akte gewartet?" Blaubach zuckte mit den Schultern. „Ich habe die Vermutung, dass einer die ganze Sache im Alleingang erledigen wollte. Ich werde mich informieren, wer dort der Dienststellenleiter ist. Durch die Zeitverzögerung werden wir wohl kaum noch eine Chance haben die Vermisste lebend zu finden. Es sei denn, sie ist aus freien Stücken untergetaucht." „Das ist eher unwahrscheinlich. Warum hätte sie ihre berufliche Zukunft aufs Spiel setzen sollen?" „Wir wissen ja noch nicht, ob sie glücklich war in dieser Kanzlei. All das müssen wir jetzt so schnell wie möglich in Erfahrung bringen. Und was noch wichtiger ist, ist die Öffentlichkeitsfahndung."

Die Kommissare, die schon seit Jahren mit dem gleichen Staatsanwalt zusammenarbeiteten, unterrichteten ihn über ihre geplanten Schritte. Er zeigte sich mit allem einverstanden, was selten der Fall war. Nur das mit den Sternheimer Kollegen wollte er selbst in die Hand nehmen. Blaubach und Dreibisch waren eigentlich froh darüber, so konnten sie sich anderen Dingen, die wichtiger waren, zuwenden.

Als Erstes durchsuchten sie die Informationssysteme der Polizei, um festzustellen, ob die Kollegen in dieser Hinsicht schon tätig geworden waren. In der Akte war nichts vermerkt. Noch nicht mal ein Foto lag in der Akte.

Zwei Stunden verbrachten sie damit sämtliche Informationssysteme zu durchsuchen, fanden jedoch nicht den geringsten Anhaltspunkt, dass überhaupt eine Anzeige vorlag. Die Kommissare entschieden sich den Fall so zu behandeln, als wenn die Anzeige eben erst eingegangen wäre. Da sie jedoch nur den Namen und keine Adresse hatten, nahmen sie Kontakt mit dem zuständigen Einwohnermeldeamt auf. Nach wenigen Minuten erhielten sie die Adresse der Vermissten. Sie war gemeldet in der Franz-Mayer-Str. 39, in Lausberg. Unverzüglich gab Blaubach telefonisch die Adresse an die Beamten des Streifendienstes weiter und erklärte ihnen den Sachverhalt. Sie erhielten den Auftrag, sich einen Überblick über die Lage vor Ort zu verschaffen.

Da Blaubach und Dreibisch die Lage bis dahin nicht überblicken konnten, wussten sie nicht, was die Kollegen vorfinden würden. Sie bereiteten die nächsten Schritte vor. Sie informierten vorsichtshalber den Gerichtsmediziner und die Spurensicherung. Nach der Ankunft an der Adresse machten sich die Polizisten erst einmal ein Bild von der Umgebung des vermutlichen Tatorts. Das Mehrfamilienhaus, in dem die Vermisste gemeldet war, lag am Ende einer Sackgasse. Es war grau verputzt und hatte eine Rasenfläche vor dem Eingang, so wie auch alle anderen Häuser dieser Straße. Bei der Polizei galt dieser Stadtteil, als einer der ruhigsten. Außer hier und da Familienstreitigkeiten, die geschlichtet werden mussten, war noch nie etwas Nennenswertes geschehen.

Die Polizisten begaben sich zum Haus. Beim Betrachten der Klingeln erkannte sie, dass die Wohnung, die sie suchten, in der dritten Etage war. Die Aufteilung besagte, dass sich die Wohnung auf der linken Seite befand. Es war ein Achtparteienhaus. Sie drückten die entsprechende Klingel, es kam aber keine Reaktion. Da sie nicht sicher waren, ob es an der Klingel lag oder nur niemand da war, klingelten sie beim Hausmeister. Irgendwie mussten sie schließlich ins Haus gelangen. Als er sich über die Gegensprechanlage meldete und erfuhr, wer da vor der Tür stand, öffnete er sofort. Er stand in Pantoffeln und Morgenrock vor den Polizisten. Das ihn diese Störung nicht gefiel konnten die beiden an seinem Gesicht ablesen. Die Stirn war in tiefe Falten gelegt und der Mund zusammengekniffen, dass man nur noch einen Strich sehen konnte. „Warum so ein Theater, am frühen Morgen?" knurrte er den Polizisten entgegen. Sie sahen sich verständnislos an, denn vom frühen Morgen konnte nun wirklich nicht mehr die Rede sein. Es war kurz vor zwölf Uhr mittags. „Entschuldigen Sie die Störung. Wir müssen etwas überprüfen. Währenddessen zeigten sie ihm ihre Dienstausweise, die er auch sehr genau unter die Lupe nahm. „Ich hoffe, die Dinger sind echt.

Um was geht es genau? Ich, als Hausmeister, habe wohl das Recht zu erfahren, was in meinem Haus vor sich geht." „Die sind ganz sicher echt. Wie Sie sehen, tragen wir ja auch Uniform." „Die kann man sich doch heutzutage überall leihen. Das ist noch kein Beweis für die Echtheit." „Wenn Sie ganz sicher gehen wollen, rufen Sie doch bitte auf der Dienststelle an. Und zu ihrer Frage, was hier los ist, können wir nichts sagen. Halten Sie sich bitte zu unserer Verfügung. Nun entschuldigen Sie uns bitte." Damit ließen sie ihn stehen und machten sich auf den Weg nach oben.

„So viel Misstrauen uns gegenüber habe ich ja schon lange nicht mehr erlebt", meinte der ältere der beiden. Sie klingelten nun direkt an der Wohnungstür von Carolina Berg, doch auch jetzt rührte sich nichts. „Wie sollen wir jetzt weiter vorgehen? Sie ist nicht da." „Gehen wir ums Haus und sehen, ob uns etwas auffällt." Damit machten sie sich auf den Weg. Ihr Rundgang brachte nicht viel. Nur das die Fenster der entsprechenden Wohnung gekippt waren. Sie meldeten sich bei Blaubach, um von ihren Beobachtungen zu berichten und fragten, wie sie weiter vorgehen sollten. Er bat sie, vor Ort zu bleiben und abzuwarten. Blaubach hatte noch nicht ganz aufgelegt, da klopfte es.

Da weder er noch sein Kollege Dreibisch jemanden erwarteten, sahen sie sich überrascht an. Dreibisch ging nachsehen, wer sie sprechen wollte. Vor ihm stand ein Ehepaar mittleren Alters. „Kann ich Ihnen weiterhelfen?" „Wir sind die Pahlbaums aus Sternheim und möchten erfahren, ob Sie unsere Tochter schon gefunden haben." Es war der Mann, der diese Frage stellte. „Kommen Sie doch mit ins Büro. Dort können wir ungestört reden", sagte Dreibisch. Die Spannung unter der diese beiden Personen standen war greifbar. Als Dreibisch die Tür geschlossen hatte, stellte er sich und seinen Kollegen offiziell vor. „Das ist Kommissar Blaubach und mein Name ist Dreibisch. Nun setzen Sie sich bitte." Er wies auf die freien Stühle im Raum. Frau Pahlbaum setzte sich, doch ihr Mann blieb stehen. „Wir wollen wissen, was Sie bis jetzt unternommen haben, um unsere Tochter zu finden?" Blaubach war nun an der Reihe die Situation zu erklären. „Wir haben heute Morgen zwei Beamte zur Wohnung ihrer Tochter geschickt und sie sind auch immer noch vor Ort. Dort meldet sich niemand, also müssen wir davon ausgehen, dass ihre Tochter unterwegs ist. Vielleicht auch verreist. Doch davon gehen wir im Moment nicht aus, da sämtliche Fenster in ihrer Wohnung gekippt sind. Das spricht gegen eine Reise. Ohne dringenden Verdacht dürfen wir nicht in die Wohnung. Da ihre Tochter erwachsen ist, kann sie sich sonst wo aufhalten. Um weitere Schritte unternehmen zu können, brauchen wir zuvor noch einige Informationen von Ihnen." „Unsere Tochter ist weg und Sie haben die Frechheit uns zu sagen, dass Sie Informationen brauchen. Sie sollten tätig werden", brauste Herr Pahlbaum auf. Er schlug mit der Faust auf den Schreibtisch. „Jetzt beruhigen wir uns erst einmal wieder. Ich kann ihren Unmut verstehen. Lassen Sie sich das hier alles erklären. Dann sehen wir weiter." Herr Pahlbaum wollte erneut aufbegehren, doch seine Frau stoppte ihn. „Nun höre doch zu, was die Kommissare zu sagen haben." Er zog ein langes Gesicht, hielt aber den Mund. Seine Frau schien guten Einfluss auf ihn zu haben. Blaubach atmete einmal tief durch, bevor er begann. „Wir haben erst vor einigen Stunden von ihrem Fall erfahren. Das ist auch der Grund, weshalb erst heute die Kollegen zur Wohnung ihrer Tochter gefahren sind." „Was für hirnlose Menschen arbeiten hier? Wir machen doch nicht umsonst eine Vermisstenanzeige. Glauben Sie etwa wir haben Lust auf diesen ganzen Rummel? Sie wissen anscheinend nicht, wer ich bin. Ich bin der Letzte, der die Presse im Haus haben will." „Nun werden Sie bitte nicht beleidigend. Dass Sie außer sich sind, ist verständlich. Trotzdem müssen wir alle einen klaren Kopf bewahren." Nun griff sein Kollege wieder ein. „Sie würden uns schon sehr weiterhelfen, wenn Sie uns die Telefonnummer ihrer Tochter geben könnten. So erfahren wir vielleicht sehr schnell, wo sie sich aufhält." „Seit Wochen versuchen wir Carolina telefonisch zu erreichen, ohne Erfolg. Mein Mann war ja auch persönlich bei ihr, mit dem Ersatzschlüssel, den wir von ihr hatten. Leider passt der nicht. Das ist ja der Grund für unsere Anzeige. Carolina hätte uns gesagt, wenn sie das Schloss ausgewechselt hätte." Dieses Mal war es die Frau gewesen, die erklärte, was sie schon unternommen hatten, um ihre Tochter zu finden. „Könnten wir die Telefonnummer haben, dann sind wir in wenigen Minuten schon etwas weiter." Frau Pahlbaum holte einen Zettel aus ihrer Handtasche und reichte ihn Blaubach. Auf diesem standen zwei Nummern, die beide überprüft werden mussten. Er nickte dankbar, dass sie bereit war, mit der Polizei zusammenzuarbeiten.

Dreibisch ging mit dem Zettel in das benachbarte Büro. Blaubach versuchte die Zeit, durch ein ungezwungenes Gespräch zu überbrücken. Nach einer Viertelstunde kam Dreibisch wieder dazu und schüttelte kaum merklich den Kopf. „Leider hatte ich keinen Erfolg. Der Festnetzanschluss besteht zwar, aber niemand nimmt ab und das Handy scheint ausgeschaltet zu sein. Jetzt müssen wir überlegen, wie wir weiter vorgehen." „Meine Tochter würde ihr Handy nie ausschalten. Für sie steht ihre Arbeit an erster Stelle und sie möchte jederzeit für ihre Mandanten erreichbar sein. Sie sehen wohl auch, dass etwas nicht stimmt. Nun kommen Sie endlich in die Gänge."

Blaubach und Dreibisch sahen sich an. Dass diese Frau auch die Beherrschung verlieren könnte, hätten sie nicht erwartet. „Warum fahren wir nicht einfach zu Carolinas Wohnung und gehen hinein, um nachzusehen, ob ihr etwas zu gestoßen ist?" „Das geht nicht so einfach. Wir brauchen einen richterlichen Beschluss." „Hören Sie auf solch einen Unsinn zu reden. Wir haben den Schlüssel, also können wir jederzeit in ihre Wohnung. Sollten Sie aber immer noch meinen, Sie brauchen diesen Beschluss, dann besorgen Sie den endlich. Wenn Sie noch lange brauchen, fahren meine Frau und ich sofort dahin und verschaffen uns Zutritt." „Warten Sie bitte. Wir werden mit dem Staatsanwalt sprechen und hören, was er dazu sagt." Dieses Mal verließ Blaubach den Raum.

Dreibisch, der wusste, wie lange es dauern konnte, den Beschluss zu bekommen, bot den Pahlbaums Getränke an. Sie lehnten dankend ab. Carolinas Eltern schien es eine Ewigkeit zu dauern, bis der Kommissar Blaubach zurückkam. Nun blieb auch Frau Pahlbaum nicht mehr ruhig sitzen. Sie lief im Büro der Kommissare auf und ab, während ihr Mann aus dem Fenster starrte. Endlich kam der Kommissar zurück. Für die Pahlbaums schien eine Stunde vergangen zu sein. Dabei waren es erst fünfzehn Minuten. Er nickte. „Wir bekommen den Durchsuchungsbeschluss. Nachdem ich die Situation erklärt hatte und sagte, dass Sie als Eltern bei uns sind, kam das Okay. „Dann können wir ja fahren", sagte Herr Pahlbaum. „Nur noch ganz kurz. Ich muss Sie bitten, uns bei unserer Arbeit nicht zu behindern. Sie werden draußen warten, bis wir fertig sind. Wir werden Sie sofort über alles unterrichten." Beide nickten, um ihr Einverständnis zu bekräftigen. Nun dauerte es keine fünf Minuten, da kam der Beschluss per Fax. Zehn Minuten später waren sie vor Carolinas Wohnung.

Dort saßen die Kollegen des Streifendienstes in ihrem Wagen und warteten auf neue Anweisungen. Als sie die Kommissare in Begleitung eines Mannes und einer Frau sahen, gingen sie zu der Gruppe herüber. „Gibt es neue Anweisungen? Was suchen diese Leute hier?" „Das sind die Eltern, der als vermisst gemeldeten Frau Berg." „Entschuldigen Sie." „Wir haben einen Durchsuchungsbeschluss für die Wohnung." Die Polizisten vom Streifendienst nickten und man sah ihnen an, dass sie froh darüber waren wieder etwas tun zu können. „Geben Sie uns bitte den Schlüssel für die Wohnung ihrer Tochter." „Wir sagten doch schon, er passt nicht", sagte Herr Pahlbaum. „Bitte." Frau Pahlbaum überreichte den Schlüssel ohne ein weiteres Wort.

Blaubach und Dreibisch gingen in Begleitung der beiden anderen Polizisten ins Haus. Der Hausmeister, der nun schon seit

Stunden neugierig hinter der Gardine gestanden hatte, kam wieder ins Treppenhaus. Er trug immer noch die gleichen Sachen. „Was ist das denn für ein Auflauf? Ich dachte Sie wollten nur kurz was überprüfen. Seit Stunden stehen diese beiden schon draußen." Er zeigte auf die Kollegen vom Streifendienst. „Das hat schon seine Richtigkeit. Aber wer sind Sie eigentlich?" „Ich bin hier der Hausmeister." „Es werden noch einige dazu kommen. Falls wir Sie brauchen sollten, melden wir uns. Nun gehen Sie in ihre Wohnung", sagte Dreibisch. Als der Hausmeister die Tür hinter sich geschlossen hatte, machten sie sich auf den Weg nach oben.

Bevor sie versuchten in die Wohnung zu kommen schaute sich Blaubach das Schloss sehr genau an. Er hoffte Spuren, eines gewaltsamen Eindringens zu finden. Auf den ersten Blick war nichts zu erkennen. Zur Beweissicherung folgten einige Fotos. Dann versuchte Dreibisch mit dem übergebenen Schlüssel die Tür zu öffnen, doch auch er hatte kein Glück. Der Schlüssel ließ sich nicht ins Schloss stecken. Also hatten die Eltern in diesem Punkt die Wahrheit gesagt. Er wandte sich an die Kollegen. „Einer müsste zum Hausmeister gehen und dort nach einem Schlüssel fragen." Der Jüngste aus der Gruppe machte sich auf den Weg.

Er klingelte. Umgehend wurde die Tür geöffnet. Der Hausmeister schien hinter der Tür gewartet zu haben. „Haben Sie vielleicht einen Schlüssel für die Wohnung von Frau Berg?" „Ja. Ich habe für alle Wohnungen Schlüssel, natürlich nur für Notfälle. Ist denn etwas geschehen?" „Dazu kann und darf ich nichts sagen. Den Schlüssel bitte." „Einen Moment. Ich komme gleich." Er schloss die Tür. Es dauerte etwas, bis er mit dem Schlüssel in der Hand wieder erschien. Der Polizist streckte die Hand nach dem Schlüssel aus, doch der Hausmeister hielt ihn nur noch fester. „Darf ich jetzt um den Schlüssel bitten?" Allmählich wurde der Polizist ungeduldig. Das Theater des Hausmeisters kostete nur unnötig Zeit. „Sie dürfen. Doch diesen Schlüssel gebe ich nicht aus der Hand." „Sie wissen, dass wir von der Polizei sind und die Herausgabe des Schlüssels verlangen können. Was soll also dieses Theater?" „Ich halte mich nur an die Anweisungen von Frau Berg. Sie kam zu mir und machte zur Bedingung, dass ich diesen Schlüssel niemals aus der Hand geben soll. Dabei war es ihr gleichgültig wer danach fragen würde. Entweder ich schließe auf oder Sie müssen sehen, wie Sie in die Wohnung kommen." Um nicht noch mehr Zeit durch sinnlose Diskussionen zu verlieren, gab der Polizist resigniert nach. Gemeinsam begaben sie sich wieder zu den anderen.

Als die anderen ihren Kollegen mit dem Hausmeister im Schlepptau die Treppe heraufkommen sahen, sahen sie sich verständnislos an. „Ich erkläre das gleich. Würden Sie jetzt bitte die Tür öffnen?" Der Hausmeister folgte der Anweisung, ohne einen Ton zu sagen. Als er jedoch den Schlüssel wieder an sich nehmen wollte, winkte Blaubach ab. „Der Schlüssel bleibt bei uns. Sie gehen bitte wieder zurück in ihre Wohnung und warten." Der Hausmeister schien protestieren zu wollen, doch als er alle Blicke auf sich gerichtet sah, drehte er sich kommentarlos um. Die Gruppe wartete noch, bis er außer Sichtweite war.

Dann öffnete Dreibisch vorsichtig die Tür. Durch Rufen kündigte er die Anwesenheit der Polizei an. Alles blieb so ruhig, wie zuvor. Da sie immer noch nicht wussten, ob sie es hier mit einem Tatort oder nur einer leeren Wohnung zu tun hatten. Sie zogen sich vorsichtshalber Handschuhe an. Damit wollten sie verhindern, eventuelle Spuren zu vernichten.

In der Zwischenzeit war auch der zuständige Staatsanwalt eingetroffen, der die Durchsuchung begleitete. Auch ihm reichte Dreibisch ein Paar Handschuhe. Er lehnte ab. „Ich werde keine brauchen. Es ist nicht meine Absicht irgendetwas anzufassen. Lassen Sie uns beginnen." Schon beim Betreten der Wohnung merkten alle Anwesenden, dass es hier nicht viel zu durchsuchen gab. Vom Flur gingen drei Türen ab, also schien es sich um eine Einzimmerwohnung zu handeln. Vorsichtig öffnete Blaubach die

Tür zu seiner Linken. Es war eine kleine Küche, mit einer Einbauzeile inclusive Geräten, wie Kühlschrank, Herd und Spülbecken. Auf der anderen Seite stand ein Tisch mit zwei Stühlen und gleich daneben befand sich ein Durchgang. Im Spülbecken standen eine flüchtig gespülte Tasse und ein Glas. Im Übrigen war alles so, wie bei den meisten Leuten. Die Tür genau gegenüber führte die Gruppe ins Bad. Auch dieser Raum ließ auf nichts Ungewöhnliches schließen, außer dass nur Utensilien einer Frau vorhanden waren. Doch was anderes hatten sie ja auch nicht erwartet, da die Eltern nichts von einem Freund oder Ehemann gesagt hatten. Nun ging es in den anscheinend letzten Raum der Wohnung, dem Wohnzimmer. Doch als sie dieses betraten, stellten sie fest, dass sich dahinter noch ein Raum befand. Also lagen sie mit ihrer ersten Einschätzung falsch. Es handelte sich hier um eine Zweizimmerwohnung und nicht wie angenommen um eine Einzimmerwohnung. Außer, dass sich auf den Möbeln Staub angesammelt hatte, war nichts festzustellen, was auf ein Verbrechen schließen ließ. Im angrenzenden Schlafzimmer sah die ganze Sache schon anders aus. Auf dem Bett und dem Fußboden lagen Kleidungsstücke verstreut und die Schranktüren standen offen. Daraus konnten die Beamten nun ihre Schlüsse ziehen. Entweder die Vermisste war überstürzt aufgebrochen oder jemand hatte etwas gesucht. Da die Lage sehr unübersichtlich und schwer einzuschätzen war, entschied der anwesende Staatsanwalt sich zur Hinzuziehung der Spurensicherung. Er selbst hatte genug gesehen und verließ die Wohnung, jedoch nicht, ohne noch weitere Anweisungen zu geben.

„Sie und Sie", er zeigte dabei auf die Beamten vom Streifendienst, werden zum Hausmeister und den anderen Bewohnern gehen. Vielleicht hat jemand etwas in der fraglichen Zeit mitbekommen." Somit stand für Blaubach und Dreibisch fest, dass sie in der Wohnung bleiben mussten, bis die Spurensicherung da war. Es dauerte glücklicherweise nicht ganz eine Stunde. Blaubach erklärte ihnen, worum es ging, dann machten sie sich wieder auf den Weg. Sie brauchten unbedingt noch mehr Informationen zu Carolina Berg. Die erste Anlaufstelle sollten ihre Eltern sein, die immer noch draußen warteten.

Als die Pahlbaums die Kommissare sahen, gingen sie erwartungsvoll auf sie zu. Dreibisch versuchte, die Situation zu erklären. „Wir können Ihnen immer noch nicht sagen, was mit ihrer Tochter ist. Die Kollegen von der Spurensicherung beginnen gerade mit ihrer Arbeit. Aber wir brauchen auch noch mehr Informationen über ihre Tochter. Es wäre schön, wenn Sie uns erneut ins Büro begleiten könnten." „Ihnen geht es wohl zu gut?!" donnerte Herr Pahlbaum los. „Meinen Sie, wir haben unsere Zeit gestohlen? Erst lassen Sie uns Ewigkeiten hier warten und jetzt sollen wir noch mit ins Büro kommen. Vergessen Sie es. Ich fahre jetzt zurück und nehme meine Frau mit." Seine Frau sah ihn mit großen Augen an.

Wie kann er nur so sein. Er sagt doch immer, er liebt Carolina. Sein Verhalten zeigt es mir aber nicht.

„Ich bleibe. Du kannst fahren. Irgendwie komme ich schon nach Hause." Nun war er es, der seine Frau verdutzt ansah. Mit dieser Reaktion hatte er nicht gerechnet. „Mach, was du willst." Damit drehte er sich um und ging.

Seine Frau fuhr mit Blaubach und Dreibisch. „Im Büro ging nun alles zügig voran. Blaubach stellte Frau Pahlbaum ein Glas Wasser hin und begann mit seinen Fragen, während sein Kollege den Bericht schrieb.

„Warum trägt ihre Tochter einen anderen Familiennamen wie Sie?" „Das ist ganz schnell erklärt. Carolina ist die Tochter, die ich mit meinem ersten Mann hatte. Er kam bei einem Autounfall ums Leben, als Carolina zwei Jahre alt war. Zwei Jahre später lernte ich meinen jetzigen Mann kennen und wir heirateten, als Carolina sechs war. Er hat sie immer behandelt, wie sein eigenes Kind, nur adoptiert, hat er sie nie." Sie schien etwas nachdenklich zu werden. „Erzählen Sie mir mehr von ihrer Tochter." Sie reagierte nicht sofort auf die Bitte. Erst als er diese wiederholte, reagierte sein Gegenüber. „Was genau wollen Sie wissen?" „Beschreiben Sie mir ihre Tochter in allen Einzelheiten." „Wo soll ich da nur anfangen?" Es dauerte wieder etwas, bevor sie weiter sprach.

„Carolina hat braunes, schulterlanges Haar, meistens zu einem Zopf zusammengebunden. Sie ist nicht gerade zierlich, aber auch nicht dick. Sie hat ein Muttermal an der Lippe. Beschreiben kann ich es Ihnen jedoch nicht. Es müsste aber auf dem Foto sein, welches ich ihren Kollegen gegeben hatte." Blaubach durchsuchte die Akte nach dem Foto, welches er schon bei der ersten Durchsicht nicht gefunden hatte. Aber auch jetzt fand er es nicht. Frau Pahlbaum merkte, dass ihm die Situation unangenehm war. Deshalb holte sie, ohne Aufforderung erneut ein Bild ihrer Tochter und reichte es Blaubach herüber. Auf diesem Foto war dann das Muttermal auch sehr gut zu sehen. Es hatte die Form eines Herzens. „Danke. Was für ein Typ ist ihre Tochter vom Charakter her?"

„Carolina ist nett und hilfsbereit. Als sie klein war, dachten wir sie wäre zurückgeblieben, weil sie immer das reinste Chaos veranstaltete. Wir sind damals mit ihr bei verschiedenen Ärzten gewesen, ohne eine Diagnose. Nach der Pubertät legte sich das dann."

„Wie ist ihr Mann mit der Situation zurechtgekommen?" „Er nahm es einfach hin. Nur in der Pubertät gab es dann hin und wieder kleinere Streitigkeiten zwischen ihnen. Aber das ist doch normal."

Blaubach hätte gern mehr über diese Streitigkeiten erfahren, wollte Frau Pahlbaum aber nicht direkt darauf ansprechen. Ihm lag ein ganz anderer Punkt am Herzen. „Sie verdächtigen einen Exfreund ihrer Tochter, etwas mit ihrem Verschwinden zu tun zu haben.

„Es ist nicht ein Exfreund, sondern der Exfreund. Unsere Tochter hatte bis jetzt nur eine feste Beziehung. Ich weiß, wie sich das für Sie anhören muss. Carolina hatte zwar einige flüchtige Bekanntschaften, aber zu einer richtigen Beziehung hatte es nie gereicht. Mir sagte sie immer, sie warte auf den Richtigen. Den lernte sie dann auf ihrer Sprachreise kennen, jedenfalls glaubte sie es. Sie war damals neunzehn Jahre alt und hatte gerad ihr Abitur bestanden. Die Beziehung hielt sechs Jahre, bis kurz vor der geplanten Hochzeit. Carolina ergriff die Flucht, weil sie die Eifersucht und die Brutalität nicht mehr aushalten konnte. Sie flüchtete sich zu uns. Wir halfen ihr eine Kanzlei zu finden, wo sie ihr Referendariat beenden konnte. Kurz bevor sie ihre eigene Kanzlei aufmachen wollte, fand er sie und drohte ihr sie umzubringen. Sein genauer Wortlaut war:

Wenn du nicht zu mir zurückkommst, bleibt es nicht nur eine Drohung.

Er belagerte sogar unser Haus und versuchte uns mit Telefonterror in den Wahnsinn zu treiben. Heimlich brachten wir Carolina in einer Nacht- und Nebelaktion von Sternheim weg. Mein Mann hatte seine Beziehungen spielen lassen und so bekam Carolina die Stelle in der Kanzlei hier in Lausberg. Die erste Zeit lebte sie in einer kleinen Pension, da so schnell keine Wohnung zu bekommen war. Er beobachtete uns auch weiterhin. Als Carolina uns mitteilte, dass sie eine Wohnung hatte und der Einzugstermin bekannt war luden wir ihre Sachen auf. Spät in der Nacht fuhren wir zu ihr. Um sicherzugehen, dass er uns nicht folgte, fuhren wir kreuz und quer über die Dörfer. Sechs Stunden später kamen wir an. Jetzt verstehen Sie vielleicht warum wir ihn verdächtigen etwas mit ihrem Verschwinden zu tun zu haben. Wenn Sie mir die Geschichte nicht glauben, fragen Sie ihre Kollegen in Sternheim. Dort gibt es eine Akte über ihn. Er wurde sogar wegen Nachstellung und Bedrohung verurteilt."

„Und was wissen Sie über die Arbeit ihrer Tochter?" „Carolina arbeitet in der Kanzlei "*Richter & Partner*". Zu Beginn kümmerte sie sich um die Verteidigung jugendlicher Straffälliger. Seit kurzer Zeit bearbeitet sie die Erwachsenenfälle. Es gab da wohl irgendwelche Probleme mit einem Kollegen, der zuvor diese Fälle bearbeitete. Um was es genau ging, hat Carolina nie gesagt. Im Allgemeinen wurde sie von allen geachtet." „Kennen Sie den Namen dieses Kollegen?" „Moment. Er fällt mir bestimmt gleich wieder ein." Es entstand eine kurze Pause. Blaubach und Dreibisch beobachteten sie während dieser Zeit sehr genau. Frau Pahlbaum saß mit gesenktem Kopf auf ihrem Stuhl und legte ihre Stirn in Falten. Was in diesem Augenblick in ihrem Kopf vorging, hätten die beiden gerne in Erfahrung gebracht. Doch so weit würde es ganz bestimmt nicht kommen. Ganz unerwartet hob sie ihren Kopf und lächelte. „Jetzt weiß ich den Namen. Carolina erwähnte in diesem Zusammenhang einen Gary. Den Nachnamen hat sie nie erwähnt. Tut mir leid."

„Damit haben Sie uns schon sehr weiter geholfen. Aber kann es nicht sein, dass Carolina die Querelen zu viel wurden und sie sich deshalb eine Auszeit genommen hat?" „Nein Carolina ist nicht der Typ Mensch, der vor Problemen davon läuft." „Danke. Falls sich noch weitere Fragen ergeben sollten, werden wir uns bei ihnen melden. Nochmals vielen Dank für ihre Zeit."

Wie oft will er sich noch bedanken. Es gibt doch wichtigeres, als das Austauschen von Höfflichkeiten.

„Ich hoffe, Sie finden Carolina schnell. Sie ist doch mein "*Ein und Alles*"." „Wir versuchen unser Bestes. Ein Kollege wird sie nach Hause fahren." Dreibisch begleitete Frau Pahlbaum zur Tür, vor der schon der Kollege wartete.

Als Blaubach und Dreibisch wieder allein waren, besprachen sie ihr weiteres Vorgehen. Die nächsten Schritte waren durch das Gespräch klar definiert. Sie hatten entschieden sich die Arbeit zu teilen, um so schneller an weitere Informationen zu gelangen. Blaubach forderte sich die erwähnte Akte über diesen David Jason an. Anschließend gab er die Öffentlichkeitsfahndung heraus. Sein Kollege Dreibisch fuhr in die Kanzlei, um mit den Kollegen von Carolina Berg zu sprechen.

Keine zwei Stunden später kam die angeforderte Akte. Sofort begann er, sie durchzublättern. Nach den allgemeinen Angaben wurde es dann endlich interessant. Die Aussagen, die Carolina Berg und ihre Eltern gemacht hatten, stellten ihren Exfreund als totalen Psychopaten da. Er war so in diese Akte vertieft, dass er nicht bemerkte, dass sein Kollege hereinkam. Erst, als er ihn ansprach, reagierte er. „Was ist da so interessant?" „Du musst dir unbedingt die Aussagen der Familie anhören, die sie gegen den Exfreund machten." „Dann lass hören." „Carolina erzählte, dass sie ihn auf einer Sprachreise durch Europa und die USA kennenlernte. Schnell wurden sie ein Paar. Kurz vor Ende ihres Studiums zogen sie in eine gemeinsame Wohnung in Bleichbach. Von da an lief es dann nicht mehr so harmonisch für beide. Er fand vor Ort keine Anstellung und musste deshalb jeden Tag pendeln. Alle Stunde rief er sie an, um zu erfahren, was sie machte und wo sie war. Nachdem sie ihm wohl hin und wieder von Ausflügen berichtet hatte, begann er sie einzusperren. Sogar seinen Job kündigte er, nur um sie kontrollieren zu können. Einen Tag vor der geplanten Hochzeit ergriff sie dann die Flucht. Der Auslöser dafür war ganz simpel. Carolina war in der Stadt, um noch letzte Einkäufe zu erledigen und traf einen alten Kommilitonen. Sie ließ sich von ihm zu einem Kaffe einladen. Als beide im Café saßen, kam ihr Freund wohl zufällig vorbei und sah die beiden dort sitzen und sich unterhalten. Er stürmte hinein und schlug den anderen zusammen. Carolina war eine Stunde später weg. Sie suchte Unterschlupf bei ihren Eltern.

Ihr Stiefvater berichtet hier über die Nachstellungen und Belästigungen durch David Jason. Demnach rief der bis zu hundert Mal am Tag an. Zusätzlich lungerte er stets und ständig vor dem Haus herum und machte Carolina Unmengen an Geschenken. Ihre Mutter war die Einzige, die von den mündlichen Bedrohungen sprach. Hier am Ende hat Carolina Berg noch eine Aussage gemacht. Sie machte einen letzten Kontrollgang vor Eröffnung ihrer eigenen Kanzlei. Als sie die Räume betrat, traf sie wohl fast der Schlag. Die Fenster waren mit Totenköpfen beschmiert. Die Unterlagen waren aus den Fächern herausgerissen worden und an der Tür stand mit roter Farbe "DU GEHÖRST MIR". Aber da war noch etwas. Hinter der Tür fand sie einen offenen Sarg mit einer Todesanzeige, auf der ihr Name stand." „Also, wenn du mich fragst, ist dieser Kerl nicht ganz richtig im Kopf", war Dreibisch erste Reaktion auf das gehörte. „Steht vielleicht auch irgendwo der Name dieses Kommilitonen? Durch ihn könnten wir eventuell weitere Informationen erhalten." „Nein. Einen Namen erwähnte sie nicht." „Was hast du erfahren?"

„Carolina Berg ist in der Kanzlei wirklich so beliebt, wie ihre Mutter sagte. Von ihrer Freundin Sara Sommer erfuhr ich, dass Carolina Berg sich seit Längerem verfolgt fühlte. Sie hatte auch ungebetene Gäste in ihrer Wohnung. Sie hatte einen Einbruch sogar angezeigt, doch die Nachforschungen verliefen ins Leere. Ich habe das auch schon überprüft. Die Anzeige liegt etwa ein Jahr zurück. Über den Kollegen, der Probleme mit ihr hatte, konnte ich nur erfahren, dass er ihr hinterherlief, wie ein Hündchen. Eine Zeit lang machte er ihr wohl auch Geschenke, bis Carolina Berg ihm eine klare Ansage gemacht hatte. Ach, noch was. Dieser Kollege heißt mit vollständigem Namen Gary Bacher. Diese Sara berichtete mir außerdem noch, der Exfreund hatte Carolina ausfindig gemacht und stellte ihr erneut nach." „Ich würde sagen, wir überprüfen diese beiden Gestalten als Erstes." „Aber ich möchte doch noch weitergehende Informationen über das Verhalten dieses David Jason einholen. Die Mutter wird wohl die richtige Informationsquelle sein. Was meinst du dazu?" „Bevor wir das in Angriff nehmen, hat aber etwas anderes Vorrang. Wir müssen in Erfahrung bringen, wo Gary Bacher und David Jason gemeldet sind."

Damit war die Arbeitsaufteilung zwischen den beiden klar. Dreibisch nahm Verbindung auf mit den Einwohnermeldeämtern der Städte, in denen David Jason und Gary Bacher zuletzt gemeldet waren.

Gary Bacher war schnell ausfindig gemacht, da er hier aus der Stadt kam. Bei David Jason war das schon schwieriger. Seit dem

Carolina Berg ihn damals verlassen hatte, gab es keinen Hinweis mehr über seinen Aufenthaltsort. Dreibisch wollte sich umhören, um herauszufinden, wo er hingezogen sein könnte. Da die Aussagen der Freundin sich auf die letzte Zeit beschränkten, entschloss er sich die Pensionen und Hotels zu kontaktieren.

Blaubach hatte die Zeit genutzt und noch mal mit Frau Pahlbaum gesprochen. Sie war zu einem weiteren Gespräch bereit, aber nur unter der Voraussetzung, dass die Kommissare zu ihr kamen. Selbstverständlich gingen sie auf die Bitte ein. Vor diesem Gespräch stand jedoch noch was anderes an.

Ihr nächster Weg führte sie zu Gary Bacher. Leider hatten sie keinen Erfolg. Auch in den nächsten Tagen war er nicht zu erreichen. Um nicht noch mehr Zeit zu verlieren, ging es zu Frau Pahlbaum.

Das erneute Gespräch mit ihr, über die Gewalttätigkeiten von David Jason gegenüber ihrer Tochter war sehr aufschlussreich. Sie konnte auch einen Anhaltspunkt über seinen Aufenthaltsort geben.

Was diesen Gary Bacher anging, beschlossen sie erneut mit den Kollegen zu sprechen. In diesem Punkt konnte Sara Sommer den Kommissaren weiterhelfen. Sie erwähnte, die Freundin von Gary, die im selben Haus wohnte wie Carolina. Nun waren Blaubach und Dreibisch der festen Überzeugung, dass sich alles schnell aufklären würde.

Endlich trafen auch die Berichte von der Durchsuchung durch die Spurensicherung und Befragung der Hausbewohner ein. Beide Berichte waren mehr als ernüchternd. In der Wohnung gab es überhaupt keine Hinweise auf irgendwelche Termine oder Freunde. Nirgends war ein Terminkalender, Tagebuch oder sonst etwas. Ganz zu schweigen von einem Computer. Doch auch die wichtigsten Papiere und Gegenstände wie Ausweis, Handy und Wohnungsschlüssel fehlten. Nur eine gepackte Reisetasche im Kleiderschrank mit einer Akte drin ließ Zweifel aufkommen. Die Beamten sahen keinen Grund diese Sachen zurückzulassen, wenn man aus freien Stücken verschwunden war. Fingerabdrücke gab es dafür zur Genüge. Ob diese, die Ermittlungen jedoch weiterbringen würden, blieb abzuwarten. Die Hausbewohner hatten wie es im Bericht stand nichts Ungewöhnliches mitbekommen. Sogar dieser überaus neugierige Hausmeister tat unwissend.

Da alle Versuche Carolina Berg zu finden ergebnislos verlaufen waren, hofften Blaubach und Dreibisch auf positive Nachrichten von der Öffentlichkeitsfahndung. Da ihnen die Zeit im Nacken saß, machten sie Druck auf die Öffentlichkeit. Sie schalteten die Radiostationen und Fernsehsender ein, um noch mehr Leute zu erreichen. Bis Reaktionen auf diese Aufrufe kommen würden, kümmerten sie sich um David Jason und Gary Bacher.

Der Tipp von Frau Pahlbaum über den Aufenthaltsort von David Jason war richtig gewesen. Er lebte seit damals wieder bei seinen Eltern in Grauhaus. Sie baten die dortigen Kollegen, mit ihm zu sprechen.

Für sie hieß es nun wieder mit den Hausbewohnern zu sprechen, ganz besonders mit der Freundin von Gary Bacher. Dort angekommen begannen sie in der obersten Etage. Sie trafen aber nur eine junge Frau an. Als sie sich vorstellten und ihre Ausweise zeigten, wich sie erschrocken zurück. „Keine Angst. Wir möchten Sie nur etwas fragen." Die junge Frau nickte. „Würden Sie uns bitte ihren Namen nennen? Weder an der Klingel noch an der Tür steht etwas." „Ich glaube nicht, dass mein Name wichtig ist." „Es wäre jedoch ein angenehmeres Gespräch, wenn wir Sie mit Namen ansprechen könnten. Außerdem benötigen wir ihn fürs Protokoll." „Ich hatte noch nie etwas mit der Polizei zu tun und möchte auch nicht in irgendetwas hineingezogen werden." „Das wird auch nicht geschehen. Könnten wir vielleicht hereinkommen, damit die Nachbarn nicht alles mitbekommen?" „Die Nachbarn sind mir egal. Ich lasse grundsätzlich niemanden herein. Und dabei ist es mir gleichgültig, ob es sich um die Polizei oder sonst wem handelt. Noch nicht einmal der Hausmeister bekommt Zugang." „Na gut. Wie es Ihnen beliebt. Es sind nur einige Fragen." Um sicherzugehen, dass es sich bei der Frau um die Freundin Gary Bachers handelte, fragten sie direkt. „Sind Sie zufällig die Freundin eines gewissen Gary Bachers?" „Warum möchten Sie das wissen?" „Es geht um eine Kollegin von ihm, die ebenfalls in diesem Haus wohnt. Vielleicht kennen Sie sie ja. Ihr Name ist Berg und sie hat die Wohnung genau unter ihnen." „Kennen ist zu viel gesagt. Hin und wieder sehen wir uns im Treppenhaus und grüßen uns. Das ist auch schon alles. Aber die letzten Wochen habe ich sie nicht gesehen. Dazu muss ich aber gleich sagen, dass ich seit Ende Dezember im Ausland war und erst gestern zurückgekommen bin." „Nun aber zurück zu unserer Ausgangsfrage. Sind Sie die Freundin von Gary Bacher?" „Ja. Aber ich habe ihn seit meiner Abreise weder gesprochen noch gesehen. Warum suchen Sie ihn?" „Er kennt Frau Berg von der Arbeit und kann uns vielleicht sagen, wo sie ist." „Wieso, wo sie ist?" „Frau Berg gilt als vermisst." „Das hört sich nicht gut an. Versuchen Sie es in seiner Wohnung, der Kanzlei oder bei seinen Eltern in Stillheim. Die Adresse schreibe ich Ihnen gerne auf." „Danke und "Auf Wiedersehen" sagten Blaubach und Dreibisch im Chor. Obwohl sie so misstrauisch war, hatte sie ihnen doch entscheidende Hinweise gegeben.

Sie hatten sich entschieden, das Geheimnis um ihren Namen zu lüften. Auf der Etage, auf der auch Carolina Berg wohnte, trafen sie nur noch eine ältere Dame an. Ohne zu fragen, wer sie waren oder was sie wollten, bat sie beide herein. „Das war aber sehr leichtsinnig von Ihnen uns ohne Fragen die Tür zu öffnen, Frau Hellbrecht", sagte Blaubach. Den Namen hatte er an der Tür gesehen. „Wissen Sie, eigentlich bin ich nicht so sorglos. Doch ich bekomme hier so einiges mit. Deshalb wusste ich, dass die Polizei im Haus ist. Nachdem, was ich so hörte, sind Sie wegen meiner Nachbarin hier. Hat sie etwas angestellt?" „Nein. Sie gilt als vermisst. Das ist der Grund, warum wir alle Nachbarn fragen, ob sie etwas Auffälliges gesehen oder gehört haben. Gerade um die Weihnachtszeit herum." „Das ist ja schrecklich. Aber bei ihrem Lebenswandel kein Wunder." Bevor einer der beiden nachfragen konnte, was sie mit ihrer Aussage meinte, fuhr sie fort. „Ich werde Ihnen sagen, was ich weiß. Als die junge Frau damals einzog, hielt ich sie für ein nettes Mädchen. Schnell änderte sich meine Meinung. Die hat so oft wechselnden Männerbesuch, dass ich der Ansicht bin, sie arbeitet als Professionelle. Das Schlimmste daran ist, dass sie nicht auf das Alter der Männer achtet. Die Männer waren Mitte zwanzig bis Ende fünfzig. In den letzten Wochen habe ich nichts mehr gesehen. Nur in den vergangenen Tagen waren wieder verschiedene Leute bei ihr. Sie habe ich jedoch nicht gesehen." „Das waren Leute von uns", sagte Blaubach. „So was dachte ich mir schon." „Fällt Ihnen vielleicht noch mehr ein, was für uns wichtig sein könnte?" „Lassen Sie mich überlegen. Ja, da ist noch etwas. Wie lange es nun genau her ist, kann ich nicht mehr sagen. Eines Abends kam ein älterer Mann zu ihr. Es könnte ihr Vater gewesen sein. Vom Alter könnte es passen. Er war gerade gegangen, da hatte sie Streit mit einem anderen Mann. Der war nicht viel älter als sie, vielleicht Ende dreißig. Ausgesehen hat er wie ein Landstreicher. Sie verweigerte ihm den Zugang zu ihrer Wohnung, egal was er versuchte, um sie zu überzeugen. Am nächsten Morgen kam ein anderer junger Mann aus ihrer Wohnung. Ich bin davon ausgegangen, dass es sich dabei um ihren Freund handelte. Das war wirklich ein gut aussehender Mann in ihrem Alter. Mehr kann ich Ihnen wirklich nicht erzählen." „Danke. Aber was meinten Sie mit Landstreicher?" „Der Kerl hatte zerrissene Sachen an, lange zu einem Zopf zusammengebundene Haare und war unrasiert. Also das ganze Gegenteil von dem anderen." Fürs Erste hatten Blaubach und Dreibisch genug gehört. Sie verabschiedeten sich, um sich dann weiter durchzufragen.

Doch den Einzigen, den sie noch antrafen, war der Hausmeister. Ihm brauchten sie sich nicht vorstellen, schließlich hatten sie ihn schon bei der Wohnungsdurchsuchung kennengelernt. „Was wollen Sie jetzt noch von mir? Ich habe Ihnen oder besser gesagt den anderen Beamten schon alles erzählt." „Es sind ja einige Tage vergangen. Vielleicht ist Ihnen ja noch etwas eingefallen. Außerdem wäre es gut, wenn Sie uns ihren Namen sagen würden. An der Klingel steht nur "Hausmeister" oder ist das ihr Name?" „Selbstverständlich nicht. Ich heiße Frohmut und bin der Hausmeister." „Dann wäre das geklärt. Und nun zurück zu unserer Ausgangsfrage, ob Ihnen noch etwas eingefallen ist." „Lassen Sie mich nachdenken. Ich hole nur kurz meinen Kalender, um den Zeitraum besser zuordnen zu können." Er drehte sich um, als Dreibisch ihn ansprach. „Könnten wir vielleicht drinnen weiter reden?" „Nein. Ich komme gleich zurück." Das war eine deutliche Ansage. Als er außer Sichtweite war, sahen Blaubach und Dreibisch sich an und zuckten resigniert mit den Schultern. Es war nun schon das zweite Mal, dass ihnen den Zugang zu einer Wohnung verweigert wurde. Hier schienen sehr eigenwillige Menschen zu leben. Es dauerte nicht lange und er war zurück. Im ersten Moment blätterte er, ohne ein Wort zu sagen in seinem Kalender. Dann schien er gefunden zu haben, was er suchte. „Hier ist doch der Tag, den ich gesucht habe. Es war der zweiundzwanzigste Dezember. Ich hörte Frau Berg in ihrer Wohnung schreien. Deshalb bin ich hoch, um nach dem Rechten zu sehen. Als ich klingeln wollte, wurde die Wohnungstür aufgerissen und ein Mann mit Clownsmaske über dem Gesicht rannte an mir vorbei. Ich versuchte ihn aufzuhalten, doch er war schneller. Auf meine Frage hin, ob alles in Ordnung sei, schlug mir Frau Berg die Tür vor der Nase zu. Einen Moment überlegte ich die Polizei zu rufen, wurde aber durch ein Poltern abgelenkt. Der Kerl, den ich nicht zu fassen bekommen hatte, lag der Länge nach im Erdgeschoss. Also bin ich erneut hinter ihm her. Bevor ich ihn erreicht hatte, war er bereits wieder aufgestanden und rannte Richtung Ausgang. Ich sah nur noch, wie er sich die Maske vom Kopf riss. Damals dachte ich, ich würde diesen Mann kennen. Heute bin ich mir da nicht mehr so sicher. Die ganze Aktion hat vielleicht zwei Minuten gedauert. Alles andere hatte ich ihren Kollegen schon gesagt." „Könnten Sie es für uns nicht doch noch einmal wiederholen?" „Gut. Ich habe wohl keine andere Wahl, wenn ich Ruhe vor ihnen haben will. Gegen neunzehn Uhr verließ Frau Berg das Haus. Das war etwa zwei Stunden nach dem Vorfall." Blaubach fragte dazwischen, obwohl es normal nicht seine Art war. „Stand das ihrer Ansicht nach in Zusammenhang mit dem zuvor geschehenen?" „Nein. Absolut nicht. Sie hatte sich ja richtig elegant angezogen. Meiner Meinung nach war sie auf dem Weg zu einer Verabredung. Als ich sie nachmittags sah, trug sie Jeans und Pullover. Abends jedoch einen Anzug und darüber einen Wollmantel. Ach ja. Sie hatte auch noch eine, ich glaube, rote Handtasche dabei." „Könnten Sie uns vielleicht auch noch sagen, welche Farben die Sachen hatten, die Frau Berg trug?" „Da bin ich nicht gerade ein Experte. Meine Frau wäre da wohl hilfreicher. Nur leider hatte sie Frau Berg, an diesem Abend nicht gesehen, da sie schon zu ihrer Mutter gefahren war. Ich werde versuchen die Sachen so genau wie möglich zu beschreiben." Dreibisch nickte ihm aufmunternd zu. „Wie man so einen Anzug bei Frauen nennt, weiß ich nicht. Jedenfalls war er aus dünnem schwarzen Stoff. Ich konnte sehen, was sie drunter trug. Nicht, dass Sie jetzt meinen ich wäre ein Spanner oder so was. Aber da sie ihren Mantel offen hatte, war das nicht zu übersehen. Der Mantel war aus hellbraunem Wollstoff. Dass ich damit richtig liege, kann ich bestätigen, da meine Frau auch so einen Mantel hat, nur in einer anderen Farbe. Wenn Sie wollen, kann ich ihn holen." „Es ist nicht nötig. Gab es sonst noch irgendetwas Auffälliges?" „Nein. Nicht an diesem Tag. Aber Wochen zuvor kam Frau Berg eines Abends verängstigt zu mir. Sie fragte, ob ich jemanden in ihre Wohnung gelassen hatte. Ich verneinte. Drei Tage später brachte sie mir einen neuen Wohnungsschlüssel. Sie forderte mich auf, ihn niemals aus der Hand zu geben, auch nicht ihren Eltern. An diese Anweisung habe ich mich gehalten." „Danke. Sie haben uns sehr weitergeholfen. Sollten Sie diesen Mann wiedersehen, der aus Frau Bergs Wohnung kam, dann rufen Sie uns bitte an." Damit verließen Blaubach und Dreibisch das Haus.

Zurück im Büro sortierten sie die Aussagen der Nachbarn. Dabei kam ihnen das sonderbare Verhalten von Gary Bachers Freundin wieder in den Sinn. Dreibisch rief beim Einwohnermeldeamt an und innerhalb weniger Minuten hatte er den Namen. Diese Frau hieß Johanna Specht. Viel weiter hatte sie die Befragung jedoch nicht gebracht. Die Hausbewohner hatten zum Teil ein ganz anderes Bild von Carolina Berg, wie die Eltern. Die Kommissare hatten den Eindruck es bei der Vermissten mit einer Frau zu tun zu haben die zwei Gesichter hatte. Da der Tag allmählich zu Ende ging, beschlossen sie erneut Gary Bacher aufzusuchen.

Wieder standen sie vor verschlossenen Türen. Dieses Mal hinterließen sie ihm eine Nachricht. *"Bitte melden Sie sich umgehend auf dem Polizeipräsidium, Abteilung Kriminalität. Kommissar Blaubach"*.

Am nächsten Tag erhielten sie dann die ersten Reaktionen auf die Öffentlichkeitsfahndung. Es gab Leute, die behaupteten, Carolina Berg noch nach dem zweiundzwanzigsten Dezember gesehen zu haben. Eine Frau wollte sie auf dem Bahnsteig in Lausberg gesehen haben. Eine andere hatte sie im Stadtpark beim Joggen getroffen. Und ein Mann behauptete sie würde jeden Morgen im selben Supermarkt einkaufen. All diese Aussagen mussten nun wieder überprüft werden. Wieder baten Blaubach und Dreibisch die Kollegen der Streifenpolizei, sie zu unterstützen. Schon einen Tag später war klar, dass sich diese Leute nur wichtig machen wollten. Das brachte die Kommissare dazu, ihrer Wut Ausdruck zu verleihen.

Blaubach war derjenige, der sagte, was auch Dreibisch dachte. „Wie unvernünftig können Leute sein. Die müssen doch begreifen, dass wir solch einen Aufruf nicht machen, um sie zu unterhalten."

Nochmals vergingen zwei Wochen, ohne von Gary Bacher zu hören. Nach und nach kam den Kommissaren der Verdacht, dass er mit dem Verschwinden von Carolina Berg zu tun haben könnte. Um keinen Fehler zu machen und voreilige Schlüsse zu ziehen nahmen sie sich den Bericht der Ermittlungsgruppe Kanzlei vor. Doch alles, was darin stand, hatten sie bereits berücksichtigt. Da sie sich in einer Sackgasse befanden, besprachen sie sich mit dem zuständigen Staatsanwalt. Er griff nun selbst in den Fall ein.

Den Anruf bei den Kollegen in Grauhaus übernahm er. Die Fahndung nach Gary Bacher stellte er an erster Stelle. Blaubach und Dreibisch legte er nahe nochmals mit denjenigen zu sprechen, die mit der Vermissten fast täglich zu tun hatten. Auch sollten sie der Freundin von Gary Bacher einen weiteren Besuch abstatten. Nach dem Gespräch mit dem Staatsanwalt war klar, dass sie vor der Fahndung das Gespräch mit seiner Freundin suchen mussten. Sie schien die Einzige zu sein, die ihn wirklich kannte.

Sie hatten Glück. Frau Specht war zu Hause. Das Auftauchen der Kommissare schien sie überhaupt nicht zu wundern. Es schien so, als hätte sie die beiden erwartet, da sie schon in der Wohnungstür stand. Blaubach und Dreibisch machten gar nicht erst den Versuch um Einlass zu bitten. Doch sie wurden überrascht. Frau Specht bat die beiden von sich aus herein und bot ihnen sogar Kaffee an. Um jedoch keine Zeit zu verlieren, kam Blaubach gleich zur Sache. „Haben Sie zwischenzeitlich von Herrn Bacher gehört?" „Nein. Ich verstehe das auch nicht. Normalerweise kann er es nicht leiden, wenn ich weg bin. Wenn ich ihn anrufe, geht nur der Anrufbeantworter ran und das Handy scheint aus zu sein. Ich glaube mittlerweile, er hat eine andere. Und es würde mich nicht wundern, wenn es Frau Berg wäre. Nachdem, was ich im Keller fand, bin ich zu der Erkenntnis gekommen, dass sie zusammen durchgebrannt sind." Dreibisch hakte sofort nach, um ihren Redefluss zu unterbrechen. „Was haben Sie gefunden und wann?" „Kommen Sie mit. Ich zeige es Ihnen. Kommt er zurück, schmeiß ich ihn raus. Den Fund machte ich gestern Abend. Wenn Sie nicht gekommen wären, hätte ich mich auf den Weg gemacht."

Sie hatten den Kellerraum erreicht und Frau Specht schloss die Tür auf. Sie ging als Erstes hinein und zeigte auf mehrere Kartons. Nacheinander nahmen die Kommissare Karton für Karton hinunter. Alle enthielten Bilder von Carolina Berg. Einige schienen älteren Datums zu sein. Es waren aber auch Aktuelle dabei, die Carolina Berg in allen Lebenslagen zeigten. Carolina Berg in der Küche, auf der Couch, unter der Dusche oder sogar, wenn sie schlief. Es schien sich um heimliche Aufnahmen zu handeln. Denn die fotografierte sah nicht ein einziges Mal in die Kamera. Umgehend luden sie die Kartons ins Auto und gingen anschließend zu Frau Specht zurück.

„Haben Sie vielleicht ein Foto ihres Freundes für uns?" Ohne zu überlegen nahm sie eins aus dem Bilderrahmen auf dem Schrank. Es zeigte einen adretten jungen Mann, um die dreißig. „Wo könnte er sein?" „Ist er nicht in seiner Wohnung, bei seinen Eltern oder in der Kanzlei?" „Nein. Auch er scheint unauffindbar." „Dann kann ich Ihnen leider auch nicht weiter helfen. Nach dem hier, sie zeigte auf einen der Kartons, in ihrer Wohnung, ist es mir gleichgültig, wo er ist." Blaubach und Dreibisch bedankten sich für ihre Hilfsbereitschaft, nahmen auch den Karton an sich und gingen.

Bevor sie sich in ihren Wagen setzten, unterhielten sie sich über die Bilder in den Kartons. „Der scheint sie gestalkt zu haben. Wenn ich recht überlege, muss die Spurensicherung Kameras in der Wohnung übersehen haben. Oder stand in dem Bericht etwas davon?" Dreibisch verneint die Frage seines Kollegen. „Wir müssen sie noch mal reinschicken. Die Kameras müssen gefunden werden." Sein Kollege stimmte ihm zu. Folglich informierten sie den Staatsanwalt, der das ebenso sah. Daraufhin berichteten sie den Kollegen, was gefunden wurde.

Um nicht noch lange durch die Gegend fahren zu müssen, baten sie die Stillheimer Kollegen erneut um Hilfe. Sie machten klar, dass es wirklich dringend war.

Für Blaubach und Dreibisch war es wichtig, die Fahndung nach Gary Bacher rauszugeben. Dann ging es darum, mit dem Chef und der Freundin der Vermissten zu sprechen.

Der Fahndungsaufruf hatte sich schnell erledigt. Es war nichts dabei herausgekommen. Die Gespräche hatten unnötige Zeit gekostet.

In der Zwischenzeit bekamen sie Nachricht von der Spurensicherung. Es wurden keine Kameras in der Wohnung gefunden. Für Blaubach und Dreibisch stand fest, dass jemand sie abgebaut haben musste. Einen Erfolg gab es doch. Die Bilder waren von Fingerabdrücken übersät. Diese stammten alle von einer Person. Leider waren diese nicht im System gespeichert. In diesem Punkt konnten sie einen Verdächtigen ausschließen, ihren Exfreund David Jason. Seine Abdrücke lagen durch die damalige Verurteilung vor.

Da mittlerweile vier Monate vergangen waren, wurde es Zeit für Antworten. In der Kanzlei angekommen teilten sie sich auf. Blaubach sprach mit dem Chef und Dreibisch mit der Freundin. Eine Stunde später trafen sie sich wieder und tauschten ihre Ergebnisse aus. Blaubachs wichtigste Mitteilung aus dem Gespräch war, dass Gary Bacher seit Monaten unentschuldigt fehlte. Außerdem erfuhr er, dass Gary Bacher Stress gemacht hatte wegen der Akten. Dreibisch hatte auch noch konkretere Informationen. „Dass Frau Berg sich verfolgt fühlte, wussten wir ja schon. Doch jetzt erfuhr ich, dass sich das Ganze über einen Zeitraum von zwei Jahren erstreckte. Das erste Mal, als sie in der Kanzlei angefangen hatte. Dann war Ruhe und vor einem Jahr begann alles von vorne. Zudem lauerte ihr Exfreund ihr immer wieder auf. Irgendwie glaubt keiner in der Kanzlei daran, dass Carolina Berg etwas zugestoßen ist. Die sind der gleichen Meinung wie Frau Specht. Alle rechnen damit, dass Carolina und Gary wieder auftauchen." „Das steht in totalem Widerspruch zu dem, was mir der Chef gesagt hat. Von ihm weiß ich, Carolina Berg erteilte Gary Bacher immer wieder eine Abfuhr. Da wir auch hier nicht weiterkommen, warten wir auf die Berichte aus Stillheim und Grauhaus.

Am nächsten Morgen lagen beide Berichte vor. Die Stillheimer Kollegen hatten ein einigermaßen wasserdichtes Alibi für Gary Bacher. Er war seit dem dreiundzwanzigsten Dezember bei seinen Eltern. Auch aus Grauhaus kam ein Alibi für David Jason. Nun standen sie wieder mit leeren Händen da.

So nach und nach machte sich Frust breit. Dieser Fall war komplizierter, wie jeder andere Fall den sie im Laufe der Jahre hatten. Blaubach und Dreibisch überlegten, den Fall kurzerhand zu den Akten zu legen. Doch nun ging es auch für die beiden ins Wochenende.

Ihre Familien freuten sich jedes Mal auf diese Wochenenden. Ganz besonders die Kinder. Aber seit Monaten lief es nicht mehr. Weder Blaubach noch Dreibisch konnten den Fall loslassen. So verschlechterte sich das Verhältnis zu ihren Familien. Ihre Frauen fühlten sich vernachlässigt und die Kinder ungeliebt. Blaubachs Frau ging sogar so weit und drohte damit ihn zu verlassen. „Es reicht. Immer bist du mit den Gedanken bei der Arbeit. Wann haben wir als Familie das letzte Mal etwas zusammen unternommen, ohne dass du fort musstest? Körperlich bist du zwar anwesend nur mit deinen Gedanken nicht. Egal was wir dich fragen, du antwortest nicht. Was die Kinder machen, bekommst du gar nicht mehr mit. Oder ist dir aufgefallen, dass deine Tochter einen Freund hat? Wenn du jetzt ja sagst, lügst du. Ich wusste, worauf ich mich einließ, als ich dich heiratete, doch ich dachte die Situation würde sich entspannen. Leider ist es nur immer schlimmer geworden. Das ist nicht nur ein Beruf für dich. Das ist Besessenheit. Du bist der Meinung, du bist unersetzlich. Doch das ist ein Irrtum. Da du das nicht siehst, werde ich vorläufig mit den Kindern ausziehen. So hast du Gelegenheit über das nachzudenken, was ich dir gesagt habe." Blaubach fühlte sich vor den Kopf gestoßen. Er wollte sich erklären, fand aber nicht die richtigen Worte. Sein Arbeitszimmer war nun die Umgebung, die er brauchte. Als er Stunden später wieder herauskam, war er allein. Seine Frau hatte ihre Drohung wahr gemacht. Das ruhige Haus beunruhigte ihn. Er fühlte sich abgeschoben. Um dieser gespenstischen Situation zu entkommen, fuhr er ins Büro.

Zu seiner Überraschung war auch Dreibisch dort. Schnell wurde klar, dass ihm fast das Gleiche widerfahren war. Nur seine Frau wollte keine Auszeit, sondern hatte ihm gleich die Scheidungspapiere auf den Tisch gelegt. Gemeinsam überlegten sie, wie sie ihre Frauen zurückgewinnen könnten. Blaubach sprach seine Gedanken als Erster aus. Sofern dieser Fall abgeschlossen ist, werde ich mich versetzen lassen. Meine Frau hat schon recht. Die Arbeit stand immer an erster Stelle. Doch es wird Zeit, dass die jüngeren mehr Verantwortung übernehmen. Ich will nur noch meine Familie zurück. Wenn das mit der Versetzung nicht funktioniert, schmeiße ich komplett hin. „Das kannst du nicht machen. Du bist doch Polizist mit Leib und Seele." „Ich kann und werde es tun. Verlass dich drauf. Ohne meine Familie bin ich nichts. Sie war und ist es, die mir die Kraft gibt dieses hier durchzustehen."

Dreibisch schüttelte verständnislos den Kopf. „Ich werde hier weitermachen. Wenn meine Frau das nicht einsieht, hat sie Pech. Ich bin nur bereit etwas kürzerzutreten." „Du hast ja auch keine Kinder. Das ist wieder ganz was anderes."

Blaubach setzte sich an seinen Computer und begann sein Versetzungsgesuch zu schreiben. Beide hingen ihren eigenen Gedanken nach, als das Telefon sie wieder ins Hier und jetzt zurückholte.

Keiner von beiden war sich sicher, ob er das Gespräch annehmen sollte. Der Anrufer war jedoch hartnäckig. Nach dem dritten Versuch jemanden zu erreichen hatte Dreibisch genug und nahm das Gespräch entgegen. Zu seinem Erstaunen war es der Staatsanwalt, der sie sprechen wollte. „Der Staatsanwalt möchte Ergebnisse sehen." Mehr brauchte er nicht zu sagen. Blaubach seufzte. „Wie stellt er sich das vor? Wir haben alle Spuren bisher mehrmals überprüft. So auch die Alibis unserer Hauptverdächtigen." „Ich glaube wir sollten mit Frau Pahlbaum über das Verhältnis zwischen Stiefvater und Tochter sprechen. Das ist der einzige Mann im Umfeld der Vermissten, den wir noch nicht unter die Lupe genommen haben." „Ich weiß auch bereits, wie wir das machen. Du fährst zu Frau Pahlbaum und ich bestelle ihren Mann hier her. So wie wir sie kennengelernt haben, wird er versuchen, seine Frau an die Kandare zu nehmen." „Dein Vorschlag ist der Beste. Also los." So trennten sich ihre Wege.

Da Dreibisch zwei Stunden bis zu Frau Pahlbaum brauchen würde, hatte Blaubach genug Zeit, um mit Herrn Pahlbaum zu telefonieren. Das Gespräch verlief fast so, wie Blaubach es sich gedacht hatte. Herr Pahlbaum war nur bereit zu kommen, wenn seine Frau dabei war. Blaubach ließ sich jedoch nicht beirren und bestand darauf, dass er allein kam. Nach einigem hin und her hatte er ihn dann so weit. Blaubach und Dreibisch trafen erst am darauffolgenden Tag wieder aufeinander. Doch nur Dreibisch hatte wirklich Neuigkeiten.

„Mein Gespräch war wirklich aufschlussreich. Frau Pahlbaum schien froh zu sein über alles sprechen zu können. Sie erzählte mir, dass die Probleme zwischen Carolina und ihrem Mann begannen, als Carolina kurz vor ihrem Abschluss war. Sie wollte sich ein Jahr Auszeit nehmen und durch die Welt reisen. Ihr Mann wollte nichts davon wissen. Er sperrte sie ein. Carolina floh zu ihrer Freundin Sara. Als er mitbekam, dass seine Tochter sich gegen ihn gestellt hatte, schlug er seine Frau Krankenhaus reif. Sie blieb trotz allem bei ihm. Das Verhältnis zwischen ihm und Carolina wurde nie wieder wie zuvor. Doch sobald Carolina in Schwierigkeiten war, half er ihr, wo er nur konnte. Meiner Einschätzung nach ist er auch ein Mann mit zwei Gesichtern. Es ist kaum zu glauben, dass er nur ihr Stiefvater ist. Dasselbe denken wir doch auch von Carolina Berg."

„Du könntest richtig liegen. Ich habe ihn ja auch auf das Verhältnis zu seiner Stieftochter angesprochen. Schon allein bei dem Wort Stieftochter wurde er wütend. Er erklärte mir ausführlich, warum er das Wort nicht akzeptierte. Auf meine Frage, warum er sie nie adoptiert hatte, zuckte er nur mit den Schultern. Die Unstimmigkeiten zwischen ihnen tat er als pubertären Größenwahn ab, dem er entgegenwirken musste."

„Daraus können wir wohl kein Motiv konstruieren, dass er seiner Stieftochter etwas angetan hat. Das Ganze ist eine Sackgasse."

Aber bei der Freundin kann es sich ja nur um Sara Sommer aus der Kanzlei handeln. Sie scheint die Familie seit Jahren zu kennen. Von ihr werden wir wohl einen genaueren Einblick in die Familienverhältnisse bekommen. Ich lade sie für Morgen."

Da Sara Sommer jedoch erst drei Tage später kam, blieb den Kommissaren die Zeit Ordnung in den Fall zu bringen. Es war der Nachmittag des vierundzwanzigsten Juni, als Sara Sommer bei Blaubach und Dreibisch erschien. „Was soll ich hier? Ich habe Ihnen doch schon alles gesagt." „Wir sind bei weiteren Gesprächen mit Frau Pahlbaum aber wieder auf Sie gekommen", sagte Blaubach. „Wie das?" „Wir erfuhren, dass sich Carolina in früheren Jahren zu ihnen geflüchtet hatte, um ihrem Stiefvater zu entkommen." Sara bekam große Augen. „Carolina hat doch keinen Stiefvater. Ich wüsste doch davon. Schließlich kennen wir uns seit der Grundschule." „Haben Sie sich nie Gedanken darüber gemacht, warum ihre Freundin einen anderen Familiennamen trägt?" „Nein. Ich war immer der Ansicht, Carolina wurde vor der Hochzeit der beiden geboren." „Was wir von Ihnen erfahren möchten, sind die wahren Gründe für Carolinas Flucht zu ihnen." „Sie wissen bestimmt bereits von Carolinas geplanter Reise durch Europa und die USA." Beide nickten zustimmend. „Lassen Sie mich überlegen, wie das damals war." Blaubach und Dreibisch warteten geduldig. Dann ging alles sehr schnell. „Bevor ich zum eigentlichen Punkt komme, muss ich etwas über Carolinas Vater sagen. Ich kenne diesen Mann nur als herrschsüchtig und cholerisch. Solange Carolina klein war, ging er sehr liebevoll mit ihr um. Er erfüllte ihr jeden Wunsch. Damals war ich oft neidisch auf so einen Vater. Als dann die Pubertät kam und Carolina sich zur Frau entwickelte, änderte sich alles. Sie durfte keine Freunde mehr treffen und feiern schon gar nicht. Sie war nur noch ans Haus gebunden. Morgens brachte er sie zur Schule und holte sie mittags wieder ab. Wenn sie rebellierte, sperrte er sie tagelang ein. Zu Essen bekam sie nur, wenn er gute Laune hatte. In der Schule hieß es dann immer sie sei krank. Die erste Zeit glaubte ich das. Dann erhielt ich eine SMS, in der sie mich um Hilfe bat. Ich habe mich sofort auf den Weg zu ihr gemacht. Ihre Mutter öffnete und ich bekam einen Schrecken. Eine Seite ihres Gesichts war geschwollen und ein Auge war blau unterlaufen. Als sie meinen Gesichtsausdruck sah, versuchte sie ihr Aussehen mit einem Sturz zu erklären. Ich ließ es dabei bewenden, denn schließlich hatte Carolina mich um Hilfe gebeten. Sie brachte mich zu Carolina. Sie saß zusammengekauert auf ihrem Bett. Im ersten Moment reagierte sie nicht. Erst als ich mich neben sie setzte, reagierte sie. Schon wieder erschrak ich. Carolina war genau so zugerichtet wie ihre Mutter. Da begann ich zu überlegen, ob ich wirklich alles glauben konnte, was man mir erzählte. Ich bot ihr an sofort zu mir zu kommen, doch sie lehnte ab. Bis zum Abschluss des Abiturs gab es in unregelmäßigen Abständen immer wieder solche Vorfälle. Meiner Meinung nach war die geplante Reise für Carolina die Chance ihrem tyrannischen Vater zu entkommen. Als er von ihren Reiseplänen erfuhr, rastete er endgültig aus. Schläge schienen ihm nicht genug zu sein. Er nagelte sogar die Fenster ihres Zimmers zu. Einen Monat vor Reiseantritt musste ihr Vater geschäftlich ins Ausland. Um seine Frau und Carolina einzuschüchtern, erzählte er ihnen, dass das Haus überwacht würde. Carolinas Mutter glaubte jedes Wort.

Carolina selbst sah darin, ihre Chance zu entkommen. Sie versuchte ihre Mutter davon zu überzeugen, dass der Vater nur leere Drohungen ausgesprochen hatte. Doch ihre Mutter war so auf ihren Mann fixiert, dass sie Carolina beweisen wollte, dass er nicht nur drohte. Aus diesem Grund holte sie einen Fachmann für Überwachungstechnik, der das ganze Haus vom Dachboden bis zum Keller untersuchte. Er fand nichts. Damit hatte Carolina recht behalten. Von da an versuchte sie ihre Mutter zu überreden den Vater zu verlassen. Sie weigerte sich, ließ Carolina aber gehen. Von da an lebte sie bei mir, bis zu ihrer Abreise. Das war auch das letzte Mal, dass ich Carolina sah. Wir trafen uns erst in der Kanzlei wieder. Dazwischen lagen sechs Jahre, in denen ich nichts von Carolina wusste. Mehr kann ich Ihnen dazu wirklich nicht sagen."

„Danke. Mit diesen Informationen können wir weiter arbeiten." „Denken Sie, Sie können Carolina noch finden? Und damit meine ich lebend. Sie ist nun schon sechs Monate weg." „Wir hoffen es sehr." Sara Sommer verabschiedete sich und ging.

Dreibisch war der Erste, der auf das Gehörte reagierte. „Sollte Herr Pahlbaum so sein, wie beschrieben, können wir nicht ausschließen, dass er mit dem Verschwinden zu tun hat." Blaubach nickte geistesabwesend. Dann meldete er sich doch noch zu Wort. „Das wäre aber wirklich makaber und seiner Frau gegenüber nicht fair. Sie ist diejenige, die sich wirklich Sorgen macht. Aber wenn wir ehrlich sind, haben wir bei ihm nie nach einem Alibi gefragt. Wir holen das unverzüglich nach."

Eine Woche später trafen sie Herrn Pahlbaum zu Hause an. Noch bevor sie ihren Wagen verlassen hatten, öffnete sich die Haustür und Herr Pahlbaum kam ihnen entgegen. „Gibt es Neuigkeiten?" Die Frage hörte sich wie eine Floskel an. Denn sein Gesichtsausdruck zeigte, dass er von ihrem Erscheinen genervt war. Blaubach machte sich so seine Gedanken.

Wenn man gleich eine solche Frage stellt, spiegelt sich Angst in den Gesichtszügen oder der Haltung wieder. Bei ihm ist nichts davon zu erkennen. Entweder er ist vom Typ her ein sehr beherrschter Mann oder aber ein guter Schauspieler. Die Aussage der Freundin passt eher zum zweiten Punkt.

„Dürfen wir eintreten?" fragte Dreibisch. Er nickte und ging voraus in die Küche. Er setzte sich an die Stirnseite des Tisches, ohne ihnen einen Platz anzubieten.

Blaubach und Dreibisch nahmen es hin. So hatten sie eine bessere Gelegenheit ihn zu beobachten. Sie stellten sich jeweils in die gegenüberliegenden Ecken des Raumes. Dieses Verhalten schien Herrn Pahlbaum nervös zu machen. Er stand überhastet auf und machte sich einen Kaffee. Irgendetwas sagte den beiden, das er versuchte Zeit zu schinden. Sie ließen ihn eine Zeit lang gewähren. Dann begann Dreibisch die Befragung. „Wir sind hier, um zu überprüfen, wo Sie im fraglichen Zeitraum waren?" „In welchem Zeitraum?" „Tun Sie doch nicht so, als wüssten Sie nicht wovon wir Reden. Selbstverständlich den Zeitraum, als ihre Stieftochter verschwand." „Das ist ja eine Frechheit. Zum letzten Mal, sie war nie meine Stieftochter, sondern immer meine Tochter. Und diese Frage ist unverschämt. Ich würde meiner Familie nie etwas antun." „Wir haben da jedoch andere Informationen. Oder stimmt es nicht, dass Sie ihre Frau und ihre Tochter geschlagen haben?" „Wer stellt solche Behauptungen auf? Denjenigen knöpfe ich mir vor." „Das werden Sie nicht. Also wo waren Sie damals?" „Ich war hier bei meiner Frau. Sie könnte es ihnen bestätigen. Nur ist sie verreist." „Und in der Zeit danach?" „Auf Geschäftsreisen oder hier. Da Ihnen diese Antwort nicht reichen wird, hole ich meinen Terminkalender." Er verließ die Küche und nahm die Treppe ins Obergeschoss.

Blaubach und Dreibisch hörten verschiedene Geräusche. Zwischen dem Klappen von Türen vernahmen sie auch Stimmen. Da Herr Pahlbaum ihnen jedoch gesagt hatte, er sei allein im Haus, gingen sie von lauten Selbstgesprächen aus. Nach etwa fünf Minuten kam er wieder herunter, mit dem Terminkalender in der Hand. Er begann, die Monate zurückzublättern. Als er gefunden hatte, was er suchte, schob er den Kommissaren den Kalender über den Tisch. „Schreiben Sie sich ruhig alles ab." In diesem Punkt schien er sehr genau zu sein. Seine Eintragungen enthielten nicht nur Ort und Uhrzeit, sondern auch die Dauer seines jeweiligen Aufenthalts. Dreibisch notierte sich alle Termine, während Blaubach versuchte, ein belangloses Gespräch aufzubauen. „Bei wem ist ihre Frau denn gerade?" „Das hat sie nicht zu interessieren. Sie brauchte einfach eine Auszeit." „Ich wollte Sie nicht ausfragen. Wir müssen ihre Frau erreichen können." „Natürlich wollen Sie mich ausfragen. Das ist ja schließlich Ihr Job. Sollten Sie meine Frau sprechen wollen, rufen Sie mich an. Ich gebe dann meiner Frau bescheid."

Dreibisch gab den Kalender zurück, dankte und ging mit seinem Kollegen hinaus. „Hier stimmt doch etwas nicht. Ich glaube nicht, dass seine Frau verreist ist. Er wird sie bestimmt im Haus festhalten. Deshalb hörten wir vorhin auch die Stimmen." „Du kannst recht haben. Da es aber nur eine Vermutung ist, können wir nichts weiter unternehmen." „Ich finde es eher bedenklich, dass wir ihn anrufen sollen, wenn wir seine Frau sprechen möchten."

Zurück im Büro, begannen sie gemeinsam die Daten zu überprüfen. Schnell stellte sich heraus, dass auch er ein lückenloses Alibi hatte. Nun wussten sie nicht weiter. Alles deutet daraufhin, dass das Verschwinden von Carolina Berg nicht in Zusammenhang mit ihrem näheren Umfeld stand. Doch ein Täter, der nichts mit ihr zu tun hatte, war noch abwegiger.

Eine erneute Rücksprache mit dem Staatsanwalt ließ sie nun auch glauben, dass Carolina Berg aus freien Stücken untergetaucht war. So wurde die Akte sieben Monate nach der Anzeige zu den "unerledigten Fällen" sortiert.

Die Eltern der Vermissten wurden darüber unterrichtet. Sie waren ungehalten über das Vorgehen. Ganz besonders Herr Pahlbaum sagte seine Meinung. „Das ist doch eine schreiende Ungerechtigkeit. Nur, weil Sie zu dumm sind, ihre Arbeit richtig zu

machen, schreiben Sie unsere Tochter ab." Blaubach und Dreibisch ließen ihn bei seiner Meinung. Sie hatten keine Lust mehr
auf einen weiteren verbalen Schlagabtausch mit ihm. Für sie galt
der Fall als erledigt.

Es wurde Zeit sich wieder anderen Aufgaben zuzuwenden. Ihr
wichtigstes Augenmerk lag ab jetzt auf ihren Familien. Blaubach,
deren Versetzungsgesuch abgelehnt worden war, beschloss seinen Beruf aufzugeben. Ohne weiter zu überlegen schrieb er seine
Kündigung.

Keine Woche später geschah etwas Unerwartetes. Carolinas
Mutter, die begann sich mit der Situation abzufinden, ihre Tochter nie wieder zu sehen, wurde eines Besseren belehrt.

Es war der erste Sonntag im September. Der Sommer zeigte
noch mal seine ganze Kraft. Frau Pahlbaum saß auf der Terrasse,
um das Essen für ihren Mann und sich vorzubereiten, als das Telefon klingelte. Sie ging davon aus, dass jemand ihren Mann
sprechen wollte, und rief deshalb nach ihm. Was sie erlebte, als
sie den Hörer abnahm und sich meldete, verschlug es ihr den
Atem. Dort am anderen Ende der Leitung hörte sie die Stimme
ihrer Tochter, die alle schon abgeschrieben hatten.

Die nächste Reaktion war ein Aufschrei, der aus tiefsten Herzen kam. Ihr Mann stand nur Sekunden später neben ihr, weil er
glaubte, seiner Frau wäre etwas geschehen. Als er seine Frau mit
dem Telefonhörer in der Hand sah, verstand er gar nichts mehr.
Nur ihr Gesichtsausdruck beunruhigte ihn. Seine Frau war leichenblass und zitterte am ganzen Körper. „Was ist geschehen?
Warum schreist du so?" fragte er in seiner resoluten Art. Schnell
hielt sie die Sprechmuschel des Hörers zu. Mit zitternder Stimme
antwortete sie ihm. „Das da am Telefon ist Carolina." „Jetzt bist
du vollkommen verrückt geworden. Du weißt, was die Polizei
gesagt hat. Carolina wird nie wieder kommen." „Aber das da ist
Carolina. Ich erkenne doch ihre Stimme." Genau so resolut, wie
er gefragt hatte, was los sei, nahm er seiner Frau den Hörer aus
der Hand. „Hören Sie auf mit diesem Unsinn. Unsere Tochter

gibt es nicht mehr. Wenn Sie uns weiterhin belästigen, rufe ich die Polizei."

„Er wollte schon auflegen, als auch ihm die Stimme versagte. Die Stimme am anderen Ende der Leitung war tatsächlich die von Carolina. Er gab seiner Frau den Hörer zurück und nickte aufmunternd. Daraufhin gab es für Frau Pahlbaum kein Halten mehr. Sie stellte alle Fragen, die ihr in den Sinn kamen. „Wo bist du? Wo warst du? Wie geht es dir?" Sie stellte alle Fragen auf einmal, ohne eine Antwort abzuwarten. Die dann folgenden Antworten konnte er nicht verstehen. Deshalb machte der nächste Satz seiner Frau für ihn wenig Sinn. „Bleib, wo du bist. Ich gebe der Polizei bescheid." Dann legte sie auf.

„Ich rufe jetzt die Polizei. Aber nicht die von hier, sondern gleich die Kommissare aus Lausberg." Ihr Mann bremste sie. „Meiner Meinung nach ist es nicht richtig, die hiesige Polizei zu übergehen." „Du glaubst wohl nicht, ich lasse zu, dass die meinen Anruf wieder unter den Tisch fallen lassen. Jetzt bitte keine Diskussionen." Seine Frau trat so entschlossen auf, wie er es nur sehr selten erlebt hatte. Deshalb ließ er sie gewähren. Sie nahm den Hörer und wählte die Nummer, die ihr in den letzten Monaten so vertraut war.

Dreibisch war, als der Anruf kam allein im Büro. Als er hörte, wer ihn sprechen wollte und aus welchem Grund, schüttelte er resigniert den Kopf.

Die Frau wird das Ergebnis unserer Ermittlungen wohl nie akzeptieren.

Trotz allem ließ er das Gespräch zu sich durchstellen.

Frau Pahlbaums Stimme überschlug sich fast bei ihren Erklärungen. Deshalb fragte er nach, ob er auch alles richtig verstanden hatte. „Sind Sie sich sicher, dass es ihre Tochter war, die anrief?" Sie atmete einmal tief ein und aus, bevor sie antwortete, denn sie fand diese Frage unverschämt. „Selbstverständlich war es meine Tochter. Wenn Sie mir nicht glauben, so fragen Sie doch meinen Mann. Er hat ihre Stimme auch gehört. Wollen Sie nun endlich erfahren, wo sie ist oder weitere dumme Fragen stellen?" „Natürlich. Kann ihre Tochter uns überhaupt sagen, wo sie ist?" „Ja. Sie ist in einem Haus in der Harzinger Allee 8. Von dort rief sie uns an. Ich sagte ihr, sie sollte bleiben, wo sie ist und Sie kommen, um sie zu holen. Ich hoffe, ich habe ihr nichts Falsches gesagt." „Es war genau richtig von Ihnen. Aber in welchem Ort ist diese Harzinger Allee?" „Danach habe ich nicht gefragt. Ich bin davon ausgegangen, dass es am Rande von Lausberg sein muss." „In Lausberg und den Nachbarorten gibt es eine solche Straße nicht. Haben Sie vielleicht die Nummer, von der aus ihre Tochter angerufen hat?" „Ja sie steht hier auf dem Display. Entschuldigen Sie. Jetzt sehe ich auch, dass die Vorwahl nicht die von Lausberg ist." Dann gab sie die Nummer durch. „Jetzt wissen wir, wo wir hin müssen. Wir machen uns gleich auf den Weg. Sobald wir wissen, wann Sie ihre Tochter sehen können, melden wir uns. Danke für ihren Anruf." Damit wurde die Verbindung unterbrochen.

Frau Pahlbaum hatte jedoch nicht die Absicht zu Hause zu sitzen und zu warten. Das hatte sie in den vergangenen Monaten viel zu lange getan. Sie nahm sich ihre Jacke und die Autoschlüssel, um so schnell wie möglich nach Lausberg zu kommen.

Ich werde einfach bei der Polizei warten. Dann bin ich auf jeden Fall dichter bei Carolina, dachte sie.

Als sie ihren Wagen aufschloss, hielt ihr Mann sie zurück. „Wo willst du hin? Hat der Kommissar nicht gesagt, wir sollen warten?" „Du kannst gern warten. Ich fahre zu Carolina oder besser gesagt Carolina entgegen." Ohne ihren Mann weiter zu beachten, stieg sie ein und fuhr davon. Während der Fahrt kreisten ihre Gedanken wie so oft um ihren Mann und Carolina.

Warum kann er nur so ruhig bleiben? Er müsste doch genau so aufgeregt sein, wie ich. Hoffentlich ist mit Carolina alles gut. Von jetzt an werde ich immer an ihrer Seite sein.

Sie traf etwa zwei Stunden später in Lausberg ein. Als sie nach den Kommissaren fragte, erhielt sie Auskunft über deren

Aufenthaltsort. Somit wusste sie auch, wo ihre Tochter war. Nochmals zwei Stunden später erreichte sie die Adresse in Himmelbach. Es handelte sich hier um einen kleinen Ort mit vielleicht hundert Einwohnern. Rundherum gab es nichts als Wald. Zu ihrem Erstaunen stellte sie fest, dass die Polizei und ein Krankenwagen noch vor Ort waren. Beim Anblick des Krankenwagens bekam sie es mit der Angst zu tun. *Ist Carolina vielleicht schwer verletzt?*, dachte sie.

Aus Angst vor dem Kommenden blieb sie in ihrem Auto sitzen. Dann erblickte sie die Kommissare und ging ihnen entgegen.

Dreibisch sah sie zu erst und kam nun auch in ihre Richtung. „Was ist mit Carolina? Geht es ihr gut? Kann ich zu ihr?" „Im Augenblick kümmert sich ein Arzt um ihre Tochter. Warten Sie bitte hier. Hatten wir Ihnen nicht gesagt, sie sollten zu Hause zu warten. Wie sind Sie überhaupt an die Adresse gekommen?" „Ich war in Lausberg bei ihren Kollegen und die nannten mir den Ort. Die Straße wusste ich ja von meiner Tochter. Und so viele Straßen gibt es hier ja nicht."

Er ging kopfschüttelnd zurück zu seinem Kollegen. Frau Pahlbaum lief die ganze Zeit vor dem Haus auf und ab. Dann erschien der Arzt. Er sprach kurz mit den Kommissaren und wandte sich dann Frau Pahlbaum zu, die näher gekommen war. „Wie mir die Kommissare sagten, sind Sie die Mutter der jungen Frau. Liege ich da richtig?" „Ja. Wie geht es ihr?" „Sie ist abgemagert und hat Flüssigkeitsmangel. Aber das sind Probleme die sich lösen lassen. Alles andere muss die Zeit zeigen. Wir bringen ihre Tochter ins Krankenhaus. Sie können gerne mitfahren." „Ich bin mit dem Auto da. Ich fahre hinterher."

In diesem Augenblick wurde Carolina aus dem Haus geführt. Nun gab es für Frau Pahlbaum kein halten mehr. Sie lief auf Carolina zu und schloss sie in die Arme. Dabei bemerkte sie, wie dünn ihre Tochter wirklich geworden war. Sie hatte Angst ihr Schmerzen zu zufügen. Carolina war so am Ende, dass sie kaum mitbekam, was um sie herum geschah. Die Umarmung ihrer Mutter ließ sie ohne eine Reaktion über sich ergehen. Unmittelbar danach war sie auf den Weg ins Krankenhaus.

Ihre Mutter fuhr wie versprochen hinterher.

Im Krankenhaus musste Frau Pahlbaum sehr lange auf die Untersuchungsergebnisse ihrer Tochter warten. Die Zeit nutzte sie, um ihren Mann darüber zu informieren, in welches Krankenhaus sie Carolina gebracht hatten. Sie bat ihn zu kommen, doch er lehnte ab. Als Begründung gab er seine Arbeit an. Wieder kamen Carolinas Mutter Zweifel, ob ihr Mann Carolina wirklich liebte. Für sie gab es nichts Wichtigeres, als bei ihrer Tochter zu sein.

Ganze drei Stunden waren vergangen und Frau Pahlbaum war schon so außer sich, dass sie auf dem Flur auf und ab ging. Dann erschien endlich der Arzt. „Sind Sie die Mutter von Frau Berg?" „Ja. Wie geht es meiner Tochter? Kann ich sie sehen?" „Kommen Sie bitte mit ins Besprechungszimmer. Dort können wir in Ruhe sprechen." Er wies mit der Hand den Gang hinunter und ging voraus. Beim Betreten des Raumes ließ er ihr den Vortritt. Damit war es dann aber auch vorbei mit der Höflichkeit.

„Wir werden ihre Tochter zwei Wochen hier behalten, damit sie wieder zu Kräften kommt. Die ersten Tage wird sie künstlich ernährt. Das ist unerlässlich, da ihre Tochter sich in der letzten Zeit nur von Wasser ernährt hat, wie sie uns sagte." „Aber warum leidet sie dann unter Flüssigkeitsmangel?" „Jeden Tag eine viertel Flasche ist nun mal zu wenig für einen erwachsenen Menschen. Wenn wir die Mangelerscheinungen schnell ausgleichen können, wird ihre Tochter keine Schäden zurückbehalten. Was das angeht, bin ich sehr optimistisch. Über die psychische Verfassung kann ich mir kein Urteil erlauben. Mein Rat wäre einen Therapeuten hinzuzuziehen, damit ihre Tochter das Erlebte verarbeiten kann. Das wäre von meiner Seite alles. Haben Sie noch Fragen?" „Darf ich jetzt zu ihr?" „Selbstverständlich. Sie schläft aber. Vor morgen können Sie nicht mit ihr sprechen." „Das ist mir gleichgültig. Ich möchte nur in ihrer Nähe sein." Der Arzt brachte sie zum Zimmer und ging.

Nachdem sie zwei Stunden ihrer Tochter beim Schlafen zugesehen hatte, entschied sie sich den Heimweg anzutreten.

Während der Autofahrt machte sie Pläne für die nächste Zeit.

Ich werde eine Tasche packen und mich in einem Hotel in Lausberg aufhalten, damit ich jederzeit zu Carolina kann.

Zu Hause angekommen suchte sie ihren Mann. Was sie vorfand, war ein Zettel auf dem Küchentisch. *"Bin auf Geschäftsreise. Komme in drei Monaten zurück. Dein Mann"*.

Das ist aber sehr komisch. Er hat in letzter Zeit nie eine Geschäftsreise erwähnt.

Um sich davon zu überzeugen, dass ihr Mann wirklich auf Geschäftsreise war, rief sie seine Sekretärin an. Als abgenommen wurde, verlangte sie nur ihren Mann zu sprechen. Sie wollte nicht den Eindruck erwecken, dass sie ihm hinterher spionierte. Die Sekretärin teilt ihr mit, dass ihr Mann dringlich erwartet wurde, da ein Meeting anstand. Frau Pahlbaum versuchte, ihre Unsicherheit zu überspielen. „Mein Mann wird ganz sicher im Stau stehen.“

Da die Situation für sie vollkommen undurchsichtig war, packte sie ihre Tasche und fuhr zurück nach Lausberg. Sie wollte nicht über ihren Mann nachdenken. Während ihrer Fahrt rief sie alle Hotels an, um kurzfristig ein Zimmer zu bekommen. Sie hatte die Hoffnung schon fast aufgegeben, als sie eine Zusage bekam. Das Allerbeste war, das Hotel befand sich neben dem Krankenhaus. So konnte sie ganz nahe bei Carolina sein.

Am nächsten Morgen machte Frau Pahlbaum sich früh auf ins Krankenhaus. Sie durfte jedoch noch nicht zu ihrer Tochter. Deshalb wartete sie in der Cafeteria. Dieses Mal kreisten ihre Gedanken um ihren Mann, ohne etwas dagegen machen zu können.

Was fällt ihm ein, mich jetzt allein zu lassen? Warum belügt er mich? Er sollte jetzt an meiner Seite sein. Er muss sich doch genau so freuen wie ich, dass Carolina noch am Leben ist. Hat er die Liebe zu Carolina die ganzen Jahre nur vorgespielt? Könnte das auch der Grund gewesen sein, warum die Polizei mich über das Verhältnis zwischen Carolina und ihm ausfragte?

Eine Krankenschwester unterbrach ihre Gedanken.

„Frau Pahlbaum, Sie können zu ihrer Tochter." Erst jetzt bemerkte sie, dass sie ihren bestellten Kaffe ganz vergessen hatte. Schnell trank sie noch einen Schluck von dem kalten Gebräu und folgte dann der Krankenschwester. Carolinas Mutter reagierte irritiert, da es nicht zum Zimmer ihrer Tochter ging, sondern Richtung Intensivstation. „Was ist geschehen? Meine Tochter lag doch gestern in einem ganz normalen Zimmer." „Warten Sie einen Augenblick. Ich hole den Arzt." Sie ging und kam mit dem Arzt zurück. Er machte keine Anstalten sich mit Frau Pahlbaum in Ruhe zu unterhalten. Kaum bei ihr angekommen legte er auch schon los. „Bei ihrer Tochter kam es gestern zu Problemen mit den Nieren. Sie bekam Fieber und starke Schmerzen. Es ist eine sehr schwere Nierenbeckenentzündung. Damit wir die Situation schnell verbessern können, haben wir sie ins künstliche Koma versetzt. Wenn sich die Werte bessern und stabil bleiben, können wir sie innerhalb weniger Tage wieder aufwachen lassen." „Warum haben Sie das nicht bei den ersten Untersuchungen erkannt?" „Wir waren auf die augenscheinlichen Probleme konzentriert. Außerdem setzten die Symptome erst in den späten Abendstunden ein. Alle hier haben ihr Bestes gegeben." „Ich wollte Ihnen keine Vorhaltungen machen. Darf ich zu ihr?" „Ja. Es wird ihr gut tun, ihre Nähe zu spüren. Ziehen Sie den Kittel an. Falls Sie weitere Fragen haben, finden Sie mich im Bereitschaftsraum. Die Schwester wird ihnen den Weg zeigen." Der Arzt ließ sie allein.

Frau Pahlbaum war froh ihre Tochter sehen zu dürfen. Sie verließ das Krankenhaus erst am späten Abend. Bevor sie das Krankenhaus verließ, übergab sie der Krankenschwester die Nummer ihres Hotels. „Rufen Sie mich bitte an, wenn sich etwas ändert." Die Krankenschwester sagte nichts dazu, sondern nickte nur aufmunternd.

An der Rezeption holte sie ihren Zimmerschlüssel und erhielt gleichzeitig einen Zettel mit mehreren Telefonnummern. Da sie niemandem gesagt hatte, wo sie war, wunderte sie sich sehr über diesen Zettel. In ihrem Zimmer sah sie sich den Zettel genauer an. Es waren alles Anrufe, von Personen, die ihr nichts sagten. Sie entschloss sich dazu, die Liste von oben nach unten abzuarbeiten. Bei der ersten Nummer meldete sich eine Bandansage von irgendeiner Firma für Überwachungsanlagen. Auch bei allen anderen von der Liste hörte sie nur Bandansagen. Resigniert stellte sie das Telefon zur Seite.

Was wollen die alle von mir? Ich habe doch gar keine Anfragen gestellt oder etwas in Auftrag gegeben.

Um abzuschalten, nahm sie sich ein Buch. Sie hatte noch keine Seite gelesen, da klingelte ihr Handy. Anhand des Klingeltons wusste sie, ohne nachzusehen, dass es ihr Mann war, der sie erreichen wollte. Einen Augenblick überlegte sie, ob sie das Gespräch wirklich annehmen sollte. In der Zwischenzeit hörte das Klingeln auf und die Anzeige sagte ihr, dass eine Nachricht drauf war. Als sie diese abhörte, merkte sie an der Stimme ihres Mannes, er war ungehalten. Doch davon wollte sie sich dieses Mal nicht aus der Ruhe bringen lassen.

Er wird denken ich bin noch im Krankenhaus.

Mit ihrer Einschätzung lag sie jedoch falsch. Nach nicht einmal zwei Minuten klingelte das Handy erneut. Nun ignorierte sie es nicht mehr und meldete sich. Sie hatte noch nicht mal "*Hallo*" gesagt, da schrie ihr Mann auch schon los. „Ich versuche, dich seit Stunden zu erreichen! Wo bist du?! Soll ich dich wieder einsperren, um dich kontrollieren zu können?! Nun reichte es ihr. „Halt mal die Luft an. Du warst es doch, er mir einen Zettel hinterlassen hatte, auf dem etwas von einer Geschäftsreise stand. Also mach kein Theater. Außerdem weiß ich genau, du bist nicht auf Geschäftsreise. Ich habe in deinem Büro angerufen, wo du sehnlichst erwartet wurdest. Sogar gelogen habe ich für dich. Ich bin in einem Hotel in Lausberg, um bei Carolina sein zu können."

„Jetzt bist du wohl total verrückt geworden! Hast du vergessen, dass ich derjenige bin, der sagt, wo es lang geht und was du zu tun hast! „Ich habe mich die ganzen Jahre untergeordnet. Jetzt ist Schluss. Es geht hier nämlich nicht um uns, sondern um Carolina. Hör zu. Nun werde ich dir sagen, was ich machen werde." Doch dazu kam sie nicht mehr. Er hatte aufgelegt.

Um endlich Ruhe zu haben, schaltete sie das Handy aus. Das Krankenhaus hatte ja die Nummer vom Hotel. Sie dachte wieder über Carolina nach. Doch immer wieder schob sich der Anruf von ihrem Mann dazwischen. Nach kurzer Zeit war sie vollkommen durcheinander und wusste nicht mehr, was sie überhaupt denken sollte. Entnervt ging sie schlafen.

Es wurde eine sehr unruhige Nacht. Immer wieder tauchten die Bilder von ihrem Mann und Carolina vor ihr auf. Einmal in inniger Umarmung, ein anderes Mal in einem heftigen Streit. Nach einer besonders brutalen Szene, indem ihr Mann Carolina schlug, erwachte sie schweißgebadet.

Nach einigen tiefen Atemzügen, um sich zu beruhigen, ging sie duschen. Beim Blick auf die Uhr erkannte sie, es war mitten in der Nacht.

Egal. Ohne Dusche kann ich so wie so nicht wieder einschlafen.

Doch auch unter der Dusche kreisten ihre Gedanken sofort wieder um das Verhältnis zwischen Carolina und ihrem Mann.

Warum ist das Verhältnis zwischen den beiden so schlecht geworden? Hat er Carolina jemals geliebt oder sie nur akzeptiert, weil er mich haben wollte?

Weiter kam sie nicht. So erfrischt legte sie sich wieder ins Bett. In wenigen Sekunden fielen ihr die Augen zu.

Durch das Läuten des Telefons wurde sie aus dem Schlaf gerissen. Sie brauchte einen Moment, um zu begreifen, was das für ein Geräusch war. Dann griff sie wie automatisiert zum Nachttisch hinüber, auf dem das Telefon stand. Erst als sie den Hörer bereits in der Hand hielt, bemerkte sie, was sie tat.

Ist vielleicht etwas mit Carolina?

Das war ihr erster Gedanke, noch bevor sie sich meldete.

Zu ihrer Erleichterung stellte sie fest, es war nicht das Krankenhaus, sondern nur die Rezeption. „Entschuldigen Sie die Störung. Hier ist ein Herr, der Sie sprechen möchte. Er sagt, er wäre ihr Ehemann. Soll ich ihn hinaufschicken oder kommen Sie in die Halle?" Frau Pahlbaum hatte zwar verstanden, was die Rezeptionistin gesagt hatte, doch glauben konnte sie es nicht.

Wie hat er mich nur so schnell gefunden? War ich gestern mal wieder zu redselig?

Ihre Antwort war klar. „Ich komme runter. Sagen Sie ihm, er möchte warten." Sie legte auf und sah dabei auf die Uhr. Es war fünf Uhr in der Frühe? Sie hatte nicht die Absicht sich zu beeilen. Ganz in Ruhe machte sie sich fertig. Nach mehr als einer Stunde traf sie in der Eingangshalle ein. Als sich die Fahrstuhltüren öffneten, sah sie ihren Mann schon ungeduldig auf und ab gehen. Er bemerkte sie erst, als sie fast neben ihm stand. Er versuchte sie zu sich heranzuziehen, doch sie wich geschickt zurück. Mit hochrotem Kopf legte er los. „Was soll das? Du hast mir zu sagen, wo du bist! Stundenlang habe ich telefoniert, um dich zu finden! Nimm deine Sachen und komme mit! Zu Hause wirst du dann sehen, was geschieht!" Er hatte seine Drohungen wohl etwas zu laut ausgesprochen, denn die Dame an der Rezeption spitzte die Ohren. Das gab seiner Frau Gelegenheit sich zu erklären. „Ich bleibe, bis Carolina wieder gesund ist." Dabei achtete sie auf genügend Abstand zu ihrem Mann. Als er sah, die Dame von der Rezeption kam auf sie zu, machte er sich davon. „Ist alles in Ordnung?" Frau Pahlbaum nickte nur und ging zurück auf ihr Zimmer.

Von diesem Augenblick an kam sie zu der Erkenntnis, sie würde sich nie wieder von ihrem Mann unterdrücken lassen. Schon gar nicht, wenn es um ihre Tochter ging.

Eine Stunde später saß sie wieder am Bett ihrer Tochter. Sie sah sie nur an und hoffte, dass alles gut werden würde. Der Arzt, der vorbeikam, machte ihr Mut. „Die Werte ihrer Tochter sind sehr gut. Morgen holen wir sie aus dem künstlichen Koma zurück." Frau Pahlbaum war erleichtert, das zu hören. Sie strahlte übers ganze Gesicht. Hätte sie nicht so viel Selbstbeherrschung gehabt, wäre sie dem Arzt wohl um den Hals gefallen. Glücklich über diese Entwicklung dankte sie dem Arzt vielmals. Dann verabschiedete sie sich auch von ihrer Tochter, ohne zu wissen, ob diese es überhaupt mitbekam. „Ich komme morgen wieder." Zum Abschied gab sie ihr einen Kuss auf die Stirn.

Nun war es Zeit, Carolinas Chef über die Neuigkeiten zu informieren. Doch ihr Mann brachte ihre Pläne durcheinander.

Als sie das Hotel betrat, stand er schon mit ihren gepackten Sachen in der Halle. Frau Pahlbaum glaubte ihren Augen nicht zu trauen, als sie das sah. „Was soll das? Warum sind meine Sachen hier?" Sie war so außer sich, dass sie vollkommen vergessen hatte, leise zu sprechen. „Ich sagte dir heute Morgen, du sollst mit nach Hause kommen. Da du dich dagegen gestellt hast, habe ich es jetzt in die Hand genommen. Das Zimmer ist bezahlt und deine Sachen gepackt. Jetzt gibt es für dich kein zurück mehr. Also mach kein Theater und komm mit." Da die Dame von der Rezeption schon wieder neugierig hinübersah, gab Frau Pahlbaum klein bei. Sie ging mit ihrem Mann zum Auto und stieg ein. Kurz bevor sie zu Hause ankamen, machte ihr Mann halt an einer Tankstelle, um etwas zu besorgen.

Diesen Moment nutze Frau Pahlbaum zur Flucht. Sie wartete, bis ihr Mann im Gebäude verschwunden war. Heimlich stieg sie aus dem Auto und schloss leise die Tür. In gebückter Haltung schlich sie sich auf die Rückseite der Tankstelle. Sie wollte nicht von ihrem Mann gesehen werden. Dort entdeckte sie einen Feldweg, der zu einem Wald führte. So schnell wie möglich steuerte sie auf den Wald zu. Es war gar nicht so einfach, wie sie gedacht hatte. Der Weg war matschig vom Regen der letzten Nacht. Um nicht auszurutschen, setzte sie vorsichtig einen Fuß vor den anderen. Sie hatte die ersten Bäume erreicht, da hörte sie von irgendwoher die Stimme ihres Mannes. Doch sie drehte sich nicht um, sondern suchte Schutz hinter einer dicken alten Eiche. Einige Zeit hörte sie ihren Mann noch rufen. Zeitweise wurde seine Stimme sogar lauter. Sie befürchtete, er würde ihr hinterher kommen. Denn ihre Fußspuren waren im Matsch deutlich zu erkennen. Dann war plötzlich nichts mehr zu hören. Die Angst in ihr stieg.

Ist er vielleicht schon so nahe, dass er versucht, Geräusche zu verhindern? Ist er wirklich meinen Spuren gefolgt? Vielleicht hat er die Suche aufgegeben.

Da sie nicht sicher war, ob das auch der Realität entsprach, entschloss sie sich quer durch den Wald zu laufen. Leise machte sie sich wieder auf den Weg. Jedes Rascheln und Knacken im Unterholz ließ sie erstarren. Als sie das andere Ende des Waldes erreichte, wusste sie nicht, wo sie war. Eine Straße führte etwa fünfzig Meter weiter vorbei. Mittlerweile war es Nacht geworden. Am Himmel zeigten sich die ersten Sterne. Sie überlegt, in welcher Richtung sie der Straße folgen sollte. Nirgends gab es ein Hinweisschild. Also entschied sie sich für die Richtung aus der sie Motorengeräusche hörte.

Vielleicht kommt ein Auto vorbei oder ich finde eine Ortschaft.

Es schien ihr Stunden zu dauern, bis ihr ein Auto entgegen kam. Sie hatte Hunger und Durst. Außerdem brannten ihre Füße vom stundenlangen Laufen. Zu dem fröstelte sie. Sie trug über ihrer Bluse schließlich nur eine dünne Jacke. In ihrer Verzweiflung stellt sie sich, in dem Moment als sie ein Auto näher kommen hörte, mitten auf die Fahrbahn. Sie hatte Glück, dass der Fahrer sie rechtzeitig sah und anhielt. Er wollte ihr die Meinung sagen, doch als er ihren Zustand erkannte, hielt er den Mund. Frau Pahlbaum ging direkt auf das Auto zu. „Könnten Sie mich bitte in den nächsten Ort mitnehmen?" Der Fahrer nickte und stellte erst einmal keine weiteren Fragen.

Nach einigen Minuten trieb ihn die Neugier. „´Was ist mit Ihnen geschehen? Sie sehen aus als seien Sie durch die Gegend geirrt." „Ich bin vor meinen Mann geflohen. Er wollte mich von meiner Tochter fernhalten, die im Krankenhaus liegt." „In welchem Krankenhaus liegt ihre Tochter? Wenn es nicht zu weit ist, fahre ich Sie zu ihr." „Meine Tochter liegt in Lausberg im Krankenhaus." „Das ist ja einhundert Kilometer entfernt. Sind Sie die ganze Strecke gelaufen?" „Mein Mann und ich waren kurz vor Sternheim, als ich davongelaufen bin." „Dann sind Sie fünfzig Kilometer durch die Gegend geirrt. Wenn ich Sie richtig verstanden habe, wohnen Sie in Sternheim." „Das stimmt. Nur zurzeit wohne ich in einem Hotel in Lausberg, um bei meiner Tochter sein zu können. Und dort möchte ich auch wieder hin." „Wir sind auf dem Weg nach Blitzbach. Das ist achtzig Kilometer von Lausberg entfernt. Von dort fährt aber in einigen Stunden ein Bus Richtung Burghausen und von dort kommen sie weiter nach Lausberg." „Gibt es in der Nähe eine Pension?" „Nein. Wir haben ein Gästezimmer. Dort könnten Sie sich etwas ausruhen." Frau Pahlbaum wusste nichts zu sagen. Sie konnte ihre Dankbarkeit nicht in Worte fassen.

Früh am nächsten Morgen schlich sie sich aus dem Haus. Als Dankeschön ließ sie einen Fünfzigeuroschein zurück und ein Dankschreiben. An der Bushaltestelle musste sie etwas warten. Der Bus war auf die Minute pünktlich. Doch die Fahrt schien kein Ende zu nehmen. In jedem noch so kleinen Ort hielt der Bus und wartete bis zu drei Minuten auf Fahrgäste. So etwas hatte Frau Pahlbaum noch nie erlebt.

Bin ich froh, dass ich nicht auf dem Land lebe.

Nach vier Stunden erreichte sie endlich Lausberg. Es war fast Mittag, als sie das Krankenhaus erreicht. Sie hatte nur noch einen Wunsch schnell zu ihrer Tochter zu kommen. In der Eingangshalle wurde sie jedoch schon vom Arzt und der Polizei erwartet. „Ihre Tochter ist gerade erwacht. Sie können gleich zu ihr." „Danke. Dann mache ich mich auf den Weg." In diesem Moment kamen die Polizisten auf sie zu. Es waren die ihr bekannten Blaubach und Dreibisch. „Wir würden gern als Erstes mit ihrer

Tochter sprechen. Vielleicht kann sie uns genauere Hinweise auf den Täter geben." „Sind Sie noch bei Verstand? Carolina ist gerade wach und Sie wollen sie schon mit den Vorkommnissen konfrontieren?" „Verstehen Sie bitte, dass dieses Gespräch sehr wichtig für unsere Ermittlungen ist." „Vor einigen Tagen teilten Sie uns mit, die Akte wird geschlossen und nun so viel Eifer?" „Wir verstehen ihren Unmut. Trotzdem bitten wir um Verständnis." Hilfe suchend sah sie den Arzt an, doch er ignorierte sie. „Gut. Aber ich möchte als Erstes zu ihr, um sie auf ihren Besuch vorzubereiten." „Das geht in Ordnung. Wir werden hier warten." Frau Pahlbaum nickte und ging. Der Arzt blieb bei den Kommissaren.

Als sie das Zimmer ihrer Tochter betrat, saß diese aufrecht im Bett und lächelte sie an. Frau Pahlbaum gab ihr zur Begrüßung einen Kuss auf die Stirn. Mach dir keine Sorgen. Es wird alles wieder gut. Ich komme später noch einmal. Bevor ich gehe, muss dir noch etwas sagen. Die Polizei möchte dich sprechen. Die Beamten warten draußen. Ich hole sie herein. Bis später." Damit wandte sie sich von ihrer Tochter ab.

Unmittelbar danach betraten zwei Herren das Zimmer. Carolina betrachtete sie von oben bis unten.

Sind das etwa die Herren von der Polizei? Ich habe sie mir ganz anders vorgestellt.

Blaubach und Dreibisch stellten sich vor und zeigten ihr die Dienstausweise. „Frau Berg wir haben einige Fragen an Sie. Sie sind wahrscheinlich die Einzige, die uns helfen kann, denjenigen zu finden, der Ihnen das angetan hat. An was können Sie sich erinnern?" Carolina überlegte, bevor sie antwortete. Dabei zog sie die Stirn in Falten und begann leicht zu zittern. „Ganz ruhig. Lassen Sie sich Zeit." „Viel weiß ich nicht mehr. Trotzdem läuft mir ein Schauer über den Rücken. Ich war auf dem Weg zum Restaurant. Da ich spät dran war, entschied ich mich für den Weg zwischen den Garagen, auch wenn der nicht beleuchtet war. Der Weg führt zur Rückseite des Restaurants. Ich hatte etwas mehr, als den halben Weg zurückgelegt, da hörte ich hinter mir jemanden atmen. Dieses Atmen kannte ich schon aus früherer Zeit." „Meinen Sie die Zeit, als Sie sich verfolgt fühlten?" „Genau diese Zeit meine ich. Aber woher wissen Sie davon?" „Das spielt im Moment keine Rolle. Erzählen Sie bitte weiter." Als dieses Atmen immer näher kam, lief ich schneller. Dann wurde auch schon alles dunkel. Erwacht bin ich in so einer Art Keller. Wie lange ich dort war, keine Ahnung. Dann wurde wieder alles schwarz und ich fand mich in dieser Holzhütte wieder. Nach mehreren Versuchen konnte ich fliehen. Ich bin nur noch gerannt, bis ich dieses Haus sah. Von dort rief ich meine Eltern an. Kurz sah ich meine Mutter. Aufgewacht bin ich hier. Mehr weiß ich nicht." „Danke für ihre Auskunft. Falls Ihnen noch etwas einfällt, melden Sie sich bitte." Blaubach reichte ihr eine Visitenkarte. Schneller als gedacht war Carolina wieder allein. Frau Pahlbaum hatte auf dem Flur auf die Kommissare gewartet. Sie hatten noch nicht die Tür von Carolinas Zimmer geschlossen, als Frau Pahlbaum sie ansprach. „Könnte ich den Schlüssel für Carolinas Wohnung haben? Ich möchte alles herrichten für die Zeit nach dem Krankenhaus." Blaubach nickte. „Sie können sich den Schlüssel morgen bei uns abholen." Das ließ Frau Pahlbaum sich nicht zweimal sagen. So einfach sollte sich das Ganze jedoch nicht gestalten. Gemeinsam mit den Kommissaren verließ sie das Krankenhaus.

An der Tür stieß sie mit ihrem Mann zusammen. Die Kommissare grüßten ihn und brachten ihre Erleichterung zum Ausdruck, dass es Carolina nach der ganzen Zeit so gut ging. Er lächelte. Doch seine Frau sah sofort, seine Fröhlichkeit war nur gespielt. Die Kommissare brachten ihn auf den neuesten Stand. Morgen können Sie den Wohnungsschlüssel ihrer Tochter abholen. Ohne Reaktion auf das Gehörte wandte er sich seiner Frau zu. Ihm war klar, es konnte nur seine Frau gewesen sein, die nach dem Schlüssel verlangt hatte. Blaubach und Dreibisch waren schon vorausgegangen.

Als der Abstand zwischen ihnen groß genug war, stellte er seine Frau zur Rede. „Was sollte das mit der Flucht? Hast du geglaubt mir entkommen zu können? Da liegst du falsch. Ohne mich bist du gar nichts. Höre auf gegen mich zu kämpfen. Du wirst immer das Nachsehen haben. Schließlich bin ich derjenige, der dich versorgt. Wo warst du überhaupt letzte Nacht? Nun aber zu etwas anderem. Den Schlüssel für Carolinas Wohnung hast du jawohl verlangt. Meinetwegen kannst du die Wohnung herrichten. Ich habe dir aber noch einen Vorschlag zu machen. Was hältst du davon, wenn wir Carolina zu uns nehmen, bis sie wieder völlig gesund ist. Wie du siehst, bin ich nicht der Unmensch, für den du mich hältst. Auch ich liebe sie." Die letzten Minuten hatte er durchgehend gesprochen, ohne sie zu Wort kommen zu lassen. Was sie da gehört hatte, verschlug ihr den Atem. Sie verstand nun gar nichts mehr. Ihre Gedanken überschlugen sich.

Vor Stunden wollte er mich noch einsperren wie eine Sklavin. Vor nicht mal drei Minuten hat er mich schon wieder bedroht und jetzt so ein Vorschlag. Hat meine Flucht ihn vielleicht aufgerüttelt?

Eine Antwort fand sie nicht. Aus diesem Grund verlangte sie nach einer Erklärung. „Gestern wolltest du mich noch nicht in Carolinas Nähe sehen. Eben warst du noch wütend auf mich. Jetzt dieser Wandel. Wie soll ich das verstehen?" „Dein Verhalten kann ich nicht tolerieren. Doch andererseits habe ich verstanden, dass Carolina dir sehr wichtig ist. Mir auch. Auch wenn ich das in den letzten Monaten nicht gezeigt habe. Um die Angst nicht zu spüren, hatte ich mich zurückgezogen. Ich habe nicht geglaubt, Carolina lebend wieder zu sehen." „Warum hast du nicht vorher mit mir gesprochen? Jetzt weiß ich wenigstens, warum du dich so verhalten hast. Dein Vorschlag Carolina zu uns zu nehmen macht mich sehr glücklich. Trotzdem möchte ich in ihrer Wohnung nach dem Rechten sehen. Eine Woche werde ich wohl brauchen, um alles wieder herzurichten. Wir wissen ja nicht, ob Carolina unser Angebot annimmt." „Tu, was du nicht lassen kannst. Solltest du Hilfe brauchen, rufe an. Ich fahre nach Hause."

Frau Pahlbaum ging, entgegen ihrer vorherigen Ankündigung, zu ihrer Tochter zurück. Den Vorschlag ihres Mannes wollte sie Carolina sofort unterbreiten. Carolina war überrascht, dass es gerade ihr Vater war, der diesen Vorschlag machte. Andererseits freute sie sich schon jetzt auf die Zeit mit ihrer Mutter.

Am nächsten Morgen holte Frau Pahlbaum den Schlüssel für die Wohnung. Nach einem kurzen Besuch bei Carolina ging sie zur Wohnung. Schon bevor sie die Wohnung betrat, kam ihr die abgestandene Luft entgegen. Überall hingen Spinnweben. Bevor sie sich endgültig an die Arbeit machte, öffnete sie alle Fenster. Als Erstes nahm sie die Spinnweben in Angriff. Diese zu entfernen dauerte schon unendlich lange. Aus diesem Grund sah sie von einem weiteren Besuch bei Carolina ab. Auch die nächsten Tage schaffte sie es nicht ins Krankenhaus. Deshalb telefonierte sie mindestens einmal am Tag mit Carolina. An Carolinas Stimme erkannte sie, dass es ihrer Tochter von Tag zu Tag besser ging. Eine Woche später erzählte Carolina ihr, sie könne am Wochenende das Krankenhaus verlassen. Diese Nachricht teilte sie umgehend ihrem Mann mit und bat ihn zu kommen. Er versprach, am Samstag zu kommen.

Freitagmorgen holte sie Carolina aus dem Krankenhaus ab. Der Weg führte sie erst einmal in Carolinas Wohnung. Im ersten Moment schauderte Carolina, als sie ihre Wohnung betreten sollte. Augenblicklich wurde sie von den Erinnerungen an die Vorfälle in der Wohnung übermannt. Sie sah wieder diesen fremden Mann mit dieser Clownsmaske vor sich.

Das muss ich der Polizei unbedingt noch sagen.

Doch schnell erkannte sie, dass nichts mehr war wie zuvor. Einiges hatte sich geändert. Interessiert lief sie von Raum zu Raum, um alles zu erkunden. Ihre Mutter beobachtete sie dabei und lächelte. Sie verlor sich in Erinnerungen.

Genau so lief Carolina schon als Kind durchs Haus, wenn es etwas Neues gab. Es reichte schon ein neues Bild, um Carolina so zu sehen wie jetzt.

Nach einigen Minuten blieb sie vor ihrer Mutter stehen. „Einiges kommt mir sehr vertraut vor, aber gleichzeitig auch wieder fremd. Der Flur macht mir angst. Dort bin ich damals diesem Mann begegnet. Ob ich das je vergessen kann, weiß ich nicht." „Das wird schon wieder. Ich glaube es wäre gut, du würdest dich in Behandlung begeben, um das alles verarbeiten zu können." „Ich bin doch nicht verrückt." „Das wollte ich damit auch nicht sagen. Es ist deine Entscheidung. Jedenfalls werde ich dich unterstützen. Was hältst du davon, dich etwas auszuruhen?" „Ich habe lange genug rumgelegen. Jetzt möchte ich zurück an die Arbeit." „Nicht so schnell. Lass uns essen. Ich hole schnell was vom Imbiss." Carolina nickte und machte es sich auf der Couch bequem. Kaum hatte ihre Mutter die Tür hinter sich geschlossen, überkam Carolina wieder das Gefühl beobachtet zu werden. Um sich abzulenken, nahm sie sich ein Buch.

Als Frau Pahlbaum zurückkam, schlief Carolina tief und fest. Sie nutzte die Zeit, um Carolinas Chef über Carolinas Entlassung aus dem Krankenhaus zu unterrichten. Er war erleichtert zu hören, dass es seiner besten Mitarbeiterin wieder besser ging. „Das ist die beste Nachricht seit Monaten. Richten Sie Carolina bitte aus, sie kann jederzeit zurückkommen." Damit wurde das Gespräch beendet.

Am frühen Abend erwachte Carolina und hörte ihre Mutter in der Küche. „Schön, dass du wach bist. Ich mache das Essen warm." „Wie lange habe ich geschlafen?" „Fast sechs Stunden. Nun setz dich. Ich soll dir von deinem Chef sagen, du kannst jederzeit wieder mit deiner Arbeit beginnen. Hier ist dein Essen." Es waren Glasnudeln mit Huhn. Carolina lächelte. Unmittelbar nach dem Essen verlangte ihre Mutter, dass sie sich wieder hinlegte. Trotz ihrer Aussage, sie sei nicht müde, legte sie sich wieder schlafen. Ihre Mutter schaute noch fern, bevor sie sich auch schlafen legte.

In dieser Nacht wurde sie mehrfach aus dem Schlaf gerissen, weil Carolina Albträume hatte und immer wieder aufschrie. Zu guter Letzt blieb ihre Mutter wach. Um die Zeit bis zum Morgen zu überbrücken, las sie. Als Carolina erwachte, war der Frühstückstisch schon gedeckt. Carolina dankte ihr mit einem Kuss. Ihre Mutter hatte gerade Kaffee eingeschenkt, als es klingelte. Carolina fuhr erschrocken zusammen. Ihre Mutter legte ihr beruhigend den Arm um die Schulter. „Es wird Vater sein. Er will uns abholen." Carolina entspannte sich. Doch als Frau Pahlbaum die Tür öffnete, war es nicht ihr Mann, der da stand. Es waren die Kommissare Blaubach und Dreibisch. „Guten Morgen. Wir haben aus dem Krankenhaus erfahren, dass ihre Tochter entlassen wurde. Wir würden gern mit ihr sprechen." „Kann das nicht noch warten?" „Je schneller wir genauere Informationen erhalten, um so wahrscheinlicher ist es, den Täter zu finden." „Dürfen wir bitte hereinkommen?" „Na gut. Sie geben ja doch keine Ruhe. Meine Tochter ist in der Küche. Ich gehe voraus." Carolina wusste sofort, es war nicht ihr Vater an der Tür, denn die Stimme war eine ganz andere.

Als ihre Mutter mit den Kommissaren eintrat, saß Carolina total in sich gesunken am Tisch. Ihre Mutter so schien es Carolina wollte die Kommissare gerade vorstellen. Da hob Carolina die Hand. „Schon gut. Ich weiß schon, aus welchem Grund die Herren hier sind." Ihre Mutter machte Anstalten aus dem Zimmer zu gehen. „Bleib bitte hier. Du kannst ruhig hören was ich zu sagen habe." Blaubach und Dreibisch nickten, denn auch sie hatten sofort gesehen wie angespannt die junge Frau war. Frau Pahlbaum bot den beiden einen Platz an, da Carolina auf nichts mehr reagierte.

Blaubach teilte Carolina alles mit, was sie in der Zwischenzeit erfahren hatten. Das war einiges mehr, als zu erwarten gewesen wäre. Bis dahin schien Carolina nicht klar gewesen zu sein, wie viele Menschen Details aus ihrem Leben kannten. Bei einigen Punkten zuckte Carolina unbewusst zusammen. Für Blaubach und Dreibisch war das ein Zeichen, dass vieles noch nicht ausgesprochen war. Bei anderen Punkten zuckte sie nur verständnislos die Schultern. So als hätte sie noch nie davon gehört. Dann begannen die Fragen. „Wissen Sie noch, was am zweiundzwanzigsten Dezember letzten Jahres geschah?" Carolina zog die Stirn in tiefe Falten und blickte auf ihre gefalteten Hände. Es dauerte lange, bevor sie sprach. „Am frühen Abend … Ich telefonierte mit meiner Mutter. Ein Geräusch … Ein Mann in meiner Wohnung. Haus verlassen. Zum Restaurant. Plötzlich alles schwarz." Aus ihrem Mund kamen nur kurze oder abgehakte Sätze. „Frau Berg könnten Sie das bitte ausführlicher wiederholen?" sagte Blaubach mit ganz ruhiger Stimme. Carolina schüttelte den Kopf. Sie schien sich nicht erinnern zu wollen. Nun griff ihre Mutter ein. „Carolina. Schau mich bitte an. Die Kommissare wollen dir helfen, genau wie ich." Da Carolina keine Reaktion zeigte, nahm ihre Mutter vorsichtig ihren Kopf und drehte ihn zu sich. Nun musste Carolina sie ansehen. „Erzähl ihnen jede Einzelheit. Du brauchst keine Angst zu haben. Ich bin bei dir." Carolina nickte und ergriff die Hand ihrer Mutter. Diese Berührung schien ihr neuen Mut zu geben. Ihre Stimme klang sofort kräftiger. „Ich verließ gegen sechzehn Uhr mit den Kollegen die Kanzlei. Dann passierte was Komisches. Ich sah die Haustür, dann nichts mehr. Ich wachte in meiner Wohnung auf und mein Kollege Gary Bacher war bei mir. Er erzählte etwas von Ohnmacht und dass er mich draußen gefunden hatte. Das wollte ich ihm nicht glauben, da ich noch nie Kreislaufprobleme hatte. Doch er war so überzeugend, dass ich es dabei bewenden ließ. Anschließend telefonierte ich mit meiner Mutter. Im Anschluss machte ich mich fertig für das Treffen mit den Kollegen. Ich stand vorm Kleiderschrank, als ich ein Geräusch hörte. Da es aber sofort wieder ruhig war, glaubte ich an einen Zufall. Wenig später hörte ich das Geräusch erneut. Nun konnte es kein Zufall mehr sein. Das Geräusch kam aus Richtung Wohnzimmer. Ich ging nachsehen. Im Flur stand mir ein Mann mit Clownsmaske gegenüber. Als ich zu schreien anfing, ergriff er die Flucht. Irgendwie erschien dann auch noch der Hausmeister. Eine Stunde später verließ ich meine Wohnung und machte mich auf den Weg. Was dann geschehen ist, habe ich Ihnen ja bereits gesagt." Dieses Mal schloss sie die Augen, während sie nachdachte. Als sie die Augen wieder öffnete, begann sie zu zittern. „Irgendwann bin ich wieder zu mir gekommen. Ich lag auf einer Campingliege in irgendeinem Raum oder sollte ich besser sagen Loch. Mir kam es vor wie ein Keller oder ein ausgedienter Bunker. Licht kam durch ein kleines Loch in der Decke. Es handelte sich dabei wohl um einen Luftschacht, der mit Gitterstäben gesichert war. Im ersten Moment nahm ich alles nur verschwommen wahr. Die erste Sorge galt meiner Handtasche, in der ich meine wichtigsten Papiere und das Handy hatte. Schnell erkannte ich, sie war nicht da. So hatte man mir die Chance genommen, Hilfe zu holen. Um festzustellen, wie lange ich schon an diesem Ort war, wollte ich auf meine Uhr schauen. Doch auch die fehlte. Das machte mich richtiggehend wütend, weil es eines der Geschenke meiner Eltern war zum bestandenen Abitur. Nachdem ich feststellte, dass weder Wut noch Resignation mich weiterbringen würden, begann ich zu überlegen.

Könnte das vielleicht ein Scherz meiner Kollegen sein, weil sie gemeinsam mit mir Geburtstagfeiern wollen?

Essen und Trinken waren für einige Stunden vorhanden. Doch nachdem immer mehr Zeit verging, hielt ich es nicht mehr für einen Scherz. Irgendwann muss ich eingeschlafen sein. Als ich erwachte, schien die Sonne herein. Nun begann ich mir den Raum näher anzusehen und begann erneut zu überlegen.

Wer hasst mich so, dass er mir so etwas antut? Den Einzigen, dem ich das zutraue, ist David. Vielleicht könnte es aber auch Gary sein. Für mich hat David das stärkere Motiv. Schließlich hat er die Trennung bis heute nicht verarbeitet. Doch Gary will im Job weiterkommen und ich bin ihn im Weg. Ist das genug, um jemanden so etwas anzutun? Ich weiß es nicht.

Plötzlich tauchte das Gesicht meines Vaters vor mir auf und ich erschrak über die Zusammenhänge, die mein Gehirn herstellte. Schließlich versuchte er seit Jahren, ein intimes Verhältnis zu mir aufzubauen. Natürlich, ohne Wissen meiner Mutter." „Was meinen Sie genau mit: "*intimes Verhältnis*"?, fragte Blaubach. „Immer, wenn er mit mir allein war, suchte er besonders meine Nähe. Er setzte sich so dicht neben mir, dass ich seinen Körpergeruch wahrnehmen konnte. Und ein anderes Mal versuchte er, mich zu küssen. Bei gemeinsamen Essen fing er an, mich unter dem Tisch zu berühren." Sie sah zu ihrer Mutter und erkannte ihren verwirrten Blick. „Entschuldige Mama, dass du so erfahren musst, wie Vater wirklich ist. Ich wollte dir das nie sagen. Doch jetzt habe ich keine andere Wahl." „Das hast du dir sicher nur eingebildet. Du hattest schon als Kind eine lebhafte Fantasie." Mehr kam vonseiten ihrer Mutter nicht.

Es ist noch immer die gleiche Verdrängungstaktik, um das Bild der glücklichen Familie aufrechtzuerhalten, dachte Carolina.

Um ihre Mutter nicht weiter in Verlegenheit zu bringen, sprach sie schnell weiter. „Ich weiß nicht, wie lange ich wirklich dort eingesperrt war. Zumal wusste ich es damals nicht. Manchmal kam es mir vor wie Jahre und dann wieder wie Stunden. Essen bekam ich nur hin und wieder. So verzweifelt, wie ich war, begann ich die Wände systematisch nach einer Tür abzusuchen. Immer wenn genug Licht hereinkam, machte ich weiter. Ich musste erkennen, dass es keine Tür gab, jedenfalls fand ich keine. Für mich stand fest, ich musste durch das Loch in der Decke hereingebracht worden sein. Also versuchte ich die Gitterstäbe zu erreichen, ohne Erfolg. Sie waren viel zu weit weg. Wenn ich heute daran denke, kann ich nur sagen, mein Urteilsvermögen muss ausgesetzt haben. Derjenige, der mich festhielt, kam wohl immer nachts, wenn ich so erschöpft war, dass ich es nicht mitbekam. Morgens standen dann immer Lebensmittel in einer Ecke.

Es war nicht übermäßig viel, was er mir zurückließ. So erkannte ich doch, er wollte mein Leben nicht aufs Spiel setzen. Irgendwann, es muss im Frühling gewesen sein kam er aus unerklärlichem Grund früher als sonst. Ich hörte ihn kommen. Ich hatte es mir auf der Liege bequem gemacht. Wenn man in solch einer Situation überhaupt davon sprechen kann. Um ihn nicht darauf aufmerksam zu machen, dass ich wach war, blieb ich ruhig liegen. Ich versuchte, die Geräusche zu definieren. Doch ganz zum Gegenteil meiner bis dahin gefassten Meinung waren die Geräusche nicht über mir, sondern kamen von der Seite.

Spielt mir mein Gehirn schon wieder einen Streich?, fragte ich mich.

Aber es konnte nicht sein. Die Geräusche wurden immer deutlicher und dann hörte ich ein Knarren, wie eine Tür, die über den Boden schleift. Ich drehte meinen Kopf in diese Richtung. Dann sah ich einen dünnen Lichtstrahl. Es war Taschenlampenlicht. So schnell ich konnte ging ich auf das Licht zu. Ich hatte nur noch einen Wunsch, raus zu kommen. Fast hätte ich es geschafft. Ich war vielleicht noch einen Schritt von der Tür entfernt. Jemand versperrte mir den Weg und alles wurde wieder dunkel. Auch heute kann ich noch nicht sagen, ob es ein Mann oder eine Frau war. Die Luft, die durch den Schacht kam, wurde von Tag zu Tag immer wärmer. Mittlerweile hatte ich jedes Zeitgefühl verloren. Irgendwann erwachte ich in dieser Holzhütte, aus der ich entkommen bin. Das ist alles, was ich Ihnen sagen kann."

Blaubach und Dreibisch hatten sehr genau zugehört und sich einige Notizen gemacht. Doch beide waren der Ansicht, sie könnte noch präzisere Angaben machen. Blaubach räusperte sich, um ihre Aufmerksamkeit auf sich zu lenken, doch Frau Pahlbaum kam ihm zuvor. „Ich glaube das ist genug. Meine Tochter braucht Ruhe." „Das verstehen wir. Trotzdem habe ich noch eine letzte Frage, Frau Berg. Besitzen Sie einen Laptop oder einen Computer?" „Natürlich. Was soll die Frage? Ich benutze meinen Laptop als Terminkalender und für die Arbeit. Er muss im Wohnzimmer auf dem kleinen Tisch neben der Couch stehen. Dort hatte ich ihn hingestellt, weil ich ihn mitnehmen wollte zu meinen Eltern." „Ich muss Sie leider enttäuschen. Auf dem Tisch stand gar nichts, als wir ihre Wohnung auf Spuren für ein Verbrechen untersuchten. Wir fanden nur eine Akte in der Reisetasche im Kleiderschrank. Diese Akte haben wir an den Chef der Kanzlei gegeben." Carolina seufzte. „Was will derjenige, der hier drin war mit meinem Laptop. Er kommt doch gar nicht an die Daten. Er ist Passwort geschützt. Nur ein Anwalt könnte mit den Daten etwas anfangen. Sollte derjenige der meine Sachen mitgenommen hat der gleiche sein der mich entführte? Wenn das so ist, kann es sich dabei nur um meinen Kollegen Gary Bacher handeln. Jetzt hätte ich gern meine Ruhe." Blaubach und Dreibisch erhoben sich von ihren Plätzen. Bevor sie gingen, sagte Dreibisch: „Wir möchten Sie bitten, morgen bei uns vorbei zu schauen. Vielleicht können Sie den Täter anhand unserer Bilddatei identifizieren. Einen schönen Tag noch." Damit waren sie draußen.

Carolina war wirklich am Ende ihrer Kräfte. Alles zu erzählen schien ihr schrecklicher, als die Tat selbst. Trotzdem kam sie nicht zur Ruhe. Der verschwundene Laptop machte ihr Sorgen. Eine Stunde versuchte sie zu schlafen, dann ging sie zu ihrer Mutter. „Ich muss mir ganz schnell ein neues Handy und einen Laptop kaufen. Kannst du mir Geld leihen, bis ich meine Papiere wieder habe?" „Selbstverständlich. Doch ich finde es ist noch zu früh, um sich Gedanken um solche Sachen zu machen." Carolina schien ihr nicht zugehört zu haben. Ihre Reaktion war eine ganz andere, als von ihrer Mutter erwartet. „Lass uns gehen." Da Carolina so entschlossen war, nickte ihre Mutter nur und zog sich eine Jacke über. Fünf Minuten später standen sie schon vor dem ersten Geschäft.

Carolina sah sich die Schaufensterauslage genau an, bestand aber dann darauf weiter zu gehen. Ihrer Mutter entging natürlich nicht wie angespannt Carolina war. Als hinter ihnen eine Autotür zugeschlagen wurde, erschrak Carolina so sehr, dass sie am ganzen Körper zitterte. Sofort legte ihre Mutter den Arm um sie, um sie zu beruhigen. „Morgen Abend fahren wir nach Hause. Dann kommst du endlich auf andere Gedanken. Sollen wir das mit dem Einkaufen nicht lieber bleiben lassen?" „Nein. Ich möchte das hier jetzt erledigen und nicht irgendwann anders. Wollte Vater uns nicht schon heute holen?" „Ich rief ihn vorhin kurz an und sagte, der soll erst morgen kommen. Schließlich musst du morgen noch zur Polizei."

Zwei Stunden später hatte Carolina alles bekommen, was sie wollte, auch wenn sie dabei nervlich durch die Hölle gegangen war.

Zurück in der Wohnung beschäftigte Carolina sich mit ihren Neuanschaffungen. Ihre Mutter bereitete unterdessen das Abendessen vor.

Der nächste Morgen begann hektisch. Carolina brauchte länger als normal, um sich zu richten. Ihre Mutter drängte zur Eile. Sie war der Ansicht, dass Carolina am ehesten Ruhe finden würde, wenn sie die Sache bei der Polizei erledigt hatte.

Es war neun Uhr, als sie das Polizeipräsidium erreichten. Der Beamte an der Tür, der Frau Pahlbaum kannte grüßte freundlich. Frau Pahlbaum sah aus den Augenwinkeln, dass er zum Telefon griff, kaum dass sie an ihm vorbei waren. Als sie in der dritten Etage ankamen, erwartete Dreibisch sie schon am Fahrstuhl. Nach einer kurzen Begrüßung bat er Carolina ins Büro. Ihre Mutter musste auf dem Flur warten. Blaubach hielt sich nicht lange mit Erklärungen auf, sondern legte Carolina eine Bilddatei vor. „Schauen Sie sich alles in Ruhe an. Wenn Sie glauben jemanden zu erkennen melden Sie sich bitte." Carolina nickte, um zu zeigen, sie hatte verstanden. Eine Stunde später klappte Carolina die Datei zu und schüttelte den Kopf. Sie wollte gerade gehen, als Blaubach sie zurückhielt. „Bitten warten Sie noch einen Augenblick. Wir haben noch einige Fragen." Carolina nahm wieder Platz. „Sie sagten gestern, der Raum in dem Sie waren, war ein Keller oder Bunker. Können Sie uns den Raum näher beschreiben?" „Was meinen Sie mit näher beschreiben?" „Wie groß war der Raum und aus welchem Material waren die Wände?" „Wie können Ihnen diese Angaben weiter helfen?" „So können wir hoffentlich die Region eingrenzen, in der Sie gefangen gehalten wurden." Wieder nickte Carolina. Bevor sie begann diesen Raum zu beschreiben, hatte sie eine andere Frage. „Sind nicht alle Keller oder Bunker aus dem gleichen Material?" Blaubach verneinte. „Ich konnte in der Länge acht Schritte machen und in der Breite höchstens vier. Mehr als acht Quadratmeter hatte der Raum wohl nicht. Die Wände und der Boden waren aus einer Art Lehm oder Sand. Jedenfalls war es grobkörniges Material. Außer einer Campingliege und dem Eimer als Toilettenersatz gab es nichts." „Wenn Sie jetzt noch mal zurückdenken, können Sie sich an die Person erinnern, die bei ihnen war? Damit meine ich Größe, Statur und Kleidung." „Hm. Lassen Sie mich überlegen. Der- oder diejenige war nicht viel größer wie ich. Maximal fünf bis zehn Zentimeter. Die Schultern waren schon breit. Das kann aber auch durch das schlechte Licht getäuscht haben. Deshalb kann ich auch nicht sagen, ob das eine Frau oder ein Mann war. Die Person trug einen Overall in der Farbe blau oder schwarz. Das Gesicht war, durch eine tief ins Gesicht gezogene Kappe, nicht zu erkennen. Dazu trug die Person eine Jacke mit Kapuze auch in blau oder schwarz. Gesprochen wurde nicht. Das sage ich gleich, falls Sie danach noch fragen möchten. Da fällt mir noch ein, die Person trug Lederhandschuhe, so wie sie die Motorradfahrer haben. Woher ich das weiß, möchten Sie bestimmt erfahren. Die Handschuhe hatten diesen ganz spezifischen Ledergeruch. Aus diesem Grund glaube ich immer mehr an einen Mann als Täter. Um es genau zu sagen, meinen Exfreund David. Er war schon damals ein leidenschaftlicher Motorradfahrer. Aber wenn ich es mir recht überlege, mein Kollege Gary Bacher fährt auch hin und wieder Motorrad. Doch er ist für mich nicht hart genug, um so eine Sache durchzuziehen. Seit ich in der Kanzlei angefangen hatte, lief er mir zwar hinterher, wie ein Hündchen. Er wollte mit mir ein Verhältnis beginnen, obwohl er eine Freundin hat. Zudem ist er wütend, weil der Chef die Aufgabengebiete neu verteilt hat. Ich bearbeite nun seine Akten und das gefällt ihn gar nicht. Aber alle Kollegen sagten mir, dass er, wenn es nicht um die Arbeit geht, harmlos ist." „Wir haben alle überprüft und alle haben ein unwiderlegbares Alibi." „Das kann nicht sein. Sie müssen da was übersehen haben." „Schon möglich. Doch die Wahrscheinlichkeit, dass ein völlig unbekannter hinter dieser Sache steckt, können wir nicht außer Acht lassen. Gibt es die Möglichkeit uns die Umgebung des Verstecks zu beschreiben?" „Nein. Beim besten Willen nicht. Ich bin ja erst in dem Raum aufgewacht. Wenn der Wind günstig stand, hörte ich in der Ferne Autos und gelegentlich einen Zug und das Schlagen einer Kirchturmuhr. Es kann überall gewesen sein." „Wissen Sie dann vielleicht wo die Hütte stand aus der Sie entkommen sind?" „Auch dazu kann ich nicht sagen. Als ich endlich raus war, bin ich einfach nur gerannt. Es war früher Morgen. Da interessierte mich die Umgebung so gar nicht. Ich hoffte, nur nicht meinem Entführer in die Arme zu laufen. Wie lange ich durch den Wald geirrt bin, kann ich nicht sagen. Die Sonne stand hoch am Himmel, als ich in der Ferne dieses Haus entdeckte. Warum ist das jetzt noch wichtig?" „Sollte es uns gelingen diese beiden Orte zu finden, können wir mit der Spurensicherung Beweise sammeln. Diese führen uns hoffentlich zum Täter." „Kann ich noch irgendwie helfen?" „Nein. Sie haben uns schon sehr weiter geholfen. Falls sich noch Fragen ergeben sollten, wissen wir ja, wo wir sie finden." „Da liegen Sie falsch. Noch heute Abend fahre ich zu meinen Eltern und werde so schnell nicht zurückkommen." „Danke für diese Information und gute Erholung." Damit war Carolina endlich entlassen. Erleichter ging sie zu ihrer Mutter, die geduldig gewartet hatte. „Geschafft. Jetzt möchte ich nur noch nach Hause."

Carolina war aus der Tür, als Blaubach und Dreibisch sich dran machten Karten der Umgebung aus dem Archiv zu holen. Darunter auch welche aus der Zeit als noch Bunker eingezeichnet waren. Stunden verbrachten sie damit, die einzelnen Karten nach möglichen Verstecken abzusuchen. Immer, wenn sie glaubten, etwas gefunden zu haben, schickten sie Teams raus, um das zu überprüfen. Nach Tagen voller Rückschläge gaben sie resigniert auf. Die Beschreibung, die Carolina Berg ihnen gegeben hatte war mehr als ungenau gewesen.

Carolina war schon seit einigen Tagen bei ihren Eltern. Sie war in ihrem alten Zimmer untergebracht. Eine Frage interessierte sie sehr.

Wo ist die Untermieterin geblieben?, doch direkt zu fragen traute sie sich nicht.

Aus den Gesprächen ihrer Eltern hoffte sie, Erklärungen herauszuhören. Noch immer hatte sie ein ungutes Gefühl, wenn sie in ihrem alten Zimmer war. Alles erinnerte sie an ihre Kindheit. Diese Erinnerungen drehten sich aber immer nur um ihren cholerischen Vater. Gute Erinnerungen hatte sie kaum.

Es ist hier jedenfalls besser, als in meiner Wohnung. Ein Neuanfang wäre besser, als dorthin zurückzugehen.

Carolinas Mutter fiel auf, dass Carolina von Tag zu Tag wieder selbstbewusster wurde.

Die Entscheidung Carolina her zu holen war richtig, dachte sie.

Schnell änderte sich jedoch die Situation.

Ohne Vorwarnung bekam Carolinas Vater wieder einen seiner cholerischen Anfälle. Alles, was die beiden Frauen taten, war ihm nicht gut genug. Eines Abends, es war etwa zwei Monate nach Carolinas Rückkehr in ihr Elternhaus, fand sie sich in einer Zeitschleife gefangen. Carolina schlief, nach einem langen Tag mit ihrer Mutter wie ein Stein. Sie drehte sich gerade auf die andere Seite, als sie ein Hindernis bemerkte. Durch irgendetwas wurden ihre Bewegungen eingeschränkt. Im ersten Moment glaubte sie, noch zu träumen. Schlagartig öffnete sie die Augen und schaltete die Nachttischlampe an. Neben ihr lag ihr Vater und lächelte sie an. Bevor sie überhaupt einen Ton herausbekam, flüsterte er ihr ins Ohr. „Endlich bist du wieder da, meine Kleine. Jetzt mach deinen Vater glücklich, so wie früher." Dabei lief ihm Speichel aus dem Mund. Carolina hatte sich vom ersten Schock erholt und rückte sofort von ihm weg. Jedenfalls so weit es ging. Leider hatte er sich so hingelegt, dass sie kaum eine Möglichkeit zur Flucht hatte. Ihre Reaktion hatte ausgereicht, um ihn misstrauisch werden zu lassen. Sofort griff er nach ihrem Arm. „Du willst doch wohl nicht weg? Vergiss es. Diesen Gefallen schuldest du mir. Jahrelang hast du dich mir entzogen. Damit ist jetzt Schluss." Diese klare Drohung ihres Vaters machte Carolina so wütend, dass sie ihn anschrie. „Hau ab, du perverses Schwein! Ich lass das nicht mit mir machen! Ich zeige dich an!"

Carolina hatte so laut geschrien, dass ihre Mutter die Treppe hochgerannt kam, um nach dem Rechten zu sehen. Sie glaubte Carolina hätte einen Albtraum. Die Situation, die sich ihr dann bot, stellte alle ihre Vermutungen in den Schatten. Ihr Mann lag nackt im Bett der Tochter und hatte eine Erektion, die er nicht verbergen konnte. Sie sah von ihrem Mann zu ihrer Tochter und versuchte die Situation richtig einzuschätzen. In Carolinas Blick sah sie Angst. Ihr Mann hingegen zeigte nur ein Lächeln. Nun kam ihre Reaktion und die war anders, als ihr Mann erwartet hatte. Er kannte sie nur als unterwürfige Frau, die ihm nichts entgegenzusetzen hatte. Jetzt sprühten ihre Augen vor Zorn. „Pack deine Sachen und sieh zu, dass du wegkommst. Bist du in einer halben Stunde nicht weg, rufe ich die Polizei." Carolina, der die ganze Situation mehr als unangenehm war, machte sich so ihre Gedanken.

Ist es nicht besser, wenn ich gehe? Lange hält Mutter es ohne meinen Vater doch nicht aus. Sie ist abhängig von ihm. Ich will ihr das nicht zerstören.

Schon am nächsten Tag machte Carolina ihrer Mutter den Vorschlag zurück nach Lausberg zu gehen. Davon wollte diese aber beim besten Willen nichts hören. Zwei Monate blieb Carolina so noch in Sternheim. Je mehr Zeit verging, ohne dass ihr Vater im Haus war, änderte sich die Stimmung ihrer Mutter. Sie wurde von Tag zu Tag ruhiger und hatte an nichts mehr Interesse. Für Carolina stand fest, dass sie gehen musste. Am Tag vor ihrer geplanten Abreise sprach sie ausführlich mit ihrer Mutter und erklärte ihr, warum sie ging. Immer noch versuchte diese Carolina umzustimmen, doch dieses Mal gab sie nicht nach. Sie bot ihrer Mutter an, sie zu begleiten. Ihre Mutter sagte zu.

Drei Tage nach ihrer Rückkehr besuchte Carolina zum ersten Mal ihre Kollegen. Sie war neugierig, ob sich etwas geändert hatte. Ihr überraschender Besuch löste eine Freudenfeier aus. Ihre Freundin Sara war jedoch diejenige, die sich am Meisten freute. Sie verabredeten sich noch für den gleichen Abend. Das Gespräch, was sie an diesem Abend führten, ließ Carolina aufhorchen. Sie erfuhr, dass Gary Bacher schon seit geraumer Zeit verschwunden war, ohne ersichtlichen Grund. Im Endeffekt fast zeitgleich mit ihr. So hörte sie auch vom Getratsche der Kollegen, sie seien zusammen durchgebrannt. Irgendwie fand sie diese Vorstellung lustig. Doch gleichzeitig machte sie sich auch wieder Gedanken.

Wenn er zeitgleich mit mir verschwunden ist, kann er ja doch derjenige gewesen sein, der mich eingesperrt hat. Andererseits hätte er aber dann schon längst wieder an der Arbeit sein müssen. Schließlich bin ich schon seit Monaten wieder frei. Außerdem sagen die Beamten mir, dass er ein eindeutiges Alibi hatte.

„Wie seit ihr auf die Idee gekommen, ich könnte mit ihm durchgebrannt sein? Ihr wusstet alle, dass ich ihn zurückgewiesen hatte." „Es war aber nicht ganz ausgeschlossen, wenn du ehrlich bist." Nun begann Carolina laut zu lachen. „Na gut. Vielleicht hätte er mich ja rumgekriegt, wenn er es klüger angestellt hätte. Sein Auftreten war mir einfach zu plump."

Wieder zu Hause erzählte sie ihrer Mutter von den Mutmaßungen der Kollegen und begann dabei wieder zu lachen. Ihre Aussage, dass sie so schnell wie möglich wieder an die Arbeit möchte, versetzte ihrer Mutter einen Stich. Diese Euphorie musste sie stoppen. „Nicht so schnell. Du musst das Erlebte erst verarbeiten." „Aber mir geht es doch wieder gut. Ich habe keine Angst mehr vor Geräuschen. Das muss sogar dir aufgefallen sein." Ihre Mutter hatte keine Lust auf eine Diskussion und gab deshalb nach. „Du wirst schon das Richtige tun." Carolina umarmte dankbar ihre Mutter. Schneller als gedacht sollte sich zeigen, dass Carolinas Wahrnehmung nichts mit der Realität zu tun hatte. Nachts wachte Carolina noch immer schreiend auf, weil sie Albträume hatte. Nach der dritten Nacht infolge reichte es ihrer Mutter und sie sprach Carolina darauf an. „Du musst in Therapie. So kann es nicht weiter gehen. Du gehst an der Sache zugrunde." Carolina wehrte ab. „Das wird wohl an dieser Wohnung liegen. Ich suche mir schnell was anderes." Ihrer Mutter war klar, das war nicht die Lösung des Problems. Sie blieb bei ihrer Meinung. Sie machte noch am gleichen Tag einen Termin bei einem Therapeuten, ohne Carolinas Zustimmung. Der Termin sollte schon drei Tage später sein. Als Carolina von diesem Termin erfuhr, wurde sie wütend. „Vergiss, dass ich da hingehe. Ich lass mich von dir nicht entmündigen." Bis zum Tag des Termins blieb Carolina bei ihrer Meinung. Sie weigerte sich so lange, bis ihre Mutter ein Machtwort sprach. „Entweder du lässt dir helfen oder ich bin weg." Carolina wollte auf keinen Fall ihre Mutter gehen lassen. Aus diesem Grund gab sie nach.

Sechs Monate nach Beginn der Therapie hatte Carolina das Schlimmste überstanden. Ihre Mutter sah das ebenso. Daraufhin äußerte sie den Wunsch, wieder nach Hause zu wollen. Carolina fand das richtig und legte ihrer Mutter noch nahe sich mit ihrem Mann auszusprechen.

Nach achtmonatiger Pause nahm Carolinas Mutter ihren ganzen Mut zusammen und rief ihren Mann an. An seiner Stimme erkannte sie, dass er überglücklich war, von ihr zu hören. Bei der Mitteilung, sie würde nach Hause kommen hatte ihr Mann seine Beherrschung verloren. Carolina konnte seinen Freudenschrei durchs Telefon hören, obwohl sie etwa einen Meter hinter ihrer Mutter stand. Zwei Stunden später stand er schon bei Carolina vor der Tür. Carolina ließ beide allein, damit sie sich aussprechen konnten. Sie nutzte die Zeit zu einem weiteren Treffen mit ihrer Freundin. Dieser teilte sie mit, dass sie mit Beginn der neuen Woche wieder arbeiten würde. Ihre Freundin war hellauf begeistert. Von ihr erfuhr Carolina dann Neuigkeiten aus der Kanzlei. „Weißt du, dass Gary Bacher wieder zurück ist?" „Nein. Also arbeitet er jetzt wieder." „Von wegen. Er versuchte, sich dem Chef zu erklären und die Wogen zu glätten. Doch Herr Richter machte kurzen Prozess und warf ihn raus. Wir sind alle erleichtert darüber. Es gibt keinen, der ihm nachtrauert." Fast drei Stunden saßen sie zusammen. Zum Abschied sagte Carolina: „Wir sehen uns Montag." Ihre Freundin umarmte sie zum Abschied.

Zu Hause fand Carolina eine leere Wohnung vor. Auf dem Küchentisch lag eine Nachricht ihrer Mutter. "*Liebste Carolina! Dein Vater und ich haben uns versöhnt. Ich soll dich von ihm grüßen. Melde dich, wenn du Hilfe brauchst. In Liebe deine Mutter*".

Carolina freute sich zwar über die Nachricht, nur auf die Grüße ihres Vaters hätte sie verzichten können. Das, was im Haus ihrer Eltern, zwischen ihr und ihrem Vater, vorgefallen war, konnte sie nicht vergessen.

Montagmorgen. Obwohl mittlerweile Oktober war, schien draußen die Sonne noch recht warm. Carolina war bester Laune. Sie überlegte, ob es nicht nett wäre, den Kollegen eine Kleinigkeit mitzubringen. Als sie die Bäckerei erreichte, in der sie früher jeden Morgen eingekehrt war, stand ihr Entschluss fest. Beim Betreten der Bäckerei wurde sie von der Besitzerin überschwänglich begrüßt. „Schön Sie wiederzusehen. Geht es Ihnen gut?" „Danke ja. Es ist alles in bester Ordnung. Heute nehme ich meine Arbeit wieder auf. Und dazu benötige ich ein großes Blech Kuchen. Es soll eine Überraschung werden." „Dann lassen Sie uns sehen, was wir da haben."

Sie nahm Carolina mit nach hinten in die Backstube. Dort standen viele Bleche mit den verschiedensten Kuchenarten. Einige waren schon fertig, während andere noch darauf warteten, in den Ofen geschoben zu werden. Carolina war von der Größe der Bachstube überrascht. Von außen sah das alles nicht so groß aus. Die Besitzerin bemerkte Carolinas Überraschung. „So hatten Sie sich das wohl nicht vorgestellt. Hier ist einiges los." Carolina nickte. „Nun suchen Sie sich etwas aus." Carolina entschied sich für ein Blech Obstkuchen. Nachdem sie bezahlt hatte, machte sie sich auf den Weg.

Nach nur wenigen Metern wurden Carolina schon die Arme schwer. Das Blech hatte ein ganz schönes Gewicht. Sie war froh, dass es nicht mehr weit war bis zur Kanzlei. Als sie das Gebäude erreichte, spürte sie ihre Arme kaum noch. Ihre Freundin, die zeitgleich mit ihr eintraf, nahm ihr das Blech ab. Carolina war dankbar für die Hilfe und schüttelte erst einmal ihre Arme aus. Doch nicht nur sie wollte die Kollegen überraschen, auch ihre Kollegen hatten etwas vorbereitet. Über dem Empfang hing eine Girlande mit den Worten "HERZLICH WILLKOMMEN ZURÜCK". Auf einem kleinen Tisch stand Sekt bereit und der Chef kam lächelnd auf sie zu. „Ich freue mich, dass Sie wieder zurück sind. Auch im Namen der Kollegen." Alle begannen zu klatschen. Carolina wurde richtig verlegen. „Jetzt ist es genug. So einen Aufwand habe ich nicht verdient. Natürlich bin ich froh wieder hier zu sein. Nun lasst uns arbeiten. Das hat mir am Meisten gefehlt." Der Chef nickte und alle gingen an die Arbeit.

Carolina, die sich auf den Weg in ihr altes Büro machte, wurde von Herrn Richter zurückgehalten. „Warten Sie bitte einen Moment. Ich möchte Sie in meinem Büro sprechen." Carolina wusste zwar nicht, was das alles zu bedeuten hatte, wartete aber gespannt auf die Rückkehr des Chefs. Lange wartete sie nicht. „Kommen Sie." Carolina folgte und die Spannung stieg, denn ihr Chef ließ sich nicht anmerken, um was es ging. Er öffnete die Bürotür und ließ Carolina den Vortritt. Das war ihr unangenehm.

Schließlich war es sein Büro und zudem war er viel älter als sie. Er hatte die Tür eben erst geschlossen, da begann er auch schon zu erklären, was er von ihr erwartete. „Ich möchte, dass Sie hier in diesem Büro gemeinsam mit mir arbeiten. So kann ich ihnen beibringen, wie man so eine Kanzlei leitet. Da mir alle Abteilungen unterstehen und nicht nur diese, ist es ein großer organisatorischer Aufwand. Den müssen sie kennenlernen." Carolina verstand nicht, was das alles bedeuten sollte.

Der Chef kann das, was er sagt, doch nicht ernst meinen, dachte sie.

Deshalb versuchte sie das Gespräch auf ein Niveau zu bringen, das sie verstand. Sie wollte das Gespräch in eine andere Richtung lenken. „Darf ich Ihnen eine Frage zu dem Fall stellen, den ich damals bearbeitete?" „Selbstverständlich. Ich habe den Fall persönlich übernommen und zu einem guten Abschluss gebracht. Mehr müssen Sie nicht wissen." „Erklären Sie mir bitte, was das hier alles soll." „Können Sie sich das nicht denken? Sie sollen meine Nachfolge schnellstmöglich antreten." „Warum gerade ich? Was ist mit ihrem Partner?" „Das habe ich ganz vergessen zu erwähnen. Mein Partner hat die Kanzlei Ende letzten Jahres verlassen. Ich selbst habe mehr als mein halbes Leben in dieser Kanzlei verbracht, doch nun ist es genug. Das soll nicht heißen, dass ich irgendetwas bereue. Nein, gar nicht. Wäre ich noch einmal jung, würde ich alles genau so wieder machen. Sie sind die Einzige, der ich diese Verantwortung zutraue. Eigentlich wollte ich die Kanzlei an zwei Geschäftspartner übergeben. Doch nun sind Sie es die ich bitten möchte meine Nachfolge zu übernehmen." „Darf ich Sie fragen, wen sie eigentlich für diese Position vorgesehen hatten? Ich möchte da von Anfang an keinen Stress aufkommen lassen, falls ich mich entscheiden sollte, das Angebot anzunehmen." „Das verstehe ich. Sie müssen sich darüber jedoch keine Gedanken machen. Mein Partner und ich waren zu der Übereinkunft gekommen, dass Sie gemeinsam mit Herrn Bacher die Kanzlei übernehmen. Dieses wollten wir den

Mitarbeitern letzten Dezember beim Abendessen mitteilen. Dann kam jedoch alles anders. Aber das wissen Sie ja selbst am Besten." „Ich weiß wirklich nicht, ob ich der Aufgabe nach allem was passiert ist gewachsen bin. Außerdem haben Sie mir noch nicht gesagt, ab wann ich übernehmen soll." „Ich möchte Ihnen die Kanzlei zum Beginn des nächsten Jahres übergeben, da ich weiß Sie sind der Verantwortung gewachsen. Ich lasse ihnen zwei Wochen Bedenkzeit. Holen Sie jetzt die Sachen aus dem alten Büro, damit wir sofort beginnen können." „Einen Moment noch. Das sind ja nur noch zweieinhalb Monate. Wie soll ich so schnell alles lernen?" „Sie schaffen es." Carolina wusste nichts mehr zu erwidern. Also folgte sie den Anweisungen ihres Chefs.

Auf dem Flur begegnete sie ihrer Freundin Sara. Diese hielt sich mit ihrer Neugier nicht zurück. „Was wollte der Chef von dir? Hast du vielleicht eine Gehaltserhöhung bekommen?" „Nein. Es ging um etwas ganz anderes." „Nun sag schon." „Nicht jetzt und hier. Lass uns die Mittagspause gemeinsam verbringen."

Die Tür des Chefbüros öffnete sich und er hielt Ausschau nach Carolina. Als er sie am Ende des Flures mit ihrer Freundin stehen sah, konnte er es nicht unterlassen, sie zurechtzuweisen. „Frau Berg, beeilen Sie sich bitte. Wir haben viel zu tun." Carolina fuhr herum und machte sich auf den Weg. Zehn Minuten später war sie zurück und entschuldigte sich. Herr Richter lächelte. „Ist schon gut. An die Arbeit."

Als Erstes legte er ihr einen Plan aller Abteilungen vor und erklärte, warum die Aufteilung genau so war. Schon nach kurzer Zeit nahm ihre Konzentration ab. Beim Blick auf ihre Uhr erkannte sie, dass es kurz vor Mittag war. Erleichtert atmete sie auf. Ihr Chef sah von seinen Unterlagen auf. „Gehen Sie in die Pause. Wir sprechen nachher weiter." Das ließ Carolina sich nicht zweimal sagen. Am Empfang wartete sie auf ihre Freundin. Da das Wetter sehr schön war, gingen sie in den Park. Dort waren sie allein und Carolina brauchte keine Angst zu haben, belauscht zu werden. „Hör zu. Der Chef hat mir die Kanzlei als Geschäftsführerin angeboten. Ich weiß nicht, ob ich das wirklich tun soll. Es geht mir alles etwas zu schnell." „Was meinst du mit zu schnell? Mir müsste man das Angebot ganz sicher kein zweites Mal machen. Greif zu." „Du hast leicht reden. Ich soll die Kanzlei schließlich schon in zweieinhalb Monaten übernehmen. Bis jetzt habe ich nur Mandanten beraten und verteidigt. Dazu kommt meine lange Pause. Von der Leitung einer so großen Kanzlei habe ich keine Ahnung. Die Zeit ist viel zu kurz, um alles zu lernen was dazugehört. Ich habe Angst vor der Verantwortung." „Du spinnst. Du wärst die Beste, für diese Aufgabe." Die Mittagspause ging viel zu schnell zu Ende.

Zurück im Büro ging es auch sofort weiter. Am Ende des Tages hatte sie so viele Informationen erhalten, dass ihr Kopf schmerzte.

Zu Hause angekommen telefonierte sie als Erstes mit ihrer Mutter. Sie erzählte ihr von dem Angebot ihres Chefs. Ihre Mutter freute sich für sie und riet ihr das Angebot anzunehmen. Die Ängste, die Carolina ihrer Mutter gegenüber äußerte tat diese mit einer Bemerkung ab. „Mach dich nicht kleiner, als du bist. Ich weiß genau, du schaffst es. Und vergiss nie, dass du eine eigene Kanzlei haben wolltest." Alles andere waren allgemeine Informationen, die die beiden Frauen austauschten. Nach fünfzehn Minuten beendete Carolina das Gespräch mit der Begründung, arbeiten zu müssen.

Die ganze Nacht wälzte sich Carolina von einer Seite auf die andere. Sie dachte über die Gespräche mit ihrer Freundin und ihrer Mutter nach. Sie kam zu der Erkenntnis, dass beide mit ihrer Meinung recht hatten.

Am nächsten Morgen ging Carolina sofort wieder an die Arbeit, ohne sich weiter um die Kollegen zu kümmern. Als die Tür des Büros aufging, erschrak sie, denn sie war so in ihrer Arbeit vertieft. Sie hatte alles um sich herum ausgeblendet. Die Begrüßung ihres Chefs war herzlich. „Guten Morgen Frau Berg. Schon so fleißig?" Anstatt ihm zu antworten, ging sie zu seinem Tisch und kam auch gleich zur Sache. „Herr Richter, ich habe meine Entscheidung bereits getroffen. Ich nehme das Angebot an und danke Ihnen für das in mich gesetzte Vertrauen." Er lächelte. „Es war mir von vornherein klar, dass Sie annehmen würden. So ein Angebot hätten Sie bei ihrem Ehrgeiz nie ausschlagen können. Sie werden mich ab sofort zu allen Terminen begleiten. Da es nicht mehr lange ein Geheimnis bleiben wird, wenn Sie mich begleiten, schlage ich vor es öffentlich zu machen." Carolina wurde wieder verlegen. Sie mochte nicht im Mittelpunkt stehen. Doch nun gab es kein zurück mehr. Herr Richter war schon dabei, alle Abteilungen zusammenzurufen. Bevor Carolina sich versah, war es auch schon so weit.

Als sie an der Seite ihres Chefs das Foyer betrat, waren dort schon alle versammelt. Herr Richter bat um Ruhe, um dann gleich auf den Punkt zu kommen. „Liebe Kollegen und Mitarbeiter. Nachdem mein Geschäftspartner die Kanzlei vor fast einem Jahr verlassen hat, ist es nun auch für mich Zeit zu gehen. Lange habe ich überlegt, wem ich die Kanzlei übergeben könnte. Jetzt weiß ich es. Frau Berg, die hier an meiner Seite steht, hat sich bereit erklärt, diese Aufgabe zu übernehmen." Carolina stand mit hochrotem Kopf da und bekam keinen Ton heraus. Alle Augen waren auf sie gerichtet. Viele von diesen Leuten kannte sie höchstens vom Sehen. Es dauerte etwas, doch dann brach ohrenbetäubender Applaus los. Erst Herr Richter brachte nach einigen Minuten wieder Ruhe herein. Mit erhobenen Händen verschaffte er sich Gehör. „Es ist genug! Beruhigen Sie sich wieder!" Augenblicklich trat Ruhe ein und Herr Richter fuhr mit seinen Erläuterungen fort. „Ich werde die Kanzlei zum Jahresende verlassen und hoffe, dass Sie alle Frau Berg nach Kräften unterstützen werden." Ein allgemeines Nicken ging durch die Reihen und Herr Richter löste das Zusammentreffen auf. Carolina war froh das überstanden zu haben und suchte schnellstens Zuflucht in ihrem Büro.

In den nächsten Tagen kamen immer wieder Mitarbeiter zu ihr, um zu erfahren, wie es weitergehen sollte. Carolina hatte darauf noch keine Antwort. Deshalb versuchte sie, zu beschwichtigen. „Ich habe keine Veränderungen vor, jedenfalls nicht in nächster Zeit. Sollte sich herausstellen, dass etwas geändert werden muss, werden alle rechtzeitig informiert." Diese Sätze sagte sie in den kommenden Wochen so oft, dass sie schon davon träumte. Bald wurde es auch außerhalb der Kanzlei bekannt, dass eine Geschäftsübernahme anstand.

Es war Mitte November, als es eines Abends bei Carolina an der Tür klingelte. Da sie mit keinem Besuch rechnete, ging sie davon aus, dass ihre Freundin zu einem weiteren Plausch gekommen war. Aus diesem Grund machte sie leichtgläubig die Tür auf, ohne Vorsichtsmaßnahmen zu treffen. Vor ihr stand jedoch jemand anders, Gary Bacher. Er hatte sich erneut sehr verändert. Wie damals, war er wieder der schlanke, sportliche Typ, der sich einbildete bei jeder Frau landen zu können. „Was kann ich für dich tun?" war Carolinas erste Frage, wobei sie ihn von oben bis unten musterte. Er druckste herum und trat verlegen von einem Fuß auf den anderen. Carolina wollte ihm gerade die Tür vor der Nase zuschlagen, da begann er, mit der Sprache herauszurücken. „Ich habe erfahren, du übernimmst die Kanzlei "Richter & Partner". Könnte ich nicht wieder dort anfangen? Wir waren doch immer ein gutes Team." Carolina hatte das Ganze anders in Erinnerung. Sie wollte nichts mehr mit ihm zu tun haben, deshalb redete sie einfach drauf los. „Du verwirrst mich. Ich dachte du hast einen super Job. Wenn ich dich so ansehe, bekommt er dir viel besser als der Alte. Warum willst du also zurück?" „Das ist ein Sackgassenjob. Immer nur die gleiche eintönige Arbeit. Mir fehlt der Kontakt zu den Mandanten. Was sagst du?" Noch ist Herr Richter für die Kanzlei verantwortlich. Und ich bin mir sicher, dass er dich nicht wieder einstellen wird, nach dem was du dir geleistet hast. Anschließend muss ich erst einmal andere Entscheidungen treffen. Um Einstellungen wird es lange noch nicht gehen. Tut mir leid. Entschuldige mich bitte, ich möchte meine Ruhe." Damit schloss sie die Tür.

Die Zeit bis zum Jahresende verging wie im Flug. Schon begannen sie mit den Vorbereitungen für die Abschiedsfeier des Chefs. Die Organisation des Ganzen war nicht so einfach wie gedacht. Vieles musste mehrmals neu organisiert werden. Erst zwei Abende vor der Feier war alles erledigt. Die Abschiedsfeier sollte am zweiundzwanzigsten Dezember sein. Genau ein Jahr nach Carolinas Entführung. Dieses Datum versetzte Carolina nach wie vor in Panik. Sie hatte Mühe die Vorbereitungen reibungslos über die Bühne zu bringen. Sie schlief schlecht und drehte sich bei jedem Geräusch um. Doch es gab nichts, wovor sie sich fürchten musste. Seit ihrer Befreiung war nichts mehr vorgefallen. Auch Gary Bacher hatte sich seit dem einen Abend nicht mehr bei ihr gemeldet.

Dieses Mal war Carolina die Erste am Restaurant. Sie war extra früher gegangen, um nicht die Abkürzung nehmen zu müssen. Dieser Weg war nach wie vor ein rotes Tuch für sie. Nicht einmal am Tage traute sie sich dort lang.

Im Gegensatz zum vergangenen Jahr war das Wetter recht mild. Es lag kein Schnee, und obwohl es stark bewölkt war, blieb es trocken. Kurz nach ihr trafen dann auch alle anderen ein. Der Chef kam als Letztes. Da sie so viele waren, stand ihnen der große Saal mit Bühne zur Verfügung.

Kaum dass sie saßen, wurden auch schon die Getränke serviert. Noch vor dem Essen hielt Herr Richter eine kurze Rede. „Ich danke allen für ihr Erscheinen und wünsche Frau Berg viel Erfolg bei der Bewältigung ihrer neuen Aufgabe." Alle klatschten.

Nun war Carolinas Zeit gekommen. Ihre Rede war auch nicht viel länger, als die des Chefs. „Ich danke Herrn Richter, auch im Namen meiner Kollegen, für die nette Rede. Wir alle möchten ihm für seine gute Arbeit in all den Jahren danken. Wir wünschen Ihnen nur das Beste und viel Gesundheit für die nächsten Jahre.

Um Ihnen unsere Dankbarkeit zu zeigen, haben wir eine kleine Aufmerksamkeit besorgt."

Carolina zog einen mittelgroßen Karton, eingepackt in Goldfolie, unter dem Tisch hervor und überreichte ihn. Herr Richter war von der Größe des Geschenks überrascht. „Was ist da drin? Das ist ja riesig. So viel Dankbarkeit habe ich ganz sicher nicht verdient." „Schauen Sie doch erst mal hinein." Als er sah, was die Kollegen für ihn gekauft hatten, kamen ihm die Tränen. Das Päckchen enthielt ein Flaschenschiff und eine große Schachtel Pralinen. Carolina versuchte, das Geschenk zu erklären. „Das Schiff soll die neu gewonnene Freiheit symbolisieren und die Pralinen die Muße." Dankbar reichte er jedem Einzelnen die Hand. Dann begann die Party.

Bei einem guten Essen und viel Alkohol wurde das ein sehr interessanter und lustiger Abend. Jeder hatte eine Geschichte beizutragen, die die Stimmung noch mehr hob. Die Feier ging bis in die frühen Morgenstunden.

Als Carolina dann gegen Mittag erwachte, erkannte sie schlagartig, dass sie nun die Verantwortung für die Kanzlei hatte. Wieder überkam sie die Angst. Am liebsten hätte sie ihren Geburtstag und Weihnachten bei ihren Eltern verbracht. Doch die Tage, bevor die Arbeit wieder beginnen sollte, wollte sie für sich haben. Sie ging alle Unterlagen, die sie bekommen hatte, gründlich durch. Als sie den Kostenplan durchsah, runzelte sie die Stirn. Sie erkannte, dass die Kanzlei keinen Gewinn machte. Sie überlegte, ob es nicht allmählich Zeit wurde die alte Struktur zu durchbrechen. Egal wie lange sie über die Situation nachdachte, sie fand keine Lösung. Mit der Zeit bekam sie Kopfschmerzen. Um etwas runter zu kommen, nahm sie sich ein Buch und las, bis ihr die Augen zufielen.

Der nächste Tag brachte ihr auch nicht die Ruhe, die sie sich gewünscht hatte. Schon sehr früh am Morgen wurde Carolina durch die Klingel aus dem Schlaf gerissen. Im ersten Moment wusste sie nicht, was geschah. Sie war überzeugt, geträumt zu haben. Als es wieder klingelte, war Carolina klar, dass sie nicht geträumt hatte. Schnell zog sie sich ihren Bademantel über machte sich barfuß auf den Weg zur Tür. Vor ihr standen ihre Eltern in trauter Zweisamkeit. So wie damals, als sie noch klein war. „Was macht ihr denn hier?" „Wir möchten mit dir Geburtstag und Weihnachten feiern. „Oh! Weihnachten auch gleich?" Erst nach dieser unbedachten Äußerung bemerkte sie, dass ihre Eltern immer noch draußen standen. Augenblicklich öffnete sie die Tür und ließ sie eintreten. Den Blick ihrer Mutter hatte sie nicht vergessen. „Entschuldigt bitte meine unbedachte Äußerung. Selbstverständlich freue ich mich über euer Kommen. Jetzt stehen wir aber vor einem Problem. Ich habe nichts zum Essen im Haus." „Das Problem lässt sich doch schnell beheben. Du machst dich fertig und wir fahren gemeinsam einkaufen. Zuvor noch etwas anderes. Hier ist dein Geburtstagsgeschenk. Alles Gute für die Zukunft." Ihre Mutter überreichte Carolina einen Umschlag. „Nun schau schon nach. Wir hoffen es ist so in Ordnung." Carolina dachte an Geld. Als sie dann hineinsah, verschlug es ihr die Sprache. Es war ein Gutschein für ein Wellnesswochenende in einem der teuersten Hotels der Gegend. Und als ob das noch nicht genug war, enthielt der Umschlag einen Reisegutschein für eine Woche Südafrika.

Sie stand nur da und starrte auf die Unterlagen in ihrer Hand. Minuten später umarmte sie ihre Mutter und reichte ihrem Vater die Hand. Sagen konnte sie immer noch nichts. Wortlos machte sie sich auf den Weg ins Bad. Eine Stunde später kam sie wieder heraus und hatte auch ihre Sprache wieder gefunden. „Wie seit ihr auf Südafrika gekommen?" „Du hast damals so von dem Land geschwärmt und gesagt, du möchtest noch einmal hin. Jetzt wollen wir dir diesen Wunsch erfüllen." Carolina sah sich die Reiseunterlagen jetzt genauer an. Sie stellte fest, die Reise war für zwei Personen. „Wen soll ich mitnehmen? Ihr wisst doch, ich bin Single." Sie sah ihre Mutter an und sah in ihre glänzenden Augen. Damit hatte sich die Frage nach der Begleitung erledigt. „Ich freue mich. Leider fehlt mir die Zeit für eine Reise. Ihr wisst doch, ich habe gerade die Kanzlei übernommen und da gibt es so einiges zu tun." „Der Gutschein ist drei Jahre gültig. In dieser Zeit wirst du doch wohl eine Woche Urlaub nehmen können." „Es hängt davon ab, ob ich die Probleme in der Kanzlei lösen kann. Denn wie es zurzeit aussieht, brauche ich mehr als nur ein Wunder, um sie am Laufen zu halten." „Wir dachten du übernimmst eine gut laufende Kanzlei." „Das glaubte ich auch, bis ich die Kostenpläne überprüfte. Doch darüber können wir später reden. Es wird höchste Zeit, einkaufen zu fahren."

Zwei Stunden später war alles da, um ein gutes Weihnachtsfest zu haben. Ihre Mutter machte sich auch sofort in der Küche an die Arbeit. Carolina saß mit ihrem Vater im Wohnzimmer. Dieses Mal begann er das Gespräch. „Welche Probleme gibt es mit der Kanzlei? Vielleicht kann ich dir helfen." „Gestern Abend sah ich die Bücher durch. Dabei stellte ich fest, die Kanzlei ist am finanziellen Limit. Trotz genügend Arbeit reicht es gerade so, die laufenden Kosten zu decken. Sollte aber irgendwo ein Problem auftreten, bleib mir nichts anderes übrig als zu schließen. Im Moment hoffe ich, mich nur verrechnet zu haben. Ich möchte dich bitten, das noch mal zu überprüfen." „Zeig mir die Unterlagen." Carolina stand auf und holte sie aus der Schublade. Sie legte alles vor sich auf den Tisch. Ihr Vater wollte sich gerade zu ihr setzen, als ihre Mutter aus der Küche rief.

Carolina nutze die Gelegenheit, um wieder Abstand zwischen ihrem Vater und sich zu bringen. Bei Abendessen erklärte Carolina dann auch die Situation der Kanzlei näher. Ihre Mutter versuchte, ihr die Angst vor der sich anbahnenden Katastrophe zu nehmen. „Du hast bestimmt falsch gerechnet, genau wie damals in der Schule. Lass deinen Vater das machen und du wirst sehen, es ist alles nicht so schlimm." Carolina nickte, obwohl sie nicht so optimistisch war.

Sie waren mit dem Essen noch nicht fertig, da klingelte es an der Tür. Ihre Mutter ging nachsehen. Sie rief Carolina, da vor ihr ein junger Mann stand, den sie nicht kannte. Carolina blieb wie angewurzelt stehen, als sie sah, wer da stand. Es war ihr Exkollege Gary Bacher. Carolina gab ihrer Mutter ein Zeichen. Daraufhin drehte sie sich um und ließ sie allein. „Was willst du?" „Dir zum Geburtstag gratulieren und noch mal wegen des Jobs fragen." „Danke für die Glückwünsche. Was den Job angeht, kann ich noch nichts sagen. Ich werde mich, was das angeht, bei dir melden. Jetzt entschuldige mich, ich möchte mit meinen Eltern allein sein." Die Tür ging zu und sie wieder ins Wohnzimmer.

Sie sah den neugierigen Blick ihrer Mutter. Carolina hatte jedoch nicht die Absicht über das zu reden, was an der Tür vorgegangen war. Deshalb suchte sie nach einem unverfänglichen Thema. Am selben Abend kam dann auch noch ihre beste Freundin Sara zum Gratulieren vorbei. Als sie sah, dass Carolinas Eltern anwesend waren, zog sie sich schnell wieder zurück. Die Weihnachtstage vergingen recht schnell. Vor ihrer Abreise versuchten ihre Eltern, sie zum Mitkommen zu überreden. Carolina blieb standhaft bei ihrem "*Nein*". Ihr Vater nahm die Unterlagen der Kanzlei mit und versprach sich schnellstens zu melden. Carolina verabschiedete sich von beiden und war froh wieder allein zu sein.

Es war der Neujahrsmorgen, als ihr Vater unangemeldet vor der Tür stand. Er hatte die Unterlagen und zusätzlich eine rote Mappe dabei. Obwohl Carolina sein unangemeldeter Besuch nicht recht war, ließ sie ihn eintreten. Das brachte sie dann auch gleich zum Ausdruck. „Warum habt ihr nicht angerufen? Wo ist Mutter?" „Ich bin hier in der Gegend gewesen und dachte ich komme gleich vorbei, weil du schnell Antworten brauchst. Deine Mutter weiß nichts davon und so sollte es auch bleiben." Bei Carolina begannen sofort wieder, die Alarmglocken zu schrillen. Denn immer, wenn ihr Vater diesen Satz in der Vergangenheit gesagt hatte, war etwas Schreckliches geschehen. Damit brachte Carolina die sexuellen Übergriffe auf sie in Verbindung. Dass es dieses Mal genau so laufen würde daran hatte sie keine Zweifel.

„Ich ruf Mutter an und sag ihr, dass du hier bist." „Das lässt du schön bleiben. Jetzt Schluss. Lass uns lieber über die Kanzlei reden." Carolina wusste, es gab für sie kein Entkommen.

Sie setzt sich in einen Sessel, um genug Abstand zu ihrem Vater zu haben. Die Ausführungen ihres Vaters waren sehr präzise und sie hörte sehr genau zu. Schnell erkannte sie, dass ihre Berechnungen doch stimmten. Sie musste die Kanzlei umstrukturieren. Ihr Vater machte einige sehr gute Vorschläge. Ganze drei Stunden besprachen sie die weitere Vorgehensweise. Als Carolina schon fast den Überblick verloren hatte, aufgrund der Informationen, bat sie ihren Vater zu gehen. „Ich muss mir das alles sehr genau überlegen. Es wäre nett, wenn du mich jetzt allein lassen würdest." Doch so schnell wollte er sich nicht abspeisen lassen. „Du bist mir noch etwas schuldig." Carolina überlegte kurz, wie sie ihm danken könnte. Da sie nicht länger mit ihm allein sein wollte, musste sie sich schnell was überlegen. „Ich lade euch beide ins Musical ein. Da wart ihr doch schon seit Ewigkeiten nicht mehr. Und nun geh bitte." „Die Einladung ist zwar gut und schön, doch das ist nicht das, was ich von dir erwarte. Du weißt, was ich will. Deine Mutter hat damit, nichts zu tun." „Was du verlangst, wirst du von mir nicht bekommen." „Ich kann und werde es bekommen. Verlass dich drauf. Nämlich dann, wenn du es am wenigsten erwartest." Noch bevor Carolina die Chance hatte zu reagieren küsste er sie und flüsterte ihr ins Ohr. „Du siehst, ich bekomme immer, was ich will. Und das ist nur der Anfang."

Nach einer Schrecksekunde gab Carolina ihrem Vater eine Ohrfeige und öffnete demonstrativ die Tür. Nun blieb ihm nichts anderes übrig, als zu gehen. Carolinas Nachbarin schlich durchs Treppenhaus, um vielleicht etwas zu hören, was sich zum Weiterverbreiten eignete. Carolinas Vater kam erneut ganz nahe an sie heran, denn eine Bemerkung konnte er nicht zurückhalten. „Ich komme zu meinem Recht. Vergiss das nie." Um der Nachbarin keine Möglichkeit zu geben, sich etwas zusammenzureimen, sprach Carolina im Gegensatz zu ihrem Vater laut. „Danke, dass du gekommen bist und schöne Grüße an Mutter." Nach diesem Satz schloss sie schnellstens die Tür.

Sie hatte zwar Angst vor ihrem Vater, doch die Kanzlei hatte Vorrang. Augenblicklich nahm sie ihr Tagebuch zur Hand, um die Drohungen ihres Vaters einzutragen. Als das erledigt war, konnte sie sich um die Angelegenheiten der Kanzlei kümmern.

Mit Beginn des nächsten Jahres und ihrer neuen Aufgabe kamen auch immer neue Probleme auf sie zu. Nicht nur die Umstrukturierung der Kanzlei, sondern auch Gary Bacher raubte ihr den Schlaf. Immer wieder stand er bei ihr vor der Tür und machte eindeutige Angebote. Carolina stieß ihn wie damals aber immer wieder zurück. Nach sechs Monaten gab er auf. Carolina war froh ein Problem weniger zu haben.

Carolina führte das auf ein Gespräch zurück, welches sie mit seiner Freundin geführt hatte. Auch mit der Kanzlei ging es nach und nach bergauf. Durch die Zusammenlegung einiger Abteilungen und Vermietung leer stehender Büros hatte sie sich finanziell etwas Luft verschafft. Als dann auch noch die Mandantenzahl in den Abteilungen stieg, hatte sie es geschafft. Nur ein Jahr nach Kanzleiübernahme lief alles bestens. Carolina hatte mittlerweile sogar einen zweiten Geschäftsführer eingestellt. Somit hatte sie endlich wieder Zeit für sich.

Da Winter war, entschloss sie sich endlich die Reise nach Südafrika anzutreten. Kurzerhand buchte sie für sich und ihre Mutter. Einen Monat später sollte es losgehen. Carolina informierte ihre Mutter. Von da an telefonierten sie wieder täglich miteinander. Eine Woche vor der endgültigen Abreise meldete sich Carolina bei ihren Eltern. Sie wollte die Tage vor der Abreise bei ihnen verbringen. Und das nicht, weil sie Sehnsucht hatte, sondern aus Gründen der Zeitersparnis. Ihre Mutter freute sich über den Vorschlag. Schon drei Tage später war Carolina zur Abreise bereit.

Bevor sie sich auf den Weg zum Bahnhof machte, kontrollierte sie, ob sie in Sachen Elektrik nichts vergessen hatte. Mit dem Koffer in der einen Hand und der anderen auf der Türklinke blickte sie sich ein letztes Mal um. Im gleichen Augenblick klingelte es. Carolina erschrak, da sie niemanden erwartete.

Wer kann das sein? Meine Kollegen wissen, dass ich verreise.

Carolina öffnete vorsichtig die Tür. Vor ihr stand ihre Freundin Sara und hielt ihr einen Autoschlüssel hin. „Was soll das? Komm doch herein. Aber meine Zeit ist knapp." „Ist schon gut. Ich bringe dir nur mein Auto vorbei. Damit bist du schneller bei deinen Eltern. Ich brauche ihn in nächster Zeit nicht." Carolina wusste nicht, was sie sagen sollte, außer ein Leises: „Danke." Ihre Freundin nickte und ging.

Zehn Minuten später stieg Carolina ins Auto. Bevor sie abfuhr, rief sie zu Hause an, um bescheid zu sagen, dass niemand sie vom Bahnhof abholen musste. Ihr Vater nahm das Gespräch entgegen. Carolina wunderte sich sehr darüber, denn normalerweise nahm ihre Mutter die Anrufe entgegen. „Wo ist Mutter?" war deshalb die erste Frage, die sie stellte. Als Antwort bekam sie ihrer Meinung nach nur Ausreden. „Mutter ist unterwegs zu ihren Schützlingen. Sie wird in einer Stunde zurück sein." Carolina beließ es bei der Antwort und beendete das Gespräch. Sie wusste, wenn sie erfahren wollte, was zu Hause los war, musste sie schnellst möglich dort hin. Carolina startete den Motor und machte sich auf den Weg.

Die ersten Meter dachte sie über das so eben geführte Gespräch nach.

Da ist was nicht in Ordnung. Mutter hat doch schon vor einer Woche für eine Vertretung gesorgt. Das hat sie mir selbst erzählt. Hatte er vielleicht wieder einen seiner cholerischen Anfälle? Hat er ihr was angetan?

Weiter kam sie nicht.

Als sie von der Sackgasse in die Hauptstraße einbog, lief ihr ein Schauer über den Rücken. Sie konnte sich nicht erklären, was dieses Gefühl auslöste. Nachdem sie gut einen Kilometer durch das Waldgebiet gefahren war, fiel ihr im Straßengraben ein Auto auf. Da sonst niemand in der Nähe war, hielt sie an, um nach dem Rechten zu sehen.

Drei Stunden später gab ihr Vater das Warten auf.

Sie wird bestimmt noch zu einer Freundin gefahren sein, dachte er.

Also machte er sich auf den Weg ins Krankenhaus zu seiner Frau. Sie musste aufgrund einer Entzündung im Bauch notoperiert werden. Als er ankam, wollte er zu seiner Frau, doch der Arzt hielt ihn zurück. „Warten Sie bitte. Ich möchte mit Ihnen sprechen." Der Arzt kam sofort wieder zu ihm zurück. „Kommen Sie bitte mit." Im Büro kam der Arzt dann sofort auf den Punkt. „Ich muss Ihnen leider mitteilen, dass ihre Frau ins Koma gefallen ist. Die Entzündung war schlimmer, als wir erwartet hatten. Ich benötige von Ihnen eine ehrliche Antwort. Haben Sie ihre Frau jemals misshandelt?" Herr Pahlbaum verlor seine Fassung. „Für wen halten Sie sich, dass Sie mir so eine Frage stellen! Es würde mir nie in den Sinn kommen meine Frau anzurühren!" schrie er. „Ich musste diese Frage stellen, weil wir bei ihrer Frau viele ältere Verletzungen feststellten." „Daraus müssen Sie dann gleich schließen, dass sie misshandelt wurde. Ich werde es Ihnen erklären. Meine Frau ist von Natur aus tollpatschig. Sie stößt sich des Öfteren oder läuft irgendwo gegen. Mehr gibt es dazu nichts zu sagen. Ich möchte endlich zu meiner Frau." Der Arzt konnte diese Antwort nicht glauben. Die Verletzungen konnten auf keinen Fall von einfachen Stößen kommen. Doch er hatte keine Zeit weiter nachzuforschen. Es warteten noch mehrere Patienten auf ihn.

Sieben Tage lag seine Frau im Koma und er wich nicht von ihrer Seite. Als sie erwachte, fragte sie als Erstes nach Carolina. Da er nichts von ihr wusste, beruhigte er sie so gut er konnte. „Carolina wird bald hier sein. Ihr ist bestimmt etwas dazwischen gekommen. Ich fahre nach Hause und schaue, ob Carolina eine Nachricht hinterlassen hat. Anschließend komme ich zurück." Sie nickte und ließ ihn gehen. Kaum hatte sich die Tür hinter ihm geschlossen kam auch schon eine Krankenschwester. „Wie geht es Ihnen?" „Danke gut. Welchen Tag haben wir heute?" „Freitag." Frau Pahlbaum nickte und verlor sich in ihren Gedanken.

Da stimmt doch etwas nicht. Carolina wäre sofort gekommen, wenn sie wüsste, ich bin im Krankenhaus. Ihr ist doch nicht schon wieder etwas zugestoßen?

Es war niemand da, der ihr Antworten geben konnte. Sie suchte nach ihrem Terminkalender und blätterte darin herum. Auch wenn sie nicht wusste, was genau sie suchte, legte sie ihn nicht aus der Hand. Als die Krankenschwester zurückkam, fragte Frau Pahlbaum nach dem Datum. „Heute ist der dreizehnte Februar." Erneut durchblätterte sie ihren Terminkalender. Dort fand sie den von ihr gesuchten Eintrag "*Reise mit Carolina nach Südafrika*", für den nächsten Tag.

Carolina wollte doch schon vor Tagen kommen, also wo ist sie?

Am Abend, als ihr Mann wieder kam, stellte sie ihm genau diese Frage. Da er keine Erklärung für Carolinas Ausbleiben hatte, überlegte er sich eine Ausrede, um seine Frau zu beruhigen. „Carolina hat angerufen. Sie kommt am späten Abend. Es gab Probleme in ihrer Wohnung. Seit Tagen wartet sie auf die Handwerker. Ich habe aber noch nicht zurückgerufen, um ihr zu sagen, dass du im Krankenhaus bist." „Das hättest du machen müssen. Sonst wartet sie morgen auf mich und macht sich Sorgen." „Was hätte das geändert? Die Reise kann sie sowieso nicht mehr stornieren. Carolina fliegt einfach allein." „Sie wird bestimmt bleiben wollen, wenn sie erfährt, was mit mir ist." „Ich rede heute Abend mit ihr. Ich werde sie davon überzeugen, dass es besser ist, die Reise allein anzutreten, als verfallen zu lassen. Es geht ja nur um eine Woche. Außerdem hat sie sich die Reise mehr als verdient." Als er ging, hatte sich seine Frau wieder beruhigt.

Nun war es Carolinas Vater, der sich Gedanken darüber machte, wie er aus diesem Lügengebäude wieder herauskommen sollte. Seiner Frau erzählte er: „Carolina ist nun doch allein geflogen und meldet sich spätestens nach ihrer Rückkehr." „Ich komme morgen nach Hause." Erstaunt sah er seine Frau an. Dass sie so schnell das Krankenhaus verlassen konnte, wollte er nicht glauben. „Das ist ja wunderbar. Ich bin glücklich." Er sagte das sehr überschwänglich und mit einem breiten Lächeln auf seinem Gesicht. „Wann soll ich dich abholen?" „Das weiß ich noch nicht. Ich rufe dich an." „Wenn du dich bis neun Uhr nicht gemeldet hast, musst du bis Montag hier bleiben. Die nächsten Tage bin ich geschäftlich unterwegs. Zu Hause ist auch noch einiges zu erledigen." „Falls ich es morgen bis neun Uhr nicht schaffe anzurufen, gebe ich dir Montag bescheid."

In der Nacht träumte sie von ihrer Tochter und Südafrika. Doch der Traum war so verworren, dass sie am nächsten Morgen schweißgebadet erwachte. Dieser Traum ähnelte sehr den damaligen, als Carolina verschwunden war. Sie konnte die Visite nicht mehr erwarten. Nach diesem Traum wollte sie nur noch nach Hause. Dabei war es auch egal, was sie ihrem Mann gesagt hatte.

Zwei Stunden später kam endlich der Arzt. Er sah ihr sofort an, etwas stimmte nicht. „Was ist mit Ihnen? Haben Sie Schmerzen?" Frau Pahlbaum schüttelte verneinend den Kopf. „Ich möchte nach Hause. Irgendetwas stimmt mit meiner Tochter nicht. Ich muss erfahren, was da los ist." „Da habe ich gute Nachrichten für Sie. Sie können noch heute nach Hause." Er sah Frau Pahlbaum die Erleichterung an.

Als sie allein war, sah sie auf ihre Uhr. Es war bereits zehn Uhr und damit zu spät ihren Mann zu erreichen. Kurzerhand packte sie ihre Tasche und rief ein Taxi. Zu Hause angekommen wunderte sie sich, dass das Auto ihres Mannes in der Einfahrt stand.

Er hatte mir doch gesagt, er ist geschäftlich unterwegs. Was soll das Ganze?

Er musste das Taxi gehört haben. Noch bevor sie die Haustür erreichte, öffnete er. „Was machst du hier? Ich sagte doch, dass ich dich Montag hole." „Die gleiche Frage könnte ich auch stellen. Du wolltest doch auf Geschäftsreise sein." Sie trat ein und ließ ihre Tasche im Flur stehen. Ihr erster Weg führte sie zum Telefon. Beim Blick auf den Anrufbeantworter sah sie sofort, es war keine Nachricht eingegangen. „Du sagtest doch Carolina hat sich gemeldet. Warum blinkt dann der Anrufbeantworter nicht?" Weiter ging es mit seinen Lügen. „Ich war doch eine Woche bei dir im Krankenhaus, und als ich zurückkam, waren da so viel Nachrichten drauf. Ich habe sie gelöscht und wohl ausversehen auch Carolinas Nachricht." Frau Pahlbaum ließ es auf sich beruhen, auch wenn ein komisches Gefühl blieb.

In der nächsten Nacht hatte sie den gleichen Traum noch mal. Dieses Mal rief Carolina nach ihr. Sie erzählte ihrem Mann davon, doch der hatte eine Antwort parat. „Meiner Meinung nach hast du dich noch nicht richtig erholt. Deshalb träumst du so einen Mist."

Eine ganze Woche sprach Frau Pahlbaum nicht mehr von ihren Träumen, die immer grausamer wurden. Dann kam der Tag von Carolinas Rückkehr.

Frau Pahlbaum überredete ihren Mann, sie vom Flughafen abzuholen. Ihr Mann, der außer dem Anruf vor zwei Wochen nichts mehr von Carolina gehört hatte, versuchte seine Frau davon abzuhalten. Denn er wusste nicht, ob Carolina wirklich nach Südafrika geflogen war. „Carolina ist doch mit dem Auto am Flughafen. Es wäre doch vollkommen sinnlos sie abholen zu wollen. Das Auto kann dort schließlich nicht ewig stehen bleiben." Sie bestand jedoch darauf, Carolina abzuholen. „Carolina kann ja auch mit dem Auto zurückfahren. Trotzdem möchte ich sie am Flughafen begrüßen." Da ihm nichts mehr einfiel, um seine Frau zurückzuhalten, gab er nach.

Sie kamen eine Stunde zu früh am Flughafen an. Seine Frau nutzte die Gelegenheit, um durch die Geschäfte zu schlendern. Sie suchte nach einem Willkommensgeschenk für Carolina. Dann war es so weit. Carolinas Maschine sollte jeden Moment landen. Jetzt würde es nicht mehr lange dauern und sie konnte Carolina wieder in die Arme schließen. Alles kam anders.

Die Passagiere kamen nach und nach heraus, doch wie lange Frau Pahlbaum auch Ausschau nach Carolina hielt, sie erschien nicht. Mittlerweile wartete sie seit einer Stunde. Schlagartig erkannte sie, dass etwas nicht stimmte. Sie holte ihren Mann, der es sich in einem Café gemütlich gemacht hatte. Er war am flirten, als sie eintrat. Irritiert sah sie ihn an, sagte aber nichts zu dieser Situation. Ohne sich etwas anmerken zu lassen, ging sie direkt auf ihren Mann zu und berührte ihm am Arm. „Komm mit." „Siehst du nicht, dass ich mich gerade nett unterhalte?" „Ich sehe. Es geht um unsere Tochter. Nun komm." Ihr Mann, der sich denken konnte, warum seine Frau so außer sich war, wandte sich an seine Tischbekanntschaft. „Entschuldigung." Dann erhob er sich und folgte seiner Frau.

„Carolina war nicht im Flugzeug. Ich habe die ganze Zeit gewartet. Was ist da nur schiefgegangen?" „Beruhige dich. Sie wird ihren Flug verpasst haben und kommt mit der nächsten Maschine. Ich werde mich am Schalter erkundigen. Die müssen ja eine Passagierliste haben. Du gehst ins Café und wartest auf mich." Frau Pahlbaum folgte dem Rat ihres Mannes. Er begab sich zum Schalter und erkundigte sich nach Carolina. Viel erfuhr er nicht, nur dass sie nicht an Bord war. Auf seine Frage, ob Carolina vor einer Woche abgeflogen war verweigerte die Dame die Auskunft. Nun war er genau so schlau, wie zuvor. Allmählich kamen ihm Zweifel, was Carolinas Verbleib anging.

Es kann nicht sein, dass ihr schon wieder etwas zugestoßen ist.

In Gedanken versunken ging er zu seiner Frau. Sie sah ihm sofort an, dass ihn etwas beschäftigte. „Was ist nun?" Er sah auf.

„Carolina war nicht an Bord. Wahrscheinlich nimmt sie die nächste Maschine. Die landet morgen früh um sechs Uhr. Lass uns nach Hause fahren. Ich verspreche dir, sie abzuholen." „Das ist nicht Carolinas Art einen Flug zu verpassen." Durch dieses Ereignis wuchs in Frau Pahlbaum die Befürchtung, ihre Träume hätten etwas mit der Realität zu tun.

Carolina ist in Gefahr.

„Es kann doch nicht sein, dass Carolina nicht kommt und sich auch nicht meldet. Sie ist immer so zuverlässig." „Sie wird uns das morgen erklären. Vielleicht gab es in Südafrika Schwierigkeiten. Beruhige dich." „Du hast recht. Ich bin nur so aufgeregt."

Die nächsten Stunden lenkte sie sich mit Hausarbeit ab. Dann kam auch noch ein Anruf von einer ihrer ehrenamtlichen Gruppen und sie verließ das Haus. Ihr Mann war froh, dass sie zu tun hatte. Er selbst war mittlerweile so unruhig, dass er im Haus auf und ab lief.

Drei Stunden später meldete sich seine Frau und erklärte ihm, sie müsse mehrere Tage bleiben. Er war erleichtert über diese Nachricht. So hatte er Zeit herauszubekommen, was mit Carolina geschehen war. Dabei ging es nicht um seine Interessen, sondern um die seiner Frau. Das Wochenende nutzte er für einige Telefonate. Nach mehr stand ihm nicht der Sinn.

Als Frau Pahlbaum am Montag zu Hause anrief, um mit Carolina zu sprechen, ging niemand ans Telefon. So blieb ihr nichts anderes als abzuwarten, denn sie konnte ihre Schützlinge nicht allein lassen. Erst drei Tage später kam sie nach Hause.

Von ihrem Mann fand sie wie so oft wieder nur einen Zettel vor, mit der Benachrichtigung über eine Geschäftsreise. Von Carolina fehlte jede Spur. Sie versuchte, sie telefonisch zu erreichen. Zu Hause erreichte sie Carolina nicht, also versuchte sie es in der Kanzlei. Doch dort wusste auch niemand etwas. Jetzt kamen ihr die Erinnerungen an damals.

Das kann nicht sein. Ich bin hysterisch und überarbeitet. Carolina wird sich schon melden.

Bei Carolinas Freundin löste der Anruf ihrer Mutter in der Kanzlei Panik aus. Auch sie dachte an damals.

Wo ist Carolina? Wo ist mein Auto?

Diese Fragen gingen ihr durch den Kopf.

Nach Feierabend versuchte sie, Carolina zu Hause zu erreichen. Doch das Auto stand nicht vor der Tür. Nun überlegte sie nicht länger und ging zur Polizei.

Die müssen mein Auto finden.

Ohne lange Erklärungen schilderte Sara den Polizisten, um was es ging. Die Beamten hörten nur den Namen Carolina Berg, schon schrillten bei ihnen alle Alarmglocken. Bei der Anzeigenaufnahme stellten sie deshalb konkrete Fragen nach dem Datum des letzten Kontaktes. Sara musste erst überlegen. „Am dreizehnten Februar brachte ich ihr mein Auto, damit sie nicht den Zug zu ihren Eltern nehmen musste. Sie wollte einige Tage dort verbringen, bevor sie mit ihrer Mutter nach Südafrika für eine Woche wollte. Ich bin ja erst stutzig geworden, als ihre Mutter heute Morgen in der Kanzlei anrief und sich nach Carolina erkundigte. Normalerweise hätte Carolina heute wieder arbeiten müssen. Sie hatte mit unserem zweiten Geschäftsführer vereinbart, dass er nach ihrer Rückkehr in Urlaub gehen könnte. Nun ist er verständlicherweise enttäuscht. Doch alle wissen, dass Carolina ihre Versprechen immer hält. Deshalb glaube ich ihr ist schon wieder etwas zugestoßen." „Wir werden sehen. Geben Sie uns bitte eine Beschreibung ihres Autos, damit wir sofort danach suchen können. Vielleicht klärt sich dann alles auf." „Es ist ein roter Fiat, Baujahr 1992. Ansonsten hat er keine besonderen Merkmale." „Sagen Sie uns bitte das Kennzeichen." "LAU-SS 1989". „Danke. Wir melden uns bei ihnen. Damit war Sara entlassen.

Das hieß für die Beamten, dass die als vermisst gemeldete seit fast drei Wochen nicht mehr gesehen worden war. Dieses Mal waren die Beamten der Schutzpolizei besonnener und unterrichteten gleich die Kollegen der Kriminalpolizei. Wieder landete die Anzeige auf dem Schreibtisch von Blaubach und Dreibisch. Diese konnten nicht glauben, dass eine Person die nach Monaten wieder aufgetaucht war, nach so kurzer Zeit wieder verschwinden sollte. Das letzte Mal lag noch keine zwei Jahre zurück und der Täter war immer noch nicht gefasst.

Blaubach wollte den Staatsanwalt gerade informieren, als er durch einen Telefonanruf abgelenkt wurde. Es war ein Forstarbeiter, der mitteilte, ein ausgebranntes Auto in seinem Bereich gefunden zu haben. Er gab seinen Standort bekannt und versprach auf die Beamten zu warten. Blaubach dankte ihm und gab die Informationen an die Kollegen weiter. Dreibisch informierte nun den Staatsanwalt und gab ihm alle Informationen, die bis dahin vorlagen. Der Staatsanwalt nickte das Vorgehen der Kommissare ab. Auch er wollte nicht glauben, dass es sich schon wieder um Carolina Berg handeln sollte.

Gemeinsam mit der Spurensicherung machten Blaubach und Dreibisch sich auf den Weg. Als sie ankamen, war der Fundort bereits abgesperrt. Der Forstarbeiter wartete vor der Absperrung. Er führte die Gruppe in ein Kieferwäldchen, in deren Mitte eine Lichtung war. Dort stand das ausgebrannte Auto. Viel war davon, nicht mehr zu erkennen. Nur eine Frage blieb.

Wie ist das Auto hier hergekommen?

Es schien absolut keine Spuren zu geben, die einen Hinweis geben konnten, wie das Auto dort hingekommen war. Die Spurensicherung konnte nach kurzer Zeit jedenfalls schon mit einiger Sicherheit sagen, dass keine Person in dem Auto verbrannte. Das beruhigte Blaubach und Dreibisch schon etwas. Die Kollegen der Spurensicherung mussten nun so schnell wie herausfinden, ob es sich um das Auto der Freundin handelte. Dazu mussten sie es aber irgendwie von dieser Lichtung wegbekommen. Der Forstarbeiter bot seine Hilfe an. Da der nächste Forstweg nur fünfzig Meter entfernt war, holte er einen Traktor. Mit diesem zog er die Reste des Autos vorsichtig Stück für Stück heraus. Wie lange der Wagen dort schon gestanden hatte, konnte er nicht sagen. Er hatte seinen Kontrollgang in diesem Gebiet vor längerer Zeit gemacht.

Wann genau das letzte Mal, wusste er nicht mehr. Nur eines war sicher, damals war das Auto noch nicht da. Auf die Frage, ob er wüsste wie das Auto dorthin gekommen sein könnte zuckte er nur mit den Achseln. Damit konnte er gehen.

Drei Stunden später war wenigstens die Frage geklärt, wem das Auto gehört. Es war das Auto der Freundin. Somit schien Carolina Berg wirklich wieder verschwunden zu sein.

Erneut nahmen Blaubach und Dreibisch Kontakt mit dem Staatsanwalt auf. Nun ging es darum, eine Suchmannschaft zusammenzustellen und die Umgebung weiträumig nach Spuren abzusuchen. Außerdem sollten die Eltern informiert werden. Die Suchmannschaft war nach zwei Stunden einsatzbereit. Sie wurde aus den Abteilungen Polizeihubschrauberstaffel, Hundestaffel, Feuerwehr und Polizeikräften zusammengestellt. Das ihre Aufgabe nicht einfach werden würde war allen klar.

Es war März und die Witterungsverhältnisse waren alles andere als gut. Der Schnee begann zu schmelzen und gleichzeitig regnete es. Die Gruppen teilten sich in mehrere Richtungen auf, um schnellstmöglich so viel wie möglich absuchen zu können. Jede Gruppe hatte einen Hundeführer dabei. Blaubach und Dreibisch waren froh kurzfristig ins Büro zurück zu können. Von dort aus baten sie die Sternheimer Kollegen um Hilfe. Sie sollten die Eltern über die Situation informieren. Blaubach und Dreibisch hatten sich sowieso schon gewundert, dass die Eltern keine Vermisstenanzeige aufgegeben hatten.

Als die Sternheimer Kollegen hörten, aus welchem Grund sie um Hilfe gebeten wurden, konnten auch sie es nicht fassen. „Das kann doch nicht wahr sein. So viel Pech kann eine Familie doch nicht haben. Hoffentlich ist das Glück dieses Mal wieder auf eurer Seite." „Das hoffen wir auch. Für uns ist es jetzt wichtig, dass die Eltern informiert werden. Wenn sie vorbeikommen könnten, wäre es für alle leichter." „Wir geben euch bescheid." Blaubach und Dreibisch fuhren zurück zum Fundort des Autos. Bis in die Nacht hinein waren die Suchmannschaften noch unterwegs. Sie durchsuchten ein Gebiet von zwei Quadratkilometern um den Fundort des Autos. Durch die Witterungsverhältnisse waren jedoch keine eindeutigen Spuren zu finden. Auch die Hunde waren da keine Hilfe. Allen war klar, dass wenn es Spuren gab, diese durch die Witterung vernichtet waren.

Am nächsten Morgen lautete so auch der Bericht dieser Gruppe. Auf den Bericht der Spurensicherung mussten sie noch warten.

Zwei Sternheimer Kollegen machten sich auf den Weg, um die Eltern zu informieren. Beim ersten Eintreffen öffnete niemand. Sie saßen gerad wieder in ihrem Auto, als ein anderes Fahrzeug die Auffahrt hinauf kam. Das bremste sofort ab, als der Polizeiwagen in Sichtweite kam. Eine Frau stieg aus und kam aufgeregt auf sie zu. Es war Frau Pahlbaum. „Was ist geschehen? Ist was mit meinem Mann oder meiner Tochter? Nun reden Sie schon." „Könnten wir ins Haus gehen? Dann erklären wir Ihnen alles." „Kommen Sie, aber schnell." Frau Pahlbaum führte sie in die Küche, wo sie sich auf den erstbesten Stuhl setzte. Obwohl sie den Beamten auch anbot sich zu setzen blieben sie stehen. „Was ist nun? Gab es einen Unfall?" Der ältere Beamte räusperte sich, bevor er zu sprechen begann. „Unsere Kollegen haben das Auto gefunden, mit dem ihre Tochter unterwegs war. Leider ist es ausgebrannt. Was mit ihrer Tochter ist, wissen wir nicht. Nach den bisherigen Erkenntnissen war sie während des Brandes nicht im Fahrzeug. Was die Kollegen nicht erklären können, ist die Tatsache, dass das Auto mitten im Wald auf einer Lichtung gefunden wurde. Die Kollegen bitten Sie unverzüglich, nach Lausberg zu kommen." „Sie müssen sich irren. Meine Tochter ist nach Südafrika geflogen. Sie flog allein, weil ich krank wurde und operiert werden musste. Bis heute ist sie nicht zurück, obwohl die Reise längst beendet wäre. Das Auto, mit dem sie zum Flughafen gefahren ist, muss immer noch dort stehen. Mein Mann versicherte mir, dass sie die Reise angetreten hat. Ich versuchte sie telefonisch zu erreichen, hatte aber kein Glück. Da ich im Augenblick zeitlich sehr eingespannt bin, hatte ich keine Zeit weiter nachzuforschen." Die Beamten hatten erst einmal genug gehört und erinnerten Frau Pahlbaum daran sich umgehend in Lausberg zu melden. Dann ließen sie sie allein.

„Frau Pahlbaum versuchte sofort, ihren Mann zu erreichen. Es war jedoch besetzt. Als keine Minute später dann das Telefon klingelt, erschrak sie. Ihr Mann meldete sich. „Ich muss noch eine Woche bleiben." „Das kannst du vergessen. Die Polizei war hier und hat ein ausgebranntes Auto gefunden. Mit dem soll Carolina unterwegs gewesen sein. Wir müssen sofort nach Lausberg." „Ich werde hier nicht weggehen. Fahr allein. Das wird sich sowieso als Missverständnis herausstellen. Carolina ist in Südafrika oder sonst wo. Mich interessiert das Ganze nicht." Dann legte er auf.

Frau Pahlbaum überlegte nicht lange und rief in Lausberg an, um sich für den nächsten Tag anzumelden.

Da seit vier Wochen niemand mehr Kontakt zu Carolina Berg hatte, brauchten Blaubach und Dreibisch schnelle Ergebnisse. Weil die Zeit wirklich drängte, gab der Staatsanwalt die Anweisung, die Wohnung der Vermissten unter die Lupe zu nehmen. Blaubach und Dreibisch gaben diese Anweisung weiter an die Kollegen. Sie blieben im Büro, um auf die Eltern oder besser gesagt die Mutter zu warten.

Eine Stunde später erschien Frau Pahlbaum, so wie sie es angekündigt hatte allein. „Mein Mann ist auf Geschäftsreise, deshalb konnte er nicht mitkommen." Blaubach und Dreibisch nahmen es so hin, auch wenn sie es nicht verstehen konnten. Blaubach begann, seine Fragen zu stellen. „Aus welchem Grund waren Sie im Krankenhaus?" „Ich hatte Magenprobleme." „Wo war ihr Mann während dieser Zeit?" „Soweit ich weiß, bei mir im Krankenhaus. Dazu muss ich sagen, ich lag einige Tage im Koma. Die Krankenschwestern erzählten mir, mein Mann sei nicht von meiner Seite gewichen. Als ich nach Carolina fragte, hörte ich von ihm, dass sie in ihrer Wohnung auf Handwerker warten müsste. Aus diesem Grund würde sie sehr spät kommen. Am nächsten Tag sagte er, er hätte sie zum Flughafen begleitet. Deshalb machte ich mir auch keine Sorgen. Ich glaubte oder soll ich sagen glaube immer noch, dass sie in Südafrika ist. Mein Mann beruhigte mich, als sie nicht wie geplant zurückkam. Warum sollte ich ihm also nicht glauben. Erst als die Polizisten gestern bei mir waren, begann ich zu zweifeln. Wer hat meine Tochter überhaupt als vermisst gemeldet? Allmählich bekomme ich Angst, dass alles wieder von vorn beginnt." „Es war ihre Kollegin und beste Freundin Sara Sommer. Sie hatte Carolina ihr Auto geliehen, damit sie nicht den Zug nehmen brauchte. Als weder Carolina sich nach ihrer Rückkehr meldete und auch das Auto nicht zurückbrachte, machte sie sich Sorgen. Erst Ihr Anruf bei ihr veranlasste sie, uns zu informieren. Das Auto, welches gefunden wurde, gehört wirklich der Freundin. Von Carolina haben wir noch keine Spur. Da sie uns von dem Flug nach Südafrika berichtet haben, werden wir am Flughafen nachfragen. Danke fürs Kommen. Sollten wir weitere Ergebnisse haben, melden wir uns bei ihnen."

Der Tipp mit dem Flughafen war dann auch die nächste Spur, der sie nachgingen. Sie fuhren persönlich zum Flughafen. Dort mussten sie Überzeugungsarbeit leisten, um die gewünschten Informationen zu bekommen. Die Zuständigen am Flughafen beriefen sich auf den Datenschutz. Somit zog sich der Termin über eine Stunde hin. Dann hatten sie die Unterlagen, die sie brauchten. Schon beim ersten Blick auf die Papiere, sahen sie, dass Herr Pahlbaum seine Frau belogen hatte. „Den müssen wir so schnell wie möglich vorladen, um herauszubekommen, warum er gelogen hat", sagte Blaubach. Dreibisch gab ihm wortlos recht.

Eben erst zurück im Büro, klingelte das Telefon. Dreibisch nahm das Gespräch entgegen. Es waren die Kollegen, die zur Wohnung der Vermissten gefahren waren. Was sie berichteten, ließ die schlimmsten Befürchtungen wahr werden. Blaubach und Dreibisch machten sich sofort auf den Weg. Sie wollten sich selbst einen Überblick über die Situation vor Ort verschaffen. Von unterwegs benachrichtigten sie den Staatsanwalt, der nur wenige Minuten nach ihnen eintraf.

Schon beim Betreten des Treppenhauses kam ihnen dieser süßliche Verwesungsgeruch entgegen. Der Hausmeister stellte sich ihnen in den Weg. „Riechen Sie das? Seit Wochen bin ich schon auf der Suche nach toten Tieren, wie Ratten. Bis jetzt habe ich aber noch nichts gefunden. Könnten ihre Leute mir vielleicht dabei helfen?" „Sie brauchen nicht weiter zu suchen. Wir sind uns sicher die Ursache für diesen Geruch zu kennen. Bitte gehen Sie in ihre Wohnung. Wir kommen später auf Sie zurück." Damit ließen sie ihn stehen und machten sich auf den Weg nach oben. Je weiter sie nach oben gingen um so durchdringlicher wurde der Geruch. Als die Tür der Wohnung von Frau Berg geöffnet war, schlug ihnen der Geruch sehr penetrant entgegen. Im ersten Moment traten alle ein Schritt zurück.

Der Notarzt traf in eben diesem Moment ein. Gemeinsam gingen sie dem immer stärker werdenden Geruch nach. Sie fanden eine leblose und schon durch Verwesung sehr entstellte Person auf dem Bett liegend vor. Im ersten Moment konnte der Notarzt keine Angaben dazu machen, ob die Leiche weiblich oder männlich war. Der Arzt untersuchte die Leiche auf Verletzungen hin. Dabei fiel auf, dass sich die Leichenstarre schon gelöst hatte. So ging er von einem Todeszeitpunkt aus, der mindestens schon eine Woche zurückliegen musste. Doch durch den starken Verwesungsgeruch und den Tierbefall korrigierte er den Zeitpunkt um nochmals drei Wochen nach hinten. Dem Notarzt blieb nichts anderes übrig, als in den Totenschein "*ungeklärte Todesursache*" zu schreiben. Alles Weitere musste die Gerichtsmedizin klären. So war er nach wenigen Minuten wieder fort.

Für die Spurensicherung begann nun die eigentliche Arbeit. Nachdem die ersten Schritte zur Spurensicherung abgeschlossen waren, wie Fotos und Skizzen, wurde die Leiche in die Gerichtsmedizin gebracht.

Blaubach und Dreibisch begannen zusammen mit Kollegen der Schutzpolizei, die Nachbarn zu befragen. Sie wandten sich an den Hausmeister. „Wann sahen Sie Frau Berg das letzte Mal?" Er überlegte kurz. „Das muss Mitte Februar gewesen sein. War sie es, die eben hinausgebracht wurde?" „Dazu können wir nichts sagen. Ist Ihnen an dem Tag etwas Ungewöhnliches aufgefallen?" „Sie stieg in ein Auto, dass kurz zuvor eine junge Frau gebracht hatte. Ich sah sie telefonieren und dann fuhr sie ab. Mehr weiß ich nicht." Blaubach und Dreibisch bedankten sich und fuhren zurück ins Büro.

Dort nahmen sie sich die Akten von damals vor. Sie glaubten nicht an eine fremde Leiche in der Wohnung der vermissten. Die Leiche war auf den ersten Blick nicht zu identifizieren. Ihnen blieb nichts anderes übrig, als den Bericht des Gerichtsmediziners und der Spurensicherung abzuwarten. Es dauerte drei Tage, bis sich der Gerichtsmediziner meldete. Er hatte das Alter auf fünfundzwanzig bis fünfunddreißig Jahre geschätzt. Als Todesursache gab er erstechen an. In einem Nachsatz erwähnte er aber auch die Möglichkeit, dass sie gedrosselt oder erstickt sein könnte. Auch eine Vergewaltigung konnte er nicht ausschließen. Er bat um eine DNA-Probe. Blaubach ging zur Spurensicherung, um von dort dementsprechendes Material zu bekommen. Eine Haarprobe schickte er umgehend ins Labor. Nun hieß es erneut warten. Die Laborergebnisse ließen nicht lange auf sich warten. Anhand der Ergebnisse bestätigte der Gerichtsmediziner, dass es sich bei der Toten um Carolina Berg handelte.

Blaubach und Dreibisch lasen den Bericht mit einiger Skepsis. „Wir müssen mit dem Gerichtsmediziner sprechen. Seine Aussagen sind mehr als Vage." So wussten sie, wohin ihr nächster Weg führte. In der Gerichtsmedizin suchten sie den zuständigen Kollegen auf. Dreibisch redete nicht um den heißen Brei herum. Er kam sofort zur Sache. „Warum können Sie sich nicht festlegen, was die Todesursache betrifft?" „Ich erkläre es gern. Die Stichwunden waren offensichtlich. Bei näherer Betrachtung sah ich

Strangulationsmarken am Hals. Diese schienen von einem Gürtel oder Strick zu stammen. Im Hals fand ich dann noch Fasern eines Kissens. Deshalb gab ich so viele Todesursachen an. In einem Punkt bin ich mir sicher. Gestorben ist die junge Frau an den Messerstichen. In welcher Reihenfolge ihr das alles angetan wurde, lässt sich nicht sagen. Gibt es weitere Fragen?" Blaubach verneinte. Sie bedankten sich für die Erklärung und gingen. Dreibisch war derjenige, der als erstes sprach, als sie vor dem Gebäude standen. „Wenn es wirklich so viele Möglichkeiten ihres Todes gab, musste sie gefoltert worden sein. Darum verstehe ich nicht, dass die Nachbarn nichts mitbekamen. Wenn sie so brutal zugerichtet wurde, muss sie sich doch gewehrt und geschrien haben." Blaubach zuckte nur mit den Schultern. Sie entschieden, diese Nachricht den Eltern persönlich mitzuteilen.

Es war später Nachmittag, als sie in Sternheim eintrafen. Noch bevor sie ihr Auto verlassen hatten, kam Frau Pahlbaum auf sie zu. „Haben Sie Carolina gefunden? Lebt sie oder ist sie Tod?" Blaubach nahm die aufgeregte Frau am Arm und führte sie Richtung Haus, ohne ein Wort zu sagen. Dreibisch folgte und Herr Pahlbaum stand in der Tür. Er trat zur Seite, um sie eintreten zu lassen. Dann ging er voraus ins Wohnzimmer. Frau Pahlbaum, die bis dahin stumm neben dem Kommissar hergegangen war, stellte nun erneut ihre Fragen. Blaubach, der ansonsten nie um eine Antwort verlegen war, nickte nur. Dreibisch sah sich in der Pflicht, die Situation zu erklären. „Wir fanden eine Leiche in der Wohnung ihrer Tochter. Seit einigen Stunden wissen wir, es handelt sich dabei um ihre Tochter. Es tut uns sehr leid." Weiter kam er nicht.

Frau Pahlbaum begann zu schreien: „Warum meine Tochter? Warum Carolina?" Das war das Einzige, was aus ihrem Mund kam. Es gab keine Möglichkeit weiter mit ihr zu sprechen. Sie hatte einen Nervenzusammenbruch. Blaubach führte sie aus dem Raum in die Küche. Sie schien nichts davon mitzubekommen. Umgehend verständigte er einen Arzt, der auch wenige Minuten später eintraf. Er verabreichte Frau Pahlbaum eine Beruhigungsspritze.

Dreibisch unterhielt sich in der Zwischenzeit mit Herrn Pahlbaum. Er wollte ein Alibi von ihm. Außerdem brauchte er eine Erklärung für seine offensichtliche Lüge, was die Reise seiner Stieftochter anging. Herr Pahlbaum, dem die Nachricht vom Tod seiner Stieftochter augenscheinlich kalt ließ, antwortete kurz und bündig. „Erst war ich auf Geschäftsreise. Dann zwei Tage zu Hause und anschließend im Krankenhaus bei meiner Frau. Das hatte ich aber schon gesagt. Ich muss mich um meine Frau kümmern." Er stand auf, um Dreibisch klar zu machen, das Gespräch sei für ihn beendet. Dreibisch hielt ihn zurück. „Eine Frage habe ich. Warum haben sie gelogen in Bezug auf die Reise ihrer Stieftochter?" Sein Gegenüber blieb stehen und sah ihn entrüstet an. „Wie kommen Sie auf so eine Unterstellung?" „Glauben Sie, wir informieren uns nicht, wenn wir Anhaltspunkte haben?" „Die Antwort ist einfach. Meine Frau hatte eine schwere Operation gerade überlebt, da werde ich ihr nicht mit schlechten Nachrichten kommen." Damit drehte er sich um und war im Begriff zu gehen.

In eben diesem Moment kamen Frau Pahlbaum und Kommissar Blaubach zurück. Sie überblickte sofort die Situation, da sie mitbekam, wie die Kommissare sich zunickten. „Bleiben Sie bitte. Ich habe einige Fragen." Sie sah ihren Mann durchdringend an, sich wieder zu setzten. Er ließ sich davon nicht umstimmen, sondern verließ den Raum. Frau Pahlbaum ließ ihn. Für sie waren andere Dinge wichtig.

„Wann ist Carolina gestorben? Wie ist sie gestorben? Wurde sie vergewaltigt? Haben Sie schon denjenigen, der das getan hat?" Diese Fragen hatte sie so schnell gestellt, dass Dreibisch klar war, er musste das zuerst geführte Gespräch wieder aufgreifen. Dreibisch holte tief Luft. Ihre Tochter starb vor etwa vier Wochen. Es gibt verschiedene Möglichkeiten, wie ihre Tochter ums Leben gekommen sein könnte. Sie scheint gefoltert worden zu sein. Ob es eine Vergewaltigung gab, wissen wir noch nicht. Der Täter konnte noch nicht ermittelt werden." „Sie sagen, Carolina wurde gefoltert. Dann kann es nur ihr Exfreund David Jason gewesen sein. Er hat sie ja früher schon misshandelt." „Wir werden das ganze Umfeld überprüfen. Sofern wir neue Informationen haben, geben wir Ihnen bescheid." „Können wir Carolina noch einmal sehen?" „Wenn die Untersuchungen abgeschlossen sind, werden Sie es erfahren." Blaubach und Dreibisch ließen die Eltern allein.

Frau Pahlbaum machte sich auf die Suche nach ihrem Mann. Sie fand ihm im Arbeitszimmer. „Warum bist du nicht geblieben? Dir scheint ja egal zu sein, was mit Carolina geschehen ist. Warum hast du mich belogen? Du kannst Carolina nicht zum Flughafen gebracht haben. Zu der Zeit war sie schon tot." Er ging nicht auf ihr Gerede ein. „Die wollten doch glatt ein Alibi von mir. Ich wollte dich nach der Operation nicht aufregen, deshalb habe ich geschwindelt." Seiner Frau war sofort klar, dass es sich nur um eine Ausrede handelte. „Ich kann nicht verstehen, dass du wegen eines Alibis so ein Theater machst. Du hättest ihnen einfach deinen Terminkalender zeigen müssen und alles wäre in Ordnung gewesen."

Oder etwa nicht?, dachte sie.

Da er wohl nicht weiter mit ihr reden wollte, ließ sie ihn allein.

Nur zwei Tage später rief Blaubach bei den Pahlbaums an und bat sie vorbei zu kommen. Sie willigte ein, ohne Absprache mit ihrem Mann. Dieser erfuhr am späten Abend davon. Dementsprechend ungehalten reagierte er. „Warum machst du einen Termin, ohne zuvor mit mir zu sprechen? Was wollen die noch von uns? Carolina ist tot und basta." „Der Kommissar sagte nur, sie müssten uns dringend sprechen. Mehr weiß ich nicht. Lass uns fahren und hören, um was es geht. Vielleicht haben sie den Täter." Den Grund erfuhren sie am nächsten Tag von den Kommissaren. „Wir haben Ergebnisse von der Spurensicherung. Die Kollegen fanden in der Wohnung ihrer Tochter ein Tagebuch, welches neue Fragen aufwarf. In diesem Zusammenhang haben wir speziell Fragen an Sie Herr Pahlbaum."

Er reagierte entsetzt. „Was soll ich mit diesem Tagebuch zu tun haben?" Blaubach antwortete, jedoch anders als erwartet. „Frau Pahlbaum, ich würde Sie bitten draußen zu warten." „Ich bleibe hier. Die Eintragungen in Carolinas Tagebuch sagen mir gewiss nichts Neues, da wir über alles gesprochen haben." Sie stimmten zu und begannen mit ganz allgemeinen Fragen. Dann kam Dreibisch zum Kern des Gesprächs. „Die Eintragungen haben uns veranlasst, Sie herzubitten. Herr Pahlbaum reagierte, wenn auch unbewusst auf diese Information. Er setzte sich aufrecht hin. Dann gab er einen Kommentar ab, der Blaubach und Dreibisch stutzig machte. „Ich weiß nicht, worauf Sie hinaus wollen. Aber meine Tochter hat nie in ihrem Leben Tagebuch geführt. Sie wollen uns in die Irre führen." „Der Kommissar hat recht. Seit Carolina in Therapie war, führte sie Tagebuch." Herr Pahlbaum wurde nervös. Er begann, seine Hände zu kneten. Das zeigte den Kommissaren, dass sie auf der richtigen Spur waren. „Was steht so Wichtiges in dem Tagebuch?" fragte Frau Pahlbaum. „Wollen Sie das wirklich hören?" „Aber ja. So schlimm wird es schon nicht sein, sonst hätte sie mit mir darüber gesprochen." „Ihre Tochter schrieb von sexuellen Übergriffen durch ihren Mann. Ist da was dran?" Die letzte Frage war an Herrn Pahlbaum gerichtet. „Was soll da dran sein. Sie hat sich da was zusammengesponnen." „Wenn sie das geschrieben hat, wird schon was dran sein. Du warst ihr ja schon früher zu nahe gekommen" äußerte seine Frau. „Wenn das stimmt, bin ich weg." Er äußerte sich nicht, sondern blickte nur auf seine Hände. Diese Reaktion reichte. Frau Pahlbaum verließ demonstrativ den Raum. „Wir warten auf eine Antwort." „Sie war eben eine richtige Granate. Da konnte ich nicht widerstehen. Gerade, dass sie sich zierte, machte mich scharf. Hätten wir mehr Zeit gehabt, wäre aus uns sicher noch ein Paar geworden." Während er dieses sagte, hatte er ein breites Grinsen auf dem Gesicht.

Blaubach und Dreibisch hatten in den Jahren schon vieles gehört. Doch so viel Unverfrorenheit war ihnen selten begegnet.

„Das hat aber nichts mit meinem Alibi zu tun. Warum hätte ich die Frau töten sollen, die ich liebte? Dann hätte ich doch eher meine Frau aus dem Weg geräumt. Hier ist mein Terminkalender. Bitte überprüfen Sie die Angaben und das bitte sofort. In meiner Position kann ich es mir nicht erlauben, wegen solch einer Sache unter Verdacht zu stehen." Blaubach nahm den Kalender und ging ins andere Büro.

Kurze Zeit später kam er zurück und übergab Herrn Pahlbaum den Kalender. „Die Termine wurden alle bestätigt. Sie können gehen." Herr Pahlbaum stand auf, ohne ein Wort zu sagen.

Seine Frau hatte auf ihn gewartet. Obwohl sie einerseits wütend auf ihn war, so war es andererseits auch egal, was in der Vergangenheit geschehen war. Carolinas Tod hatte alles geändert. Sie wollte nur noch wissen, wann sie ihre Tochter sehen und beerdigen konnte. Deshalb ging sie zurück ins Büro der Kommissare. Keiner konnte ihr eine Antwort geben. Resigniert fuhr sie mit ihrem Mann nach Hause.

Blaubach und Dreibisch waren sich sicher, dass sie gerade dem Mörder von Carolina Berg gegenübergesessen hatten. Leider fehlten die Beweise.

Noch am gleichen Tag erhielten sie die Berichte von der Befragung, die im Umfeld der Carolina Berg stattfand. Darunter war nur eine interessante Aussage von der Freundin oder besser gesagt Exfreundin von Gary Bacher. Sie erzählte den Beamten, dass ihr Exfreund eine Woche nachdem Carolina Berg zurück war wieder ihre Nähe suchte. Sie hatte aber das Gefühl, das es sich dabei eher um Carolina Berg handelte, als um sie. Wie sie sagte, hatte er Carolina Berg nach ihrem Auftauchen immer wieder aufgesucht. Ihr erzählte er, dass es dabei um geschäftliche Sachen ging. Sie konnte es nicht glauben, da er oft nachts zu ihr ging. Mit der Zeit verlor sie das Interesse an einer Beziehung zu ihm.

Die Kollegen hatten nur wieder in den höchsten Tönen von Carolina Berg gesprochen. Von den auswärtigen Dienststellen hieß es nur, dass alle überprüften Personen Alibis hatten. Auch dieses Mal schien sich der Fall nicht aufklären zu lassen.

Zwei Tage später sollte sich jedoch alles ändern. Es war ein Mittwoch, kurz vor Mittag. Blaubach und Dreibisch unterhielten sich über die Restaurants der Umgebung, da sie gemeinsam essen wollten. Es klopfte. Blaubach öffnete und vor ihm stand völlig außer sich die Exfreundin Gary Bachers. Sie hielt krampfhaft einen Karton unter ihrem linken Arm. Blaubach bat sie herein. Noch bevor Blaubach oder Dreibisch Fragen stellen konnten, sprudelte es aus ihr heraus. „Diesen Karton habe ich beim Saubermachen gefunden. Der stand im Bettkasten unter meiner Couch. Dort gehe ich eigentlich nie ran. Eines weiß ich jedoch genau, mir gehören die Sachen nicht und auch nicht meinem Ex. Doch er ist der Einzige, der die Gelegenheit hatte dort was zu verstecken." Sie hatte den Karton bereits auf Blaubachs Schreibtisch gestellt. Er schaute kurz hinein, ohne den Inhalt zu berühren. Anschließend schaute auch Dreibisch nach dem Inhalt. Schon auf den ersten Blick waren sie sich sicher, dass es die Sachen waren, die Carolina Berg damals gestohlen wurden. Um Antworten zu bekommen, nahm er den Karton mit.

Blaubach nutze die Gelegenheit, um der jungen Frau noch einige Fragen zu stellen. Eine davon war, ob Gary Bacher je nach den Sachen gefragt hatte. Als sie verneinte und auch sonst keine weiteren Hinweise geben konnte durfte sie gehen.

Gleich darauf kam Dreibisch ins Büro. „Ich habe den Karton zur Spurensicherung gebracht. Um ehrlich zu sein, könnten es wirklich Sachen von Carolina Berg sein."

Ihr Mittagessen hatten die beiden schon längst wieder vergessen. Gespannt warteten sie auf die Auswertung der Spurensicherung. Außerdem fragten sie sich, ob sie tatsächlich so blind gewesen waren das Offensichtliche zu übersehen. Durch ihre Abneigung gegen den Stiefvater hatten sie nicht weiter nachgeforscht, als es hieß, dass alle anderen Alibis hatten. Kurz vor Feierabend meldete sich die Spurensicherung. Es stand fest, dass diese Sachen Eigentum von Carolina Berg waren. Außerdem konnte nur Gary Bacher sie genommen haben, denn auf allen waren seine Fingerabdrücke. Nun hieß es, ihn so schnell wie möglich in die Finger zu bekommen. Feierabend ade.

Da sie wussten, dass ihr Hauptverdächtiger sich bei seinen Eltern in Lichtblau aufhielt, baten sie diese um Hilfe. Doch vierundzwanzig Stunden später erfuhren sie, dass Gary Bacher unbekannt verzogen war. Und das gleich, nachdem die Polizei ihn das letzte Mal nach einem Alibi gefragt hatte. So blieb Blaubach und Dreibisch keine andere Wahl, als ihn zur Fahndung auszuschreiben. Innerhalb weniger Stunden lief die Fahndung auf Volltouren. Aber das war gleichgültig. Der endgültige Hinweis kam aus einer ganz anderen Richtung.

Es war einen Monat nach dem Fahndungsaufruf. Seine Exfreundin rief Blaubach an und erzählte, dass Gary Bacher ein Treffen mit ihr wünschte. Blaubach bat sie, einem Treffen zuzustimmen. Auch wenn sie nichts davon wissen wollte, redete Blaubach so lange auf sie ein, bis diese zu allem ja sagte. Nochmals vierundzwanzig Stunden später meldete sie sich erneut und gab Termin und Ort für das Treffen bekannt. Sie hatte einen öffentlichen Ort für dieses Treffen gewählt. Zwei Tage später war es soweit.

Die Umgebung des Treffpunkts war weiträumig abgesperrt, um keine unbeteiligten Personen zu gefährden. Gary Bacher erschien verspätet. Er hielt Ausschau nach seiner Freundin. Als er sie sah, ging er zielstrebig auf sie zu, ohne nach links oder rechts zu sehen. Sie selbst hatte ein Lächeln auf dem Gesicht. Das schien für ihn die Bestätigung zu sein, dass sie ihn zurückhaben wollte. Auch er begann zu lächeln und sein Schritt wurde federnder. Sie wurde jedoch immer nervöser je näher er kam. Als Gary

Bacher auf zwei Meter an seine Freundin ran war, griffen die Beamten zu. Er war so überrumpelt, dass er sich nicht wehrte. Blaubach und Dreibisch dankten der jungen Frau für ihre Zusammenarbeit und versicherten, sie bräuchte keine Angst mehr zu haben.

Im Polizeipräsidium wurde Gary Bacher sofort ins Vernehmungszimmer gebracht. Dort klärte Blaubach ihn über seine Rechte auf und wies ausdrücklich darauf hin, dass er einen Rechtsanwalt hinzuziehen könnte. Er lehnte ab. „Was soll das Ganze? Ich habe nichts getan." Blaubach erklärte es ihm. „Frau Carolina Berg kennen Sie doch. Sie wurde tot aufgefunden. Da sie nirgends gemeldet waren, haben wir nach ihnen gesucht. Wir möchten Antworten von Ihnen." Gary Bacher zeigte keine Regung. Das war für Blaubach das Zeichen, dass er schon längst vom Ableben der Carolina Berg wusste. Mit gezielten Fragen versuchten sie, ihn aus der Reserve zu locken. Er blieb standhaft. Nur über seine Beziehung zu der getöteten sprach er in groben Zügen. „Ich liebte Carolina schon, als wir auf der Universität waren. Sie war damals in einer Beziehung und wies mich zurück. Ich ließ sie gewähren. Vergessen konnte ich sie jedoch nie. Jahre später trafen wir uns wieder und ich versuchte es erneut. Das war der Tag vor ihrer geplanten Hochzeit. Auch da bekam ich nur ein "Nein" zu hören. Dass ich auf verlorenem Posten stand, zeigte mir dann ihr damaliger Freund. Ich war mit Carolina in einem Café. Wir unterhielten uns wie alte Freunde. Er sah es und stürmte herein. Er schlug mich, bis ich am Boden lag. Zwei Jahre später zog sie dann ins Haus, in dem meine Freundin wohnte. Von da an konnte ich ihr wieder Nahe sein. Dieses Mal war sie freundlicher zu mir. Sie ließ sich sogar zum Essen einladen. Doch als sie mir meine Arbeit wegnahm, wurde ich wütend. Ich wollte ihr zeigen, wer die Oberhand hatte. Um ihr das klar zu machen, entführte ich sie. Ich wollte sie brechen. Sie sollte sich wertlos fühlen, genau wie ich. Leider war ich zu vertrauensselig und unaufmerksam. Deshalb gelang ihr die Flucht. Da ich die Kanzlei verlassen musste, gab es für mich nur noch eine Chance sie für mich zu gewinnen. Ich zog bei meiner Freundin ein und studierte ihren Tagesablauf. Als ihre Mutter endlich abfuhr, sah ich meine Chance gekommen. Ich lud sie wieder ein, machte kleine Geschenke und hatte das Gefühl, sie würde allmählich auftauen. So verwegen wie ich war machte ich ihr einen Antrag. Sie schmiss mich raus. Da reichte es mir. Erneut wollte ich ihr beweisen, wer das Sagen hatte. Ich hörte, wie sie mit ihrer Freundin sprach, als diese das Auto brachte. Augenblicklich machte ich mich auf den Weg und täuschte einen Autounfall vor. Es dauerte nicht lange und sie kam zu der Stelle. Ich kam von hinten und betäubte sie. Dann setzte ich sie auf den Beifahrersitz und fuhr mit ihr zurück nach Hause. Durch die Hintertür brachte ich sie nach oben und verschwand wieder. Die kurze Zeit in der Wohnung nutzte ich, um einen Schlüsselabdruck zu machen. Der Nachschlüssel war nach einer Stunde fertig. Ich wollte bei ihr sein, wenn sie aufwachte. Ich schaffte es nicht rechtzeitig zurück. Die Arbeit hielt mich auf. Es ging um eine Besprechung, die ich nicht verpassen durfte. Das war das letzte Mal, dass ich Carolina gesehen hatte. Als ich Stunden später mit dem Nachschlüssel zurückkam, war sie nicht mehr da. Außerdem musste ich zu einer Auslandsreise aufbrechen. Das können sie gern überprüfen. Wenn Sie nicht mehr haben, als vage Vermutungen, darf ich jawohl gehen." Ohne zu warten, stand er auf und ging. Ihnen blieb nichts anderes übrig, als seine Angaben zu überprüfen. Die Bestätigung, dass die Aussage stimmte, erhielten sie am gleichen Tag.

David Jason, den die Mutter der Toten für alles verantwortlich machte, brauchten sie nicht vorzuladen. Als sie versuchten ihn bei seinen Eltern zu erreichen, erfuhren sie, dass er im Gefängnis war. Sie schauten in ihrem System nach, seit wann es so war. Seit knapp einem halben Jahr saß er ein. Er wurde beschuldigt, eine Vergewaltigung begangen zu haben.

Damit standen sie wieder mit leeren Händen da. Erneut gingen sie die Berichte der Spurensicherung durch. Dabei bemerkten sie, dass sie einen entscheidenden Punkt übersehen hatten. Es war von DNA Spuren die Rede, die keinem der bis dahin verdächtigen zugeordnet werden konnten.

Blaubach und Dreibisch sahen sich an. Ihnen war klar, dass sie Zeit verloren hatten, weil sie nicht richtig gelesen hatten. Um den Fehler schnellstmöglich zu beheben, gaben sie diese Information an die Spezialisten des Labors weiter. Diese sollten die DNA entschlüsseln und sehen, ob es dazu bereits Informationen im System gab. Wieder hieß es warten. Nach drei Tagen bekamen sie den Bericht. Das Labor teilte mit, dass die DNA bereits vorlag. Nun waren die Kommissare gespannt mit wem sie es zu tun bekommen würden. Dreibisch setzte sich an den Computer und durchsuchte die Dateien. Nach kurzer Zeit hatte er ein Ergebnis. Es handelte sich dabei um einen Mann, der wegen Körperverletzung mit Todesfolge vorbestraft war. Nun ging es darum herauszufinden, in welchem Verhältnis er zu der Toten stand. Blaubach rief die Eltern an. Doch sie konnten mit dem Namen nichts anfangen. Ihnen blieb nur noch die Kanzlei. Dort forschten sie nach einer Verbindung. Der jetzige Geschäftsführer sicherte ihnen Unterstützung zu.

Eine Woche später meldete er sich bei den Kommissaren. „Ich habe die alten Akten meiner Partnerin durchgesehen. Dabei stieß ich auf den von Ihnen genannten Namen. Carolina war seine Verteidigerin. Das Urteil lautete fünf Jahre Haft. Er hatte ihr nach der Verhandlung mit Vergeltung gedroht. Solche Drohungen bekommen wir des Öfteren. Wir nehmen das nicht ernst. Ich kann mir auch nicht erklären, was er mit dem Mord an Carolina zu tun haben soll. Nach meiner Rechnung hat er noch sechs Monate abzusitzen." Die Kommissare dankten ihm für sie Auskunft.

Sie gingen der Sache nach. Einige Telefonate später erfuhren sie, dass ihr Verdächtiger vorzeitig aus der Haft entlassen wurde. Da er unter Bewährung stand, konnten sie seine derzeitige Adresse schnell ermitteln. Er war in einem Obdachlosenheim gemeldet.

Blaubach und Dreibisch statteten ihm einen Besuch ab. Da er nicht kooperativ war, nahmen sie ihn mit.

Auf dem Präsidium hielten sie sich nicht mit Erklärungen auf. Sie kamen sofort auf den Punkt. Dieses Verhör führte Dreibisch im Beisein des Staatsanwaltes. „In welcher Verbindung standen Sie zu Frau Carolina Berg? „Zu wem?" „Rechtsanwältin Frau Carolina Berg?" Augenblicklich begannen, seine Augen zu leuchten. Dann war er nicht mehr zu halten. „Das ist doch die Sch …, die dafür sorgte, dass ich eingebuchtet wurde. Ich drohte ihr mit Vergeltung. Diese hat sie bekommen. Nachdem ich wieder draußen war, hörte ich mich um. Sie zu finden war eine Kleinigkeit. Da gab es ein oder zwei Typen, die nicht gut auf sie zu sprechen waren, genau wie ich. Wir trafen uns hin und wieder. An einem Abend in der Bar erzählte mir einer, er überlegte, sich einen Nachschlüssel von ihrer Wohnung anfertigen zu lassen. Ich beschattete ihn. Eines Nachmittags sah ich, wie er sie betäubte und in ihren Wagen setzte. Ich folgte den beiden. Dann brachte er sie in die Wohnung und verschwand kurz darauf. Die Wohnungstür stand einen Spaltbreit offen. Die Gelegenheit war günstig. Auf demselben Weg, wie er sie hineingebracht hatte, brachte ich sie wieder hinaus. In der Gartenlaube meiner Eltern hielt ich sie einige Stunden fest. Sie kam leider zu früh zu sich und ich musste sie erneut betäuben. Da mir die Gartenlaube nicht sicher genug schien, brachte ich sie zurück in ihre Wohnung und verschwand. Ich wartete etwa drei Stunden, bevor ich zurückging. Mit dem Schlüssel von meinem Bekannten verschaffte ich mir Zutritt. Ich hörte die Dusche. So schlich ich Richtung Bad. Es war kein Problem den richtigen Raum zu finden. Sie hatte Musik laufen. Da sie Musik hörte, bekam sie nichts mit. Der Bademantel hing an der Tür. Also nahm ich mir den Gürtel und legte ihr ihn um den Hals. Sie zuckte kurz, dann sackte sie zusammen. Ich legte sie aufs Bett und holte mir das, was mir zustand. Ihr Schicksal war, dass sie erwachte. Sie begann zuschreien. Innerhalb weniger Augenblicke drückte ich ihr ein Kissen aufs Gesicht, bis sie ruhig war.

Um sicherzugehen, dass sie mich nicht weiter stört, betäubte ich sie ein weiteres Mal. Dieses Weib war einfach zu zäh. Ich war kurz vor dem Höhepunkt, als sie mich angriff. Sie kratzte mich im Gesicht. Ich wusste, sie hatte mich erkannt. Also musste sie sterben. Wieder kam das Kissen zum Einsatz. Dann holte ich ein Messer aus der Küche. Damit stach ich immer wieder zu, bis sie keinen Mucks mehr tat. Ich ließ sie liegen und drehte die Heizung aus. Zudem stellte ich alle Fenster der Wohnung auf kipp. In der Nacht brachte ich das Auto in den Wald und zündete es an. Damit hatte ich meine Pflicht erfüllt und ging zurück in die Unterkunft. Seit dem geht es mir richtig gut."

Diese Aussage deckte sich mit den Ergebnissen der Spurensicherung. Eines wollten Blaubach und Dreibisch dann doch noch erfahren. „Wie sind sie an den Schlüssel gekommen? Wie haben Sie das Auto auf diese Lichtung gebracht?" „Den Schlüssel zu bekommen war leicht. Da ich wusste, wo mein Bekannter arbeitete, ging ich dort hin. Sein Auto stand auf dem Parkplatz. Als ich hineinsah, entdeckte ich auf dem Fahrersitz einen Schlüssel. Vorsichtig versuchte ich, die Tür zu öffnen. Ich hatte Glück. Er hatte vergessen abzuschließen. Mehr brauche ich wohl nicht zu sagen. Was das Auto auf der Lichtung angeht, werde ich keine Angaben machen. Rätseln Sie mal schön weiter. Ich werde Ihnen die Lösung ganz sicher nicht verraten." Damit war dieser Fall nun endlich geklärt.

Blaubach und Dreibisch teilten Carolinas Eltern mit, dass der Täter gefasst war. Sie hofften so, der Familie Ruhe geben zu können.

FSC
www.fsc.org
MIX
Papier | Fördert
gute Waldnutzung
FSC® C083411

Zeitfracht Medien GmbH
Ferdinand-Jühlke-Straße 7
99095 Erfurt, Deutschland
produktsicherheit@kolibri360.de